# 重启

RESTART
RESTART
RESTART

·01·

《烧脑 X》系列

浙江文艺出版社
Zhejiang Literature & Art Publishing House

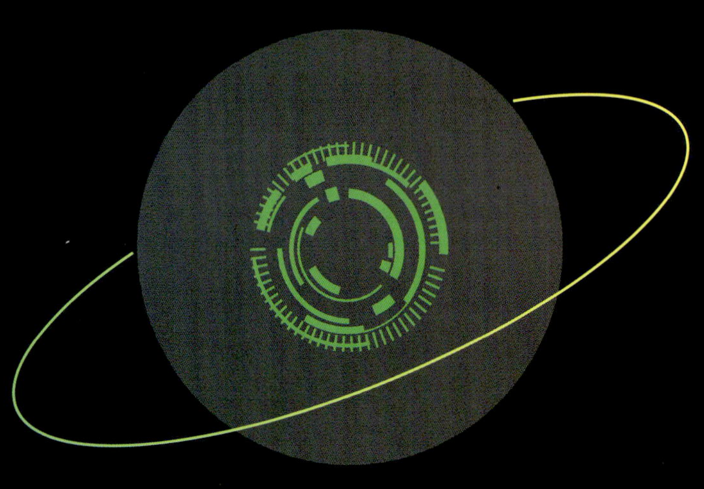

RESTARTING X EARTH ONLINE RESTARTING X EARTH ONLINE RESTARTING X EARTH ONL

本期特殊报道

据“脑力研究所”时空管理局档案记录，地球曾在三百万年前发生过短暂的“掉线”现象，具体表现为：昼夜不更替、海平面下降、气候极端、部分物种灭绝……无数科学家和探险家用尽一切手段调查都无功而返。然而若干月后的某一天，地球又重新恢复原状，就好像无事发生一样，唯一不同的是，全世界的人仿佛失忆一般忘记了这件事，更离奇的是，相关记载也都消失不见，只有管理局放在宇宙中的“黑洞卫星”记下了这一切，因此管理局局长将这一事件称为“地球上线”，并封存在研究所的博物馆里。

EARTH X ONLINE

STARTING X EARTH ONLINE RESTARTING X EARTH ONLINE RESTARTING X EARTH ONLINE

**所长审批：** 

疑似发生地球“重启”现象，建议交由“特殊研究所”追踪调查，以确定是否跟异时空有关！

# 烧脑大富翁

拿出一个骰子，掷向桌面。加入这一场烧脑冒险吧！

起点

线索 1

前进 1 格

线索 2

回答问题4，正确前进3格，错误后退2格。

线索 12

停在此格

线索 13

扔骰子机会增加一次。

回答问题6，正确前进2格，错误后退3格。

线索 18

线索 11

停在此格

前进 3 格

线索 17

挑战 30 秒不笑场，成功前进 6 格，失败后退 3 格。

线索 16

线索 10

线索 9

停在此格

线索 8

回答问题3，正确前进4格，错误后退3格。

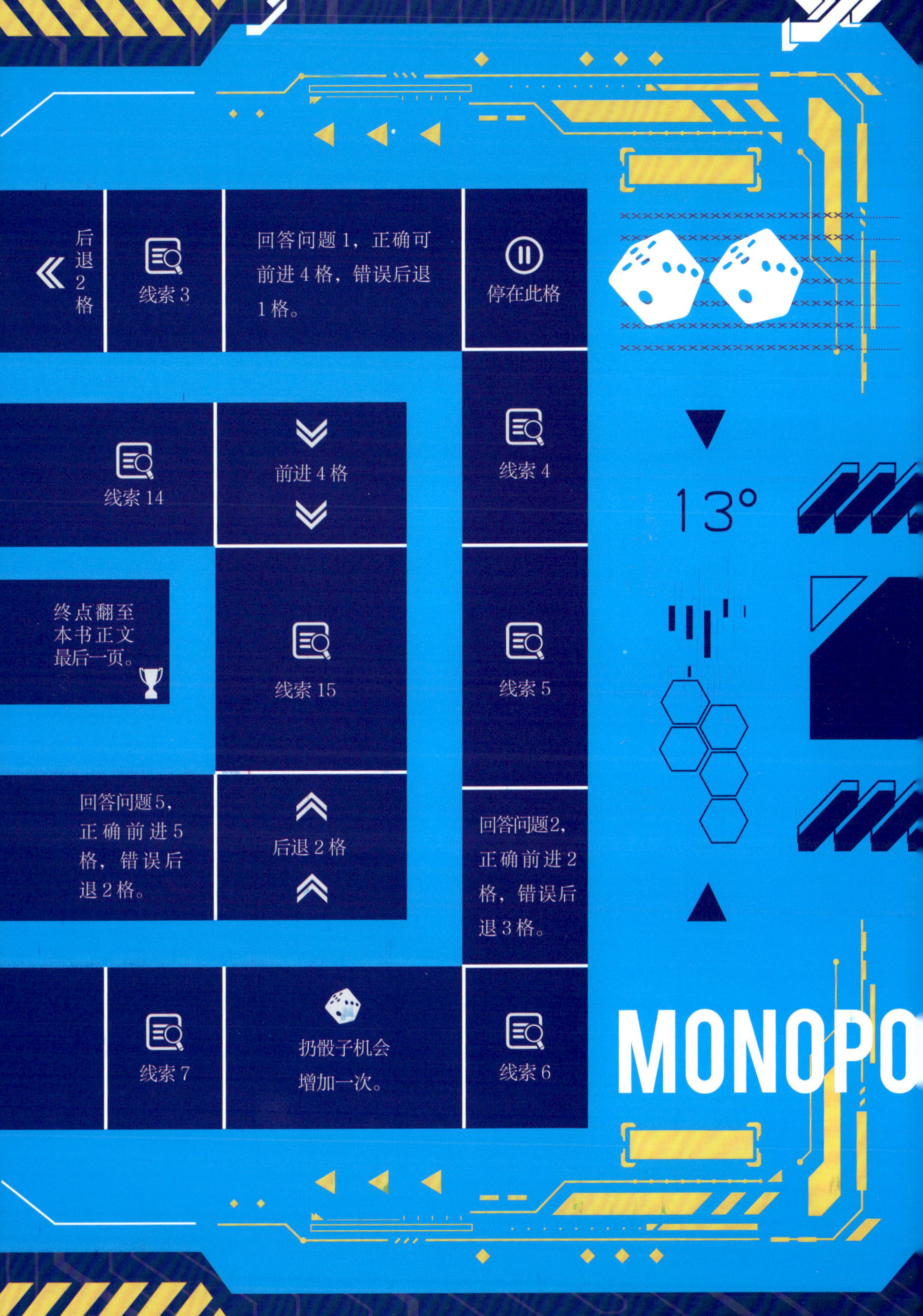
后退2格
线索 3
回答问题 1，正确可前进 4 格，错误后退 1 格。
停在此格
线索 14
前进 4 格
线索 4
13°
终点翻至本书正文最后一页。
线索 15
线索 5
回答问题5，正确前进5格，错误后退2格。
后退 2 格
回答问题2，正确前进2格，错误后退3格。
线索 7
扔骰子机会增加一次。
线索 6
MONOPO

RESTAR

线索 1：《重启》

线索 2：Paradise。《乐园》

线索 3：这是一场精心设计的圈套，只为猎物的到来。《非正常嫌疑人》

线索 4：把所有的不可能都剔除后，剩下的虽然令人难以置信，但那就是真相。《名侦探福尔摩斯》

线索 5：在时间的尽头，末路狂奔。《极限 24 小时》

线索 6：我居无定所，却又无处不在，你毁灭我，即是毁灭你自己。《寄生》

线索 7：Warning，no speaking and no passing。《禁止入内》

线索 8：我在这封信里，看到了未来。《未知来信》

线索 9：The hero is back。《英雄归来》

线索 10：我每一天都不是我自己。《变形记》

线索 11：每一个秘密，都有它背后的故事。《故宫的秘密》

线索 12：是甘于现实，还是征战未来，你做好决定了吗？《玩家大作战》

线索 13：暗影世界，即将开启。小心，别看太久。《不存在的人》

线索 14：不要沉沦，不要迷失，不要丢了自己。《不可思议迷宫》

线索 15：当梦境照进现实，是我主导了梦，还是梦支配了我？《梦境怪兽》

线索 16：我有一个秘密，藏在童谣里，偷偷告诉你。《恐怖童谣》

线索 17：时间虚伪，记忆说谎，管好你自己。《记忆碎片》

线索 18：脑子是个好东西，希望你也有。《时间的 freestyle》

# 超神问答

问题 1：研究所的档案馆有 3 份极为重要的档案，代号分别为 A、R、S，存放在 3 个完全相同的保险箱里。这 3 个保险箱上面都贴着代号标签，但是为了保险起见，上面的标签都与保险箱内的实际档案不符。请问，如果你是负责人，你需要打开几个保险箱才能确定 3 个保险箱分别装着什么？

【打开一个】

XXXXXX

问题 2：所长突发奇想，想要把 10 颗弹珠摆成 5 条线，且每条线上都要有 4 颗弹珠，你能想出正确的摆法吗？在下面画出来吧，成功即可前进。

# 超神问答 ISSUE

问题 3：小助手最近喜欢上了音乐，他拿出 6 个杯子，前 3 个杯子里装满了水，后面 3 个杯子是空的。但是为了敲起来声音均衡，他希望能让盛满水的杯子和空杯子间隔起来。所长看到了，告诉助手只用移动 1 个杯子就可以了。各位特工，你知道所长的移动方法吗？

【把第 2 个杯子里的水倒进第 5 个杯子里面。】

XXXXXX

问题 4：研究所的新大楼有 100 层，现在需要调试整座大楼的电力系统。已知所有楼层的总控开关都在一起，且开关的初始模式为打开。现在对所有开关进行如下调试：凡是 1 的倍数的楼层，开关向反方向拨一次；凡是 2 的倍数的楼层，开关再向反方向拨一次；凡是 3 的倍数的楼层，开关再向反方向拨一次……依次类推直至 100 层调试完。那么最后哪几层楼的灯是关闭的呢？

【1、4、9、16、25、36、49、64、81、100，也就是 100 以内的十个平方数。】

问题 5：所长助手面前有火柴摆成的 1 个等式：2+7-2+7，如何挪动 1 根火柴，使得等式结果为 30？【247-217】

问题 6：不要思考，就现在，回答我，10 年到底有多少天？【3652 天或 3653 天】

欢迎加入《烧脑 X》微博粉丝群（@X 脑力研究所），成为研究所的一员，和大家一起硬核烧脑，炸裂智商。

# 目录

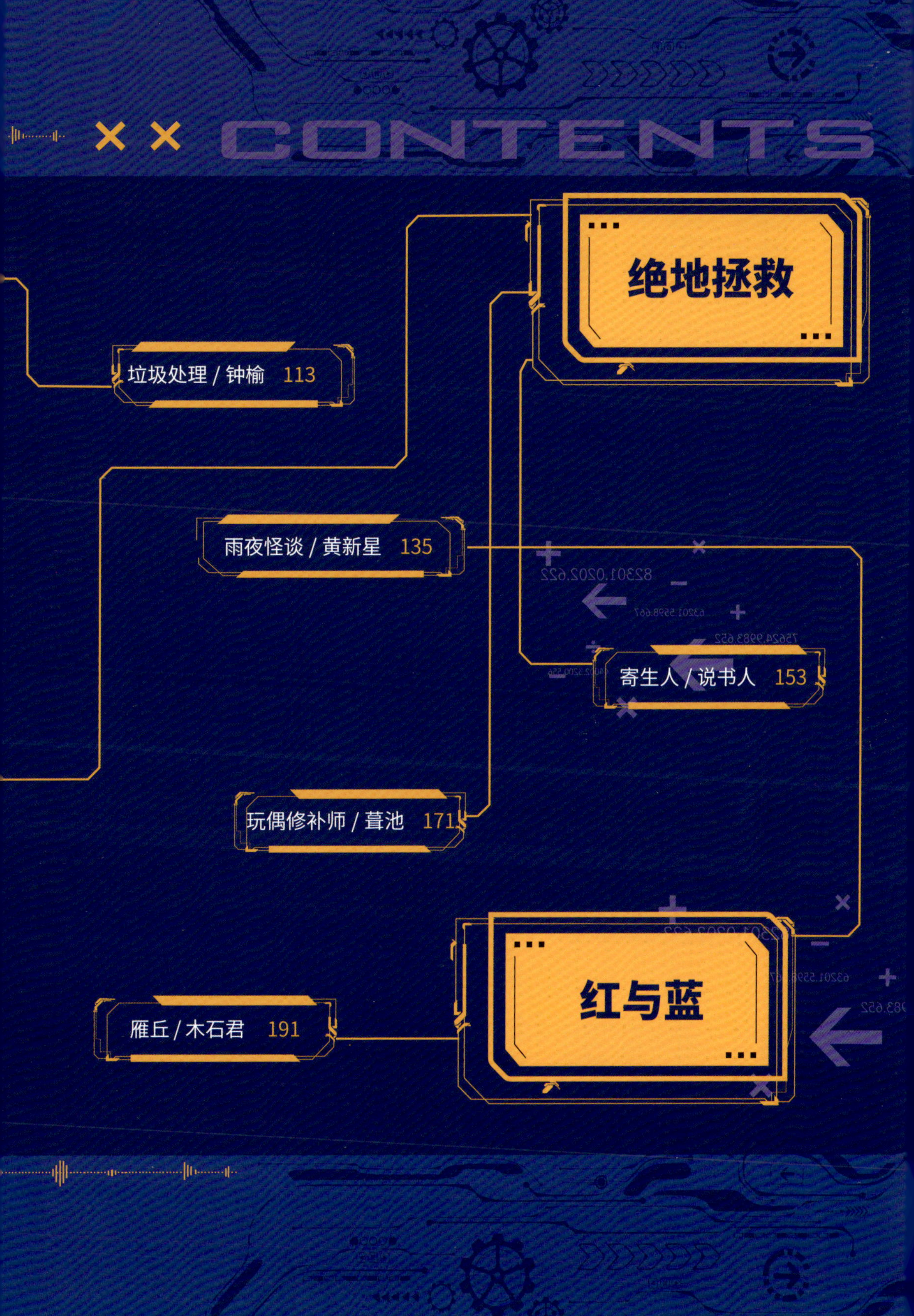

CONTENTS

重启加载中……

烧脑评分：8.6
你身边有发生过什么怪事吗？
RESTARTING
SAVEHER
本期烧脑题
救救她

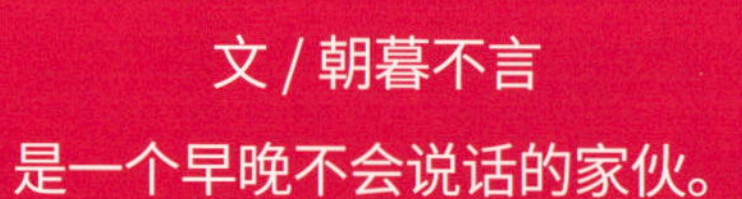


## 你身边有发生过什么怪事吗？

问：你身边有发生过什么怪事吗？

举报　来自 SDASDS 客户端　回复

查看全部 2,113 个回答 >　切换以时间排序

写下你的评论 ...

**帖子——宋蒲**

@song 宋 -

11 月 7 日更新：

谢谢大家关心，是真事。

我在尝试解决。

——————以下为原回答——————

说实话，我觉得我妹妹最近有些奇怪。

最开始的异常，是她不爱和我说话了。

我们之间虽然差了有十多岁，但关系一直都很好，很少有什么摩擦，她的心事也从不跟我藏着掖着，几乎是什么都和我讲。但最近只要我不主动开口，她就不会和我说话，就算说了，也很少涉及到她的心情、生活之类的话题，而且她最近突然开始把自己锁在房间里，没有事就不出来。

不过毕竟是小孩子嘛，刚上初二，正是叛逆的年龄，所以我最初也没怎么放在心上，反倒是劝我妈给她点自由空间，过段时间就好了。

但日子一长，我就觉得这事好像不只是叛逆那么简单。

有一次我下班去接她回家，半路堵了车，到的时候已经迟了有半个多小时，学生大多散了，我妹孤零零站在校门口，抱着个书包，兴许是被冷风冻着了，整个人缩了起来。

她自打出生起就被我们全家宠着，我也从没舍得让她饿着冻着，看到她一个人站在那儿，我一边心疼地叫她，一边快步走过去，但她就像是什么都没听到似的，仍旧站在原地，把头埋在书包上。

她的长发垂落，随着风轻轻地飘着，整个人像是随时都会被风吹走似的。

我叫了她好几声，她都没有任何回应，最后只能伸手推了推她的手臂，但就在我手指接触到她衣角的那一刻（我记得我根本没有真的碰到她手臂），她就像是受惊吓了一样狠狠往后一退，整个人肉眼可见地开始发抖。

大约过了两三秒，她才慢慢地抬起脸看我，但那双眼睛根本没有聚焦，空洞洞的一片，好像没有任何情绪的起伏。

不像是在看我，也不像是在看这个世界上的任何人或物。

我当时直接愣在了原地，脑子里空空的。不知道过了多久，我妹又像是什么都没发生过似的，亲热地过来牵我的手，说："姐姐，还不走吗？"

我下意识地点点头。一路上，我觉得她的手指好像在我手心里抽搐，不时轻轻地动一下，动作很细微，但又很难不引起我的注意。

事后我再去回想那一幕的时候，总会觉得无比后怕，因为那完全不像是小孩子该有的眼神，也……根本不像是我妹妹该有的眼神。

我当时被这念头狠狠吓了一跳，突然又想起了她之前种种类似于“叛逆”的行为，就在那个时候，我开始怀疑我妹妹身上是不是出了什么问题。

而真正让我确认这点怀疑，是在一个晚上。

我是个记者，因为工作原因，偶尔会在家里加班加点到深夜。那天晚上我稿子写到一半，准备出去倒杯水喝，一开门就看到客厅的电视机开着，光倒映在墙上，无声地变换着各种颜色。

四周都很静，我往沙发上一瞥，没有看到人影，就自然地以为是家人忘记关了，于是倒完水之后我就拐去客厅关电视。那会儿很黑，电视被关掉以后就更没有一点光。就在我转身的时候，余光里却突然出现了一个黑影，靠着墙角一动不动地站着。

任谁半夜在自己家里看到一个黑影都不可能不被吓到，我顿时整个人僵在了原地，心脏停了一秒，差点尖叫出声。

人影没有动，我也一直保持着那个姿势，直到黑暗中的轮廓逐渐变得清晰，我才意识到那好像是我妹妹，我试探性地叫了一声她的名字，听到了一声微弱的“嗯”，我接着说：“你怎么还没睡？”

她没有回话，于是我把水杯放在桌上，去开了客厅的灯。

灯光亮起的时候，我看到她穿着校服，双唇惨白，双眼就像那次在校门口时一样，没有一点感情波动。我没敢再去碰她，只是又轻轻地叫了几声她的名字，随后她像是回过神似的看着我：“姐姐。”

我当时稳住呼吸，问她：“怎么在这里站着？”

她又说：“姐姐。”

我放轻了声音，慢慢引导着：“姐姐在，怎么了？”

但她只是一直叫着“姐姐”，口齿变得越来越模糊……最终，她没有再看我，径直走向了自己的卧室，关上门的时候，我听到她还在模糊地说着“姐姐”。

我站在空荡荡的客厅，心里明白，绝对出了什么事情。

我把自己关在房间去回想她最近的种种表现，最后又想起了她关门前说的“姐姐”，脑子里突然闪过一个念头。因为口齿不清的缘故，我一直认为她从头到尾都在说“姐姐”，可有没有这种可能，她最后想跟我说的，其实，是“救救”呢?

发布于 20XX-11-04 · 著作权归作者所有

## 同事——夏平卿

17 点 53 分，我看到宋蒲有些烦躁地看了眼手机，随后又把它摁灭，手指不耐烦地在桌面上敲打着。

对面的男人看到她的动作，小心翼翼地发问：“那个，宋小姐，您怎么不记啊?”

“您继续说吧。”宋蒲扯出一个笑来，气氛稍有些尴尬。我默默叹了口气，接话道：“没事的，您继续说，我在记呢。”

于是那个操着乡音的男人讨好般地笑笑，眼侧的皱纹挤出了几层褶子，露出一排泛黄的牙齿。

大学毕业那会儿，我正好遇上家里经济紧张，只能放弃考研去找工作。只是当时经济也不景气，大多数报社都不再收人，我投出的简历仿佛石沉大海，只有这家叫作《时闻》的报纸给了我答复。在实习期过后，我就成为民生版的一名记者。

报纸的销量一直不好，主编头发也掉了一大把，最后只能死马当活马医，开了个《奇闻》专栏。本来主编对它也没有抱多少希望，于是就安排了我和宋蒲两个新人负责这个专栏。我们起先是真的不想接，奈何资历浅，只能勉强接手，每天定点蹲守社区大妈，随手写几笔，根本不想在稿子后面署上自己的名字。

没承想这栏目的内容抓住了读者的猎奇心理，报纸的销量最近慢慢好转，还吸引了不少胡编乱造想要出名的人。一周前有人打电话，说是经历特殊，想要约个时间和我们见一面，宋蒲一面用口型和我吐槽“又是想火的”，一面听着他颠三倒四的自我介绍，随后用公式化的口吻和他约了时间。

也就是今天这位。

“那之前我也不相信，但是真的，我就在那一天突然发现我回去了。”他抓了抓头发，有些油腻浮肿的脸上又浮现起怀念般的笑容，“然后我就和我老婆和好了，就……用你们文化人的话来说，就是重归、重归什么好来着？反正就是和好了，我女儿也没死……”

他“嘿嘿”笑了一下：“英子现在也嫁得好，听说男方还是什么高级教师哦，这点我也不懂，但是我会看面相，一表人才，和我家英子过得好啊。”

他说着，拿出了手机，点开一张照片，照片里是一男一女的合照，那女人估计就是他说的女儿，男人则西装革履的，长着一副大众脸。

我看到宋蒲又不耐烦地点开屏幕。

17 点 59 分。

时间一分一秒地跳转，六点到的那刻，她打断了那男人的话，给他看了看屏幕上的时间：“时间已经到了，我看您的信息也提供得差不多了，还有什么事的话您要不就约下次吧，我们这边还有别的事。”

“——这样吧，您真的觉得还有没提供完的信息，就在微信上发给我们好了。”

把那个男人送走之后，我看到宋蒲明显还是有些心不在焉，就问：“心情不好吗？”

她揉揉太阳穴，叹了口气：“很明显吗？”

我夸张地说：“何止啊，你今天可是看了几十遍手机，那个廖先生都要被你吓死了。”

她失笑，抬眼看我：“不至于吧。”

我接话：“真的，宋蒲，你现在状态真的……蛮反常的。我不知道到底发生了什么，但是的确需要帮助的话可以和我说，不要一个人硬扛着。”

她沉默了一会儿，最后道：“谢谢——我得去接我妹妹了。”

“行，你去吧。”我拍拍她肩膀，“录音笔给我，我去把资料整理一下。”

望着她匆匆离去的背影，我从口袋里摸了包烟出来。点上烟，我狠狠吸了一口，任由烟雾缭绕。手中的录音笔泛着冰冷的光，说实话，我读书的时候希望自己“一杆笔可抵三千毛瑟枪”，可现在还是得向现实屈服，留在这个小破报社写着不切实际的东西。

风吹过，一根烟很快就烧到了烟屁股，我把它在墙上摁灭，随手扔到垃圾桶里，转身推开了报社的门。

沈薇薇站在窗边，见到我来了，她挥挥手，道：“和约你们的那个人谈完了？”

“谈完啦。”我耸肩，“非常不靠谱，穿越时间什么的。”

“哇。”她夸张地说了一句，看到我有些无语的眼神，撇了撇嘴，“我表示一下惊讶嘛。”

“对了。”她朝着我身后望了望，“宋蒲呢？接妹妹去啦？”

我收拾着东西，说道：“是啊，她还特地买了小电驴，为了不迟到。你问她干吗？”

她叹了口气，坐到我旁边的椅子上，修长的手开始摆弄起我桌上的不倒翁：“你不觉得宋蒲最近很奇怪吗？就是，很奇怪，就像……变了个人似的。”

她把我桌上的不倒翁碰倒，一下下地戳着，指甲上的亮片闪烁，手腕上表的牌子昭示着她家底殷实。她也的确有钱，是一个妥妥的富二代，但富二代可能脑回路都有问题，大学毕业之后她不想安生地接受家里的安排，于是一不做二不休离家出走，出来找工作，最后在这个小地方安顿下来。当然了，卡没停，她也没用。说到底，这也不过就是富人的过家家而已。

不过她虽然是个富二代，本人倒没有什么娇滴滴的小姐脾气，和我们关系也还不错，我们三个人还特地建了个小群，时常在里面聊天。

她继续叹气道：“工作之外她好像一直在忙什么事情，前些天还和我打听明华姐。”说着，她往下狠狠一戳那不倒翁，滚圆的小人就像桌球似的脱离她的手指，胡乱在桌上打着转，她继续有一下没一下地碰着，“而且她最近状态越来越差了，我有一次看到她的稿子，错别字都有五个。还有，你有没有觉得，她最近越来越不爱和我们接触了？”

虽然我不爱去追究他人的事情，但她这话还是让我不由得想起宋蒲最近的反常表现，我皱了下眉，没有继续想下去，只是说道：“薇薇，其实她如果真的想说，也不一定会和我们说。”

“也是。”她抬起头，把那不倒翁推回原来的位置，“你要走了？”

我答道：“对，下班了。”

预备关电脑的时候，我收到了那位廖先生的微信。

他看上去对这种聊天工具还不太熟悉，一连发了好几个只有几秒的语音，然后才是一条完整的长语音以及一张图，我懒得点开听，先看了那图片。

那是个有些奇怪的聊天截图，截去了两方的头像，只有对方发来的三句话。

——勿说。

——那麻烦你同报社说一声了。

——当然了，曝光没有必要，但可以为我们推荐有缘人。

这三句话前言不搭后语，我疑惑地看了一会儿，又点开了他的语音，听筒里传出他有些沙哑的嗓音："对不住对不住大兄弟，我问了那小伙子，他说不要跟你们报纸说，浪费你们上班时间了真的对不住，俺也不好意思，俺是真的不懂，你们要是想去找他的话，俺一定给你们推荐。"

语音在这里戛然而止，我一头雾水，沈薇薇好奇地问我："谁啊？"

我道："就今天那个穿越时间的家伙，估计他回去以后也觉得自己编得太过了吧。"

我摆摆手，没有把这事放在心上，转而开始收拾起我的东西。

桌上，不倒翁仍在晃动。

## 同事——沈薇薇

今天没有见到宋蒲。

我用手托着下巴，面对着稿子发呆，光标不停地在行间闪烁，过了一会儿，屏幕渐渐暗下去，映出我身后的窗户。

窗子半关着，秋风顺着缝隙漏进来，窗外是一棵梧桐树，阳光稀疏地落下，照射到窗台的盆栽上。那花盆是我今天新换上的，被打破的旧花盆还在报社门口堆着，收拾的时候，那锋利的陶瓷碎片差一点划伤我的手。

我叹了口气，把目光从花盆上移开，思绪又回到了昨天下午。

昨天我正好休息，于是约了姐妹逛街，回家时想起我的 U 盘还在报社，就顺道拐回来拿了。我工位那角落挺僻静的，宋蒲偶尔心情不好的时候就会到那儿看看风景。我到的时候她正大开着窗户，背对着我站着，我习惯性地开口："宋宋，窗别开那么大，人要吹坏的。"

宋蒲没有立刻转身，过了有一会儿，她才慢慢转头，露出一张苍白的脸，眼下的青黑浓得让人觉得可怕：“你是冷吗？冷的话我关窗了。”

我摆摆手：“没事，我就来拿个东西，你……在干什么？”

“干什么？”她重复了一下我的话，随后笑了一下，“吹风啊，你看，太阳真好。”

我顺着她的手指望出去，窗外，云层正逐渐遮盖住那轮渺小的太阳，我突然感到不太对劲，轻声道：“宋蒲？”

“怎么了？你是不是冷到了。”她轻轻说，把眼睛垂下，像是自责，又像是蕴含着其他的情绪，“是我不好。”

语罢，她转身把窗合上，正是在那个时候，她的手肘碰上那花盆，它轰然坠地，泥土溅到她鞋上，多肉饱满的叶片在地上滚动。

我惊讶地看着她，仿佛眼前的人根本不是平常冷静的宋蒲。而她上前一步，探手摸了摸我的额头：“你还冷吗？”她的手就像是死人般没有一点温度，我被冻得一缩：“宋蒲，你怎么了？”

“我……”她张了口，却没有再说出任何一个字，在那一刻，她突然像一个被戳破的气球，又像是被什么压垮了似的，流露出深深的疲倦，走近了一步，轻轻抱住我，瘦削的下巴几乎硌得我骨头痛。

我小心地控制着呼吸，越过她的身体，我看到被她打碎的花盆，碎片静静地躺在那里，仿佛昭示着什么。

闹钟适时响起，把我从回忆里扯出来，我把它关掉，正好看到屏幕上显示三分钟前发来的一则新短信，那内容奇怪得很，只有一个笑脸表情符号。

“您发错消息了？”我解锁，奇怪地打字回复。

不出五秒，那边很快回复，仍是一个笑脸。

八成又是什么恶作剧，我摁灭屏幕，没有再管。关上电脑后，我拿起包走向门外，夏平卿正靠着墙抽烟，见到我来了，他把烟摁在墙上熄灭，道：“我们先去买箱牛奶？”

我点头：“路对面好像有家商店，宋宋是不是发烧了？再给她买点水果。”

他应了一声，转身把烟头丢到垃圾箱里。

今天早上我们约了时间，特地在下午请了假去看宋蒲，她身体不好，一病起来就要躺上好几天，也不知道现在究竟是个什么情况。

记挂着宋蒲的身体，我走得有些匆忙，走到路中央的时候，我突然停住了脚步：“等等，夏平卿……你有没有觉得今天太阳好大？”

阳光好像在一瞬间突然明亮了起来，甚至耀目到刺眼，我猛然感到一阵头晕，几乎要跌坐下去。

我隐约听到有人在说话：“来得及，来得及……”

眩晕感越来越重，一点点把我拉着下坠，我仿佛跌落到很深的水里，湖水吞没了一切的声音，唯有擦过我耳畔的细小泡沫裹挟来遥远的女声。

“还来得及，快去。”

要去哪儿？我试着去抓住那女声，它却变得更加遥远，最后变成了破碎的音节。

一片黑暗里，我好像听见有人在叫我。

“薇薇，薇薇！”

我下意识地应道：“我在。”

那一刻，一双手像是破开湖水，握住了我的手腕，水潮在霎时间退去，就像不曾存在过。

“薇薇，你还好吗？”

我缓缓睁开眼，沈明华正一脸关切地看着我，她道：“我刚出来倒水就看到你倒在这儿，怎么了，是不是低血糖犯了？”

“明华姐。”我眨了眨眼睛，“夏……”

奇怪，我要问什么来着？

我伸手揉揉太阳穴：“我头好晕……”

“没事，估计就是低血糖犯了，姐扶你进去。”

我点点头，被明华姐架起来，脚步还有些虚浮，拐入屋里的时候，我疑惑地朝着门外看了一眼，街上人来人往，就像什么都没发生过。

等我在位子上坐下的时候，才发现我的电脑已经关机了，我嘟囔着按下开机键，明华姐放了杯温水和两粒糖到我桌上，揉了揉我的脑袋：“赶紧吃了，我继续工作去了啊。”

“谢谢明华姐。”我抱着水杯答道，看着开机动画，脑子里突然闪过了一个奇怪的念头：

我应该是要做什么事的。

但我现在什么都想不起来。拆了颗糖放到嘴里，我又朝着四处看了看，转头时看到那新买的花盆。

说起来，今天都没有看到宋蒲。

## 同事——沈明华

今天回家那会儿，我家那口子突然鬼鬼祟祟地把我拉到一边，问我：“你最近遇没遇见怪事？”

我当时以为是他那朋友的事暴露了，顿时惊了起来：“陈福春不都说好和我们没关系了吗，总不是牵扯到咱俩了吧？”

“不是。”他拍了下我，“不是那事儿，你小声点。”

“那你问什么？”我松了口气。

“是那天，我又输了点钱。”

听到这句话我就知道他老毛病又犯了，一口气还没咽下就又提起来。我嫁给他二十年，他的赌瘾就从没戒掉过，后来越养越大，险些把家都给弄垮了。我没好气地推了他一把：“徐珉你还赌，我看你是要把所有钱输光才算完！要不是你输钱，咱们当时也不用帮陈福春做那勾当！”

他低声道：“哎哟祖宗，你小声点。”

想到这事我就止不住地来气，他那朋友说什么好心帮他还钱的时候我就知道不对劲了，后来果真是要我们帮他做事，那会儿他只说让我在报上帮他刊登家教广告，我咬咬牙也就偷偷放了，直到最后我才知道这位好老师好家教，背地里都做了什么腌臜事。

我狠狠呼出一口气，给他撂下一句话：“这次我不会再帮你了，钱你自己想办法，再赌下去，就离婚！”

徐珉这人我知道，生来就胆小，被我吼了一嗓子就不再说话了，但好歹是夫妻，我怎么着也还得帮他。一顿饭后，我已经给自己做好了心理建设。看到他还在看我，我开口道：“没碰见怪事。你真让我想，我也就只想起我们主编今天忘性大得很，出了门又回来，还忘了自己要去哪儿。”

这事儿说来也怪，主编今天突然提了包要出去，脚步匆匆的，只说是有急事，但是不出几分钟就又从门外回来了，还压根不记得自己说要出去这事。而且这还不止发生了一次，大概一个小时后，我又看到他匆匆从门外进来，嘴里嘟囔着：“我是要干什么来着？”

那样子就和失忆了似的，要不是他是主编，我估计都能上《奇闻》。

正常人的记性，哪有这么差呢？

## 老师——何安

宋槐这小姑娘，最近上课总是走神，叫了几声也不应，只有让她同桌推她，她才能回过神来，初中生这副样子，要么是谈恋爱、玩游戏，要么是家里有事，但我仔细留意过，这几样她哪样都没占。

现在的孩子竞争压力越来越大，学习差了一点就能被落下不少，眼看她成绩要往下掉，我约了她来办公室谈心，但她什么都不肯说，只是跟我保证以后会注意的，让我不要告诉她家人。

最开始我答应她了，她的表现也还不错，我觉得她注意到了问题，于是也没有继续管下去，只是后来没过几天，她又变回了老样子，现在作业本上也是越错越多了。

我坐在办公室对着她的作业叹了口气，忍不住开口感叹，没想到附和的老师很多，他们也是什么法子都试过，就是没一个见效的，就在大家都没什么办法的时候，陈福春老师突然开口道：“情况可能没有那么坏。”

他是老教师了，资历比我们丰富得多，我闻言问道：“您有办法？”

他推了推眼镜，语调温和：“我找个时间和小姑娘谈一下吧，你们年轻女老师，要是信得过我，我就帮个忙。”

我顿时喜笑颜开：“那就谢谢陈老师了。”

这时候，我手机传来“叮咚”一声，陈老师笑道：“男朋友的信息吧？”

“哎呀，陈老师你说什么呢！”我摸出手机，看了眼屏幕，愣了一下，“这消息……好奇怪。”

“怎么了？”

我摇摇头，把手机放到他面前，道：“很奇怪，就一个笑脸。”

“八成是什么恶作剧吧。”陈老师看了一下，说道，“不用管他，小美女嘛，骚扰的人多了去了。对了，你是不是还有课啊？”

我一拍大腿，赶紧从位子上起来：“哎呀您提醒我了，我得去3班上课，这快迟到了。”

匆匆拿好教案，我踏着铃声走进了3班，班里吵吵嚷嚷的一片，浑浊的空气让我不由得有些头晕，我晃了下脑袋，敲了敲讲台，开始上课。

不知怎么了，我头晕的情况越来越严重，上一秒我刚讲到一个注释，再反应过来时我已经跌坐在地上，耳畔的声音嘈杂，我好像听到有谁在叫我。

“何老师！”

“何老师！”

我努力去辨认那声音，脑子里有什么一闪而过，我刚抓住它，就陷入了浓浓的黑暗里，再睁眼时，我看到那群孩子都围在我身边，沈老师用手掐着我的人中，我使劲眨了眨眼，目光在他们之中逡巡，最后看到了一张熟悉的脸。

奇怪，我为什么要用“熟悉”这个字眼？

我听到自己用沙哑的声音说道：“槐槐。”

## 杂货铺老板——王二

我是王二，一杂货铺老板，平时店里没客人的时候就喜欢嗑嗑瓜子，听听评书，或者逗店里那几只猫猫狗狗玩。我们这一带都是老房子，大家伙儿都是几十年的交情，偶尔在我店里聚聚聊聊天，也算个不错的消遣，就是最近不少人都搬走了，跟着孩子享福去了，我这店也冷清不少。

最近我那个收音机坏了，我也没舍得花钱再买个新的，没事的时候就只好看看街上有没有什么新鲜事儿，这一看倒是还真的发现了点什么。

比如说我对面那条街吧，那里大概三年前开了家报社，叫《时闻》。名头听起来挺响的，但也就写点开展览、开花会的事儿，上面的广告位倒是比新闻精彩多了。大约是半年前，他们开了个叫《奇闻》的栏目，两个小年轻还经常来我店里问我有没有遇到过什么怪事儿，我能知道啥呢，顶多和他们唠唠我老婆又发现我藏私房钱的种种。熟了之后，那俩人就苦哈哈地跟我倒苦水，小年轻心里有远大理想，但是报社的工作就这么平凡，日子也不好过。不过人嘛，就这样，他们应该也是能自己想开的。

后来几期报纸出来，那《奇闻》栏目倒是火了，把报社给救活了，他们也不常来我店里了。

那上面的事我看过几眼，什么半夜奇怪的敲门声，什么几十年前老家的玩伴突然消失……说实话，活了这些年我哪能不知道这些都是瞎掰扯的，人家看着也就图个猎奇、消遣，要我说诡异，其实还比不过他们那报社诡异。

比如负责那栏目的小伙子吧，有天我眼见着他跟另一个姑娘从报社走出来，两人话说得好好的，走到路中间的时候，那姑娘就跟撞墙了似的停住了，而那小伙子什么都没察觉，一个人走到对面，打了车走了。

后来那姑娘几次想要过去，每次都像撞到什么东西似的被弹回。最后一次她跌倒在地上，还差点被车给撞了，一路上车和人穿过，没有任何人停下来，就好像别人完全看不见她一样。而她起来之后却像是什么都没发生过，掸了掸衣服就回报社了。

青天白日的，那场景怎么看怎么诡异，我顿时浑身发凉，连瓜子都忘了嗑。

后来我去那地方走了走，能穿过，也什么都没撞上，你说周围人来人往，怎么就那姑娘跟遇上鬼似的直愣愣撞上去了，又怎么只有我恰好能看见呢？

而且啊，真要算下去，我遇到的怪事，还不止这一件。

有一次我关了店，准备买些花生下酒吃，老板没有零钱找人换钱去了，我没事做就随便往四处看看。

对面是个理发店，看着是有些年头了，店主是一个四五十岁的男的，好像是在和谁讲话，不知道是听到了什么，他突然把杯子狠狠摔到地上，那客人也被吓了一跳，在椅子上往后弹了一下。

我以为是有什么口角，刚想过去劝架，诡异的事就来了。

那理发店店主突然整个人抽搐几下，随后就像换了个人似的，往四周不停地看，后来一脸和颜悦色地和那客人说话，我估计那客人也傻了，头只剃到一半，直接从位子上站起来走人了。

这时候老板正好回来了，把兑好的零钱塞我手里，我还想着那怪事，没忍住试探地问："我看对面有家理发店，老板长得还挺像我一朋友的，就不知道是不是。"

他叼着烟和我说："老廖是吧，性子挺好一人，就是有些窝囊，不过他老家Z市的，应该和你不认识。而且他命不太好，最近他闺女不知道是不是出了什么事，好像挺急的。"

一片烟雾里，我看到对面的"老廖"正对着镜子笑，诡异得有些可怕。

不知道为什么，我最近总是撞上这些怪事，我想了很久之后，还是决定和家里人搬走，不为什么，只为了求一点清净。

不过我知道这世上的道理，这些事我绝对不会乱讲，保证一辈子烂在肚子里。

**初中保安——沈大强**

今天真是累死了，赶紧睡觉吧。

等等，怎么大半夜了，还有人给我发短信？

**邻居——陈芬**

今早出门遛弯儿，见着邻居那姑娘可是一脸慌张，不知出了啥事哟。

**小卖部老板——黄嘉**

还来得及，快，快去……

**社区居民——林豪**

快打110！

**路人——何婉**

救……

“11月23日，城中花园出现一具女尸，经警方排查，排除他杀嫌疑。”

“11月16日，一女子到我局报案称某教师性侵女学生，我局于次日立案。经侦查，综合各种证据，认为陈某某不构成犯罪，并于今日撤销此案。”

**【使用手册】**

1. 使用前请设置提示词，以防使用次数过多，记忆混乱。

2. 使用本产品后，可穿越回过去任何时间点。

3. 请勿多次使用，使用次数超过4次，大概率会发生以下事件：失忆、随机穿越、人格丢失。

4. 本产品使用过程中，身体借用者受活动范围限制，不可超出活动范围，否则会自动遣返。

另，本产品性质特殊，一经出售，概不退换。

好用再来，谢谢惠顾！

时间沙漏开启，你有一次重新作答的机会，请给出你的答案！

根据以上线索和人物故事，回答以下题目：

1. 事件的经过是什么？

2. 有多少人使用了“本产品”？

关注官博 @X 脑力研究所，并转发本期相关微博，评论区提交问题答案；官博发布正确答案，并随机抽取答案正确的三名“闯关者”，随机奖励【怀旧零食礼包】一份。

重启加载中……

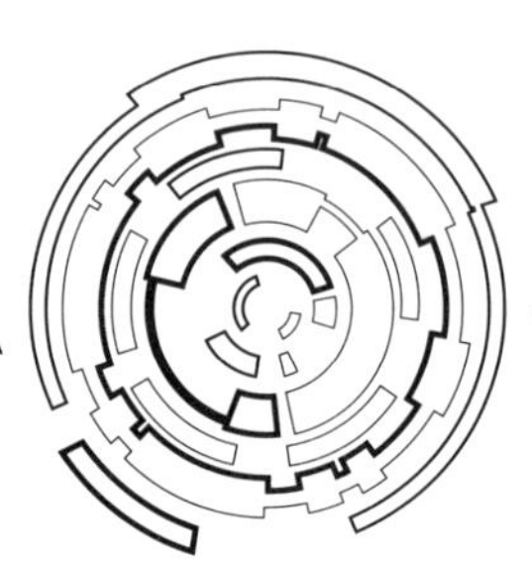

10%

00·00·01

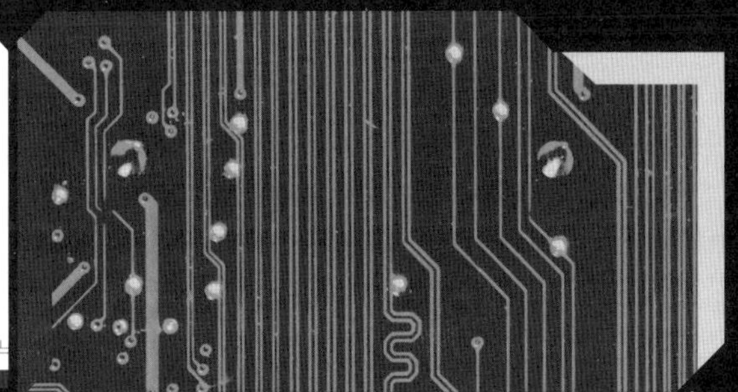

# 沉睡病人

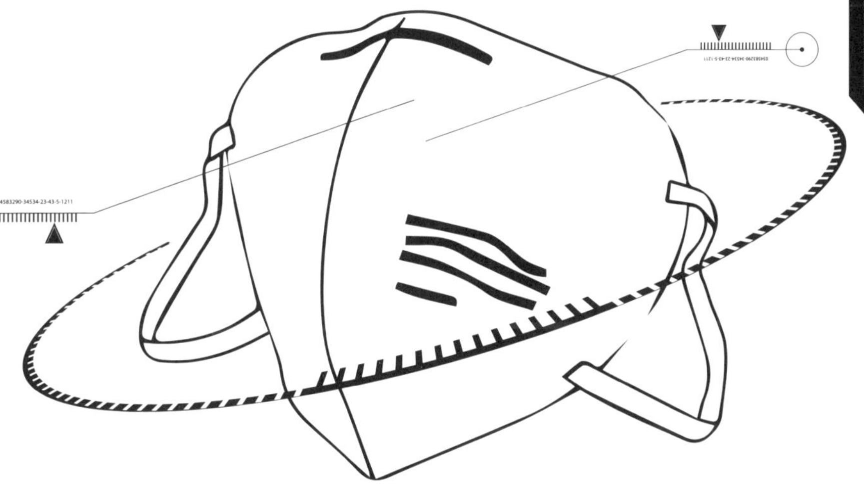

他在单独的这一天中，不知道轮回了多少次。

PATIENT
PATIENT
PATIENT
PATIENT

文/北邙

知乎人气作家，最擅长脑洞怪谈，自称世界第一勤奋写手，号称永不拖更。

唯有时间，能对抗时间。

## 01

我不太喜欢32号床的那个病人。

三十来岁，头发稀疏，黑眼圈很重，面色萎黄，每次躲在角落里看我的眼神，都像是下水道里肥腻的老鼠，阴沉又贪婪，让人浑身起鸡皮疙瘩。

他是大半年前转来我们这儿的，院长本来不想收，推托了好几次，最后有关部门的领导下了死命令，实在没办法，才不情不愿地接收过来。

我问过护士长，为什么院长不待见这个病人。护士长左右瞥了两眼，才小心翼翼地说："白虎山转过来的病人，谁敢收？"

"白虎山？上个月被一把火烧了的城南的那个老精神病院？"我依稀记得这个名字，当初毕业后也报考过那家医院，可连笔试的通知都没接到就被刷了下来。我至今都不知道他们招人的标准是什么。

“可不是？”

“为啥白虎山的不收啊？”

“你一个小姑娘，刚入行，不懂这些门门道道。”护士长小声地叹了口气，“以后你就知道了，我们这些精神病院里的病人，是脑袋不好；白虎山的病人……都是真的有问题的。”

我还没来得及问清楚护士长嘴里的“有问题”到底是什么，她就接了一个电话，匆匆离开了，临走前只给我甩下了一句话：

“离那家伙远一点，别犯傻。”

过了一段时间，我才隐约明白了护士长的意思。

起初的时候，我还有些同情那个病人。

我听过一些关于他的传闻：父亲早逝，母亲改嫁，一个人带着比他小5岁的妹妹在老家生活，结果在他19岁那年，妹妹意外死亡，只剩下他孤零零的一个人。之后他就出现了症状极为怪异的人格分裂倾向，22岁那年，被送进了白虎山精神病院住院治疗。

我想，一定是因为妹妹的死亡刺激到了他，才让他变成了现在这个样子。

所以他住进来没多久，我就开始细心地照顾他。他被院长安排在一个独立的小黑屋里看护，那原本是安置我们这儿最危险、最麻烦的病人的房间，他却直接享受到了这种“礼遇”。

他搬进来的时候，手脚上都戴着镣铐，穿着一件蓝白条纹的束缚衣，身形有些佝偻，神色木木的，只有鼻翼偶尔触电似的轻微抖动一下，比起看人，他似乎更喜欢眯着眼睛，用气味来分辨周遭的环境。

“你好，我叫祝卿，接下来你在咱们这儿住院治疗的时间里，都是我负责你的日常起居。有什么事情，可以随时按床头的铃找我。”

我主动向他示好，声音尽量和缓，生怕刺激到他。

他听完之后，半晌没说话，只是缓缓抬起了头，翻着眼皮，用一种古怪而冰冷的眼神看着我。

然后，缓缓舔了舔嘴唇。

不知道是不是我的错觉，我总觉得他看我的眼神，像是看着一头在祭坛上等着被奉献出来的、扒光了皮的白嫩小羊。

一想到这儿，我的两臂上起了一层密密麻麻的鸡皮疙瘩。

## 02

说来也怪，自从 32 号病人来后，没过多久，我就开始做噩梦。

梦境很真实，真实到了恐怖的地步。

那段时间里，我经常满头大汗地从床上惊醒过来，看着窗外的刺眼阳光，怔怔地坐在床上。我缓缓摸着自己白皙的脖颈，梦中那双粗硬的手和紧紧勒住的麻绳的粗糙质感仿佛还缠绕在那儿，粗重的喘息声和黏稠到令人作呕的恶心唾液顺着我的胸口滴落，梦中的破碎残影在我脑海里一闪而过，我本能地绷紧了足弓，浑身颤抖，恐惧和战栗占据了我的整个大脑。

我没敢告诉同事，生怕她们觉得我是工作太过紧张的原因，从而觉得我不适合现在这个岗位。我更怕的是护士长或者院长知道这件事后会辞退我，这份工作得来不易，我不能因为这种荒谬的原因失去它。

我只向我的男朋友刘阳吐露过这件事。

说是男朋友，其实已经见过了彼此的家长，谈妥了明年的结婚事宜，算是正式的未婚夫了。他是我的学长，为人爽朗，也是这家医院的主治医生之一。

但是医院里知道我跟他关系的人并不多。

他怕人说闲话，我则是怕人知道，我能进来，有一部分是依靠了他的关系，所以我们保持了一年多的地下恋情，准备等到正式筹备婚礼的时候，再向同事公开。

我没把噩梦全部告诉他——梦里的场景太过羞耻，万一他觉得日有所思夜有所梦，怀疑我有什么不对的心思，那可就跳进黄河也洗不清了——我只跟他说，我最近不知道为什么，做了一些关于病人的噩梦，让他给我做一些简单的心理疏导。

可不知道为什么，他的脸色很不好看，过了一会儿才问我，是不是跟那个新来的病人有关。

我心里一惊，没敢接话。

他沉默了一会儿才问我，愿不愿意辞职，离开这家医院，他会用关系把我送进另一个私人诊所，待遇更好，而且不累。

我没想到他的反应居然这么过激，又是心虚，又是惊慌，生怕他误会了什么，连说不用。他却没有再说话，只是看着我，神色越来越差。

我终于发现有些不太对劲了，问他，是不是最近太累了？

说着，我走近了他，伸出手，从他的头发里精准地找到了一根白发，轻轻一提，把它拔了下来："看，最近又熬夜加班了是不是，白头发都出来了。"

我很喜欢给他揪白头发，他平时工作辛苦，时不时会冒出一两根来，在家里的时候，我很喜欢靠在他的怀里，他看书查资料，我就这么在他满头茂密的乌发里寻找新长出的白发，然后手指轻轻一掐，把它给揪出来。

可这次不知道为什么，他的反应很激烈，一把把我推开，没有说话，神色却更加阴沉了。

我的火气也一下子上来了。

那天我们吵了一架，因为是在办公室的缘故，所以没闹大，最后不欢而散。我既不知道他到底出了什么事，也不知道他到底对我的梦境知道多少，他只是一直保持一种不想跟我说话的样子，又阴沉，又恍惚。

回到家之后，我越想越气，忍不住打了个电话给闺蜜杜雪，跟她抱怨这件事情。

没想到的是，她对刘阳没什么意见，反倒是对我的噩梦倍感兴趣。

"你该不会是某些方面……"她贼笑嘻嘻地问我。

"滚开。"

我没好气地回道，本来这几天心情就不好，又遇到了这档子事，任谁的心情也好不了。

"好啦好啦，不过如果是做噩梦的话，我倒是可以给你推荐一个地方，说不定有奇效。"

"我自己就是在精神病院工作的，大姐，你该不会推荐我看什么心理医生吧。"我对杜雪太了解了，她家境优渥，长相可爱，平日里的活动不是名媛聚会，就是喝下午茶逛街，她能给我推荐什么治疗做噩梦的好地方，我是一个字都不信的。

"真的。"电话那头信誓旦旦，"我身边一个朋友亲测过，做了大半个月的噩梦，去了一次就好了，特别灵验。"

"还有这种地方？是哪家诊所？"我半信半疑。

“不是诊所啦。”

“那是什么？该不会是什么道观寺庙，或者塔罗占星之类骗人的玩意吧。”

“都不是都不是，是一家密室逃脱店。”

“什么？”

“密室逃脱，一家叫作噩梦乐园的密室逃脱。”

## 03

我一定是脑袋里进了风油精，才会真的信了杜雪的鬼话，按照她给我的名片找到了这家位于商业中心最偏僻角落里的密室逃脱店——噩梦乐园。

牌子很小，黑色烫金，低调中不失精致。

我推门进去。

柜台前坐着一个穿着黑色燕尾服的大头胖子，见我进门，笑嘻嘻地迎了上来。

“玩密室？”他微微欠身鞠躬，语气热情。

“不……是朋友介绍来的。”

“我们店不在任何网络平台做宣传，全靠客人口口相传，能找上门的基本都是朋友介绍。”他仍然在笑，可不知道为什么，看到他那张大得出奇的脸上堆出来的营业笑容，我本能地觉得有些不太舒服。

“我不是来玩的，我最近……最近老是做噩梦。”

“哦……”他的笑容不变，只是拖长了音，上下打量了我一番，“什么样的噩梦？”

“很难形容，很恐怖，梦里我像是被鬼压床了一样，一直被一个人侵犯着。我想要逃，可怎么都逃不掉，那种感觉非常真实，而且是不断做同一个梦，只是梦里的场景不一样，很多次的结尾，我都是被那个人用绳子勒死……”

“听起来挺有意思。”他嘀咕着，粗短的手指在胸口拨弄着，似乎盘算着什么，“进来吧，来做个检测，就什么都知道了。”

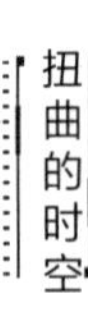

什么意思？

我顿时开始怀疑自己是不是遇上了什么变态。

而且——在密室逃脱店里做检测？

我满怀戒备地跟着这个胖子，进入了里面的房间。

房间很昏暗，看不太清楚里面的布置，只隐约看得到一些人影走动着。

他指了指门口不远处的一张床，让我躺下来。

我有些抗拒，总觉得好像不太安全，只坐在了床上，准备问他打算怎么检测。可是不知道为什么，我刚刚沾上那张床，困意顿时席卷而来，我甚至不知道自己是怎么躺下来的，就昏昏沉沉地进入了梦乡。

等我再次睁开眼醒来的时候，发现床头亮着一盏灯，大头胖子坐在灯下的沙发上，小眼睛里目光闪烁，光影交错，他的半个身子隐藏在黑暗之中。

我注意到，他脚下的影子被斜斜拉得很长很长。

“我怎么睡着了？”我心虚地小声问道。

他没有理我，忽然反问：“你确定你的症状是……噩梦？而不是失眠？”

“是噩梦啊。”我有些错愕。

“奇怪，身上是残留着一些味道……不过……”

他眯着眼睛，像是在思索着什么。

“医生……不是，老板，我到底是出了什么问题？”看到他这个样子，我难免有些紧张起来。

“没什么问题。”

“可是，我的噩梦……”

“你没有噩梦。”

“……”

我眨了眨眼，一时不知道该怎么说：“但我前段时间，一直都在做……”

“真的没有。”

他摘下礼帽，轻轻掸了掸，用一种意义不明的语气平静说道：“不仅没有噩梦，你起码已经一个多月没有做过任何梦了。你睡得非常香，很快就进入了深层睡眠，脑波也趋近于平稳，这是身体非常健康的特征，恭喜你，祝小姐。”

## 04

从噩梦乐园回来后的第二天，正好轮到我值勤。

给 32 号病人送早饭的时候，我像往常一样把餐盘端到他的床边上，他整个人蜷缩成一团，像蚕蛹一样裹在被子里。

他似乎习惯这样睡觉，我听医生说过，这是极度缺乏安全感的表现。

他平时睡得很浅，极少有这个点还没醒的情况，我不准备打扰他，轻手轻脚地准备离开。

他却忽然在睡梦中抽动了一下鼻翼，猛地惊醒，一个激灵，从床上翻身坐了起来。

我跟他四目相对。

噩梦里的记忆碎片如同潮水一般涌来，我的脖子上又传来某种粗粝的刺痛。我几乎是下意识地看向他的手掌，粗糙，皮肤开裂，指甲很长，像是很久没有修剪过。我甚至能闻到那股夹杂着腥臭和汗味的刺鼻气息扑面而来，呼吸不由一滞，往后退了两步。

他直勾勾地盯着我，双眼充血，像一只原始的野兽。

忽然，他咧开嘴笑了。

“你想逃。”

我听不懂他在说什么。

“可你逃不掉的，我们……我们有的是时间。”

某种本能的战栗慢慢从脊背上蔓延开来，我想要说点什么，可喉咙像是被堵住了一样。我看着他，看着他瞳孔里倒映出来的自己，双腿像是麻了一样动弹不得。

“你想起来了什么，对不对？我知道，你记得……你记得那些从来没发生过的事情……可那又怎么样？只要我想，我现在就可以把你——”

我几乎觉得他就要扑过来了。

可他没有这么做。

他只是慢慢地起身，盘腿坐在了床上，脸上的笑容越来越扭曲，也越来越灿烂。

——像是在开餐之前的弥撒祈祷，尽管已经迫不及待想要享受眼前的美味，却愿意用等待的时间，让期待的滋味变得更加迷人和香甜。

## 05

三天之后，我是在家里接到那个遗言电话的。

那是一个金色的傍晚，我坐在窗边，一边小口小口地喝着奶茶，一边看着远处的火烧云发呆，耳机里回荡着悠扬的手风琴乡间小调，让人几乎感觉不到时间的流逝。

忽然，手机铃声响起，是一个陌生号码。

屏幕上没有显示“骚扰电话”的提示，也不是“快递”或者“外卖”，就是一个普普通通的陌生号码。

“喂，你好。”我犹豫了一下，还是接了起来。

“……”

电话那头传来剧烈的喘息声，还有呼啸而过的风声。

“哪位？”我皱起了眉头。

喘息声越来越激烈。

就在我把它当作一个无聊的骚扰电话准备挂掉的时候，一个嘶哑的声音终于响了起来：“……是你干的？”

短暂的错愕之后，我分辨出了声音的主人。

是32号病人。

“你哪来的电话？”我问。

病人在医院里的一切都受到严格的管控，绝对不可能有手机的。

“嘿……是你干的？是你干的？”

他不停地重复着一句话，声音越来越快，越来越快，像是某种恶魔的呢喃，又像是来自地狱的诅咒。

“你在说什么？”我有些害怕，“你在医院吗？”

“不。”

他顿了一下。

“不是你……不是你……”

“是……是她。”

“她回来了。”

我不知道他在说什么。

与其说他是在跟我说话，不如说他其实是在喃喃自语。我从来没有听见过他这样的语气，恐惧，痛苦……还有无法控制的颤抖。

“我欠你的，你要，我就还给你。”

在我愣了一下，还没有明白这句话究竟是什么意思的时候，耳机里忽然传来了尖锐的风声，然后是剧烈的撞击声和什么东西破碎的声音，差点震碎了我的耳膜。

然后，电话挂断了。

## 06

32 号病人死了。

是从医院的天台上跳楼自杀的。他趁看护他的小护士不注意，偷偷从床上溜了出去。路过二楼大厅的时候，还顺手从大厅的椅子上拿了一部不知道是哪个倒霉的病人家属的手机，穿过破旧的老楼走廊，用一根铁丝撬开了生锈的门锁，从消防通道的楼梯爬上了天台。

然后，给我打了一个电话，从天台上一跃而下。

## 07

警方很快介入了这个案子。

无论什么时候，病人在医院自杀，永远是令人棘手的事，更何况我们是精神病院，多的是不怕闹事的家属。

所幸的是，32 号病人没有任何亲属，甚至似乎连好友都没有，他孤零零地活着，然后孤零零地死去。

用我们护士长的话来说，医院出个钱，把他火化了，找个公墓一埋，也算尽了人事，不亏待他。

我猜院长也这么想。

可警方的到来比我们想象中的快很多。

电话挂断后没多久，我就从单位的微信群里看到了现场的视频。32号病人的尸体扭曲地堆在地上，像是成了一摊血肉模糊的红泥，关节处不自然地扭曲着，露出了白森森的骨头碴子。

我没敢告诉任何人，我接到了他临死前的最后一通电话。

包括刘阳。

那天晚上，我一宿都没有睡着，每次想要闭上眼睛的时候，耳边都像是传来了他的声音：

“……你要，我就还给你。”

第二天一大早，我顶着重重的黑眼圈来到医院的时候，发现跳楼的现场已经被围了起来，大楼里每个房间似乎都传出窃窃私语的声音，讨论着这场突如其来的自杀。

一个女人站在围栏边上，穿着黑白相间的金边制服，短发，点着一根烟。

在她把证件出示给我看之前，我完全没法相信，她竟然是一名警察。

“秘警九龙司，叫我屡就行。”她的语气很平淡，刚跟我说话，口袋里的电话铃声就响了起来，她冲我做了一个抱歉的手势，然后转过身接了电话。

“……对，这儿的现场我看了，确实已经死了……什么，关着的那个家伙又消失了？他梦里的时间到几点了？先把人找回来，等我回去再说。”

都是一些我听不懂的话。

我很有耐心地站在一边。我有一种奇怪的预感，她是在这儿专门等我的。

果然，电话还没打完，护士长就匆匆从楼里走了出来，看到我，愣了一下，连忙介绍道：“这是这次负责调查自杀事件的沈警官。沈警官，这就是你要找的小祝。”

叫屡的女人挂掉电话，点点头：“我已经知道了。”

说着，她转向我，问道：“刚刚我们调查后发现，死者临死前的最后一通电话是打给你的，是吗？”

“是。”

“你知道他是挂掉电话的瞬间跳楼自杀的吗？”

“……知道。”

“他跟你说了什么？”

“一些乱七八糟的怪话。”

“怪话？”

我把32号病人在电话里说的所有内容都复述了一遍，听完之后，蜃的眉头深深地皱了起来。

“又是一条从白虎山出来的漏网之鱼……”

“漏网之鱼？”我问。

蜃摆了摆手，原地踱了两步，问：“自从死者来到你们医院之后，有没有发生过什么奇怪的事情？”

“奇怪的事情？”我张了张嘴，脑海中忽然闪过一个人喘着粗气拼命挣扎的破碎画面，有些迟疑道，“我……我这段时间一直做噩梦，算不算奇怪？”

“噩梦？”

我有些不好意思地把噩梦的大致内容告诉了她。

蜃听完之后，喃喃自语：“又是噩梦……那边的事情还没结束，这儿又要再去找那个大头胖子帮忙了吗……”

大头胖子？

我的脑海里立刻浮现出了一个穿着燕尾服、戴高礼帽的古怪身影。

“你说的，不会是噩梦乐园的那个老板吧？”我小心翼翼地试探问道。

蜃转头看向我，语气不自然地顿了一下。

“你认识N？”

“你是说那个店老板吗……不算认识，朋友介绍的，我去他的店里看过一次。”

“然后呢？”

“他说，我没做过噩梦。可我已经连续做了个把月了……”

我有些委屈。

蜃沉默了一会儿，掏出手机，很快又拨通了一个电话。

“……一个护士，你还记得吗？……对……对……没有？”蜃的语气略略抬高了一些，我蹑手蹑脚地站在一边，偷听着他们的对话。

“没有是什么意思……唔……你确定？”

“……”

“好，我知道了。”

挂掉电话，蜃转过头来看着我，又看了看在一旁站着、手足无措的护士长。

“走吧，带我去你们的档案室看看。”

## 08

关于32号病人的卷宗，装在一个蓝色的文件盒里，上面贴着机密的贴条，连护士长都没有打开看过。

听说，只有院长一个人看过这些资料。

蜃没有避讳我们，当面就把文件盒打开了，里面的东西不多，而且多半都被烧成了焦边，像是从火场里抢救出来的一样，还有不少残页。

蜃很快就看完了这些资料，双手抱臂，靠在椅子上，像是思考，又像是在发呆。

护士长给我使了个眼色，示意我留在这儿陪同，然后自己悄悄地溜了出去。

我知道，她是有些受不了这种诡异的气氛。

我也觉得有点不舒服，忍不住咳了两声，小声问道：“蜃……警官，还有什么需要我帮忙的事情吗？”

她如梦初醒，“啊”了一声，然后摇了摇头。

“没什么事情，他确实是自杀，这点你们放心。可我不明白的是，他为什么要自杀？”

“很多精神病人的世界，都是我们无法理解的。”我劝说着。

“不，他不一样，你不懂我的意思。”

蜃沉默了一下，看向窗外。

我趁机偷偷瞟了几眼她放在桌上的档案。

因为被火烧过的缘故，档案上的文字不太清楚，我只隐约看到几行字，似乎是记载着他住院之前的事情，以及他妹妹的死亡。

就在我想要多瞄几眼的时候，屡忽然站起身来，把文件盒合上，然后深深地看了我一眼。

“走，跟我去个地方。”

“什么地方？”我有些措手不及，“可是，我今天值班……”

“没事，跟我走就行。”

“去哪儿？”

“一座岛。”

“岛？”

“对，我要去里头找一个人，请他帮个忙。”

## 09

我发誓，我从来没有见过这么奇怪的地方。

海中间的铜柱大门，星罗棋布的古怪群岛，无数岛屿上形态各异的植被、建筑和嘈杂的声音。我问屡这是什么地方，她却不肯告诉我，只让我出去之后不要乱说，任何人都不要告诉，以免自找麻烦。

我吓得紧紧闭上了嘴。

在门里的群岛上迎接我们、跟屡打招呼的是一个打着白色雨伞、看不清脸的男人，屡称呼他为管理员。简单的寒暄后，他用一艘小木船，晃晃悠悠地把我们带到了不远处的一座小岛上。

上岛的时候，我注意到码头的牌子上挂着“002”的字样。

顺着鹅卵石小路走了没多久，两侧的椰子树和草坪越来越浓密。过了5分钟左右，出现了一扇大铁门，两侧则是高高的栏杆，将一个花园样子的酒店建筑围在里头。管理员打开了铁门，带着我们走进了酒店。

“你们是谁？”刚进入大厅，就听见一个稚嫩的孩子的声音。

我转过头，一个黑黝黝的小男孩，手里拿着CD和玩具车，正站在那儿看着我们。他的目光掠过我和屡，看到管理员的时候，忽然欢呼了一声：“管理员叔叔，这两位姐姐是我们的新邻居吗？”

“不是邻居，是客人。你爸爸呢？”管理员问道。

“他刚从实验室回来，我去叫他！”小男孩飞奔着上了楼。

“实验室？”蜃问。

“教授喜欢研究点新玩意。” 这个被称作管理员的男人，即使是在屋子里，仍然旁若无人地打着他的那把雨伞，整个人站在伞下面，大半张脸被阴影笼罩。

“你不怕出什么岔子？比如……有些东西从你这儿跑出去？”

“比起这个，我更期待他能做出一些让我耳目一新的好东西。”管理员耸了耸肩。

“也许要让你失望了。”一个温和的声音从楼上传来，我抬起头，看见一个穿着白大褂、留着小平头的中年男人，顺着楼梯走下来。

我看到他的眼睛，忽然一个激灵。

他注意到我的异常，转头看我，目光温润，看起来干干净净，可不知道为什么，我的脑海里，忽然把这双眼睛和32号病人的眼睛重叠了起来。他们的眼神背后，似乎藏着同样的东西。

疯狂，破坏，和……超出人类想象的苍老。

“怎么了？”蜃问我。

“没……没事。”我定了定神，摇头道。

男人的目光在我脸上停留了一瞬，然后转过去看向蜃：“九龙司的人，来我这儿干什么？”

“有件事情，想请俞博士帮忙。”蜃的态度很谦卑，不知道为什么，我总觉得她对面前这个男人充满了提防。

“什么事？”男人走到了大厅，在我们对面的沙发上坐下。

“我想回到两天前。”

蜃的语气非常平静。

我却瞪大了眼睛，转过头，看向她。

回到过去？

我一时间不知道是我听错了还是她说错了，可是四下看看，除了我之外的所有人，没有一个露出惊讶的表情，就连那个小孩子，也若无其事地坐在边上晃着腿玩，好像没有任何人把这当作一回事。

被称作俞博士的男人摇了摇头：“玩弄时间的代价，大到超乎你想象的地步。”

蜃摇了摇头：“我不是想去更改什么，我只是想回到前天看看。”

俞博士：“看看？”

蜃沉默了一下：“对，我怀疑，有些时间已经被人更改过了。”

## 10

傍晚，夕阳金黄。

我坐在窗边，一边小口小口地喝着奶茶，一边看着远处的火烧云发呆。

耳机里回荡着悠扬的手风琴乡间小调。

我怔神了两秒，忽然反应过来，一把把耳机摘了下来。

熟悉的房间，熟悉的金色夕阳，熟悉的音乐。

我忽然一个激灵，掏出了手机。

像是事先演练好的拙劣话剧一样，手机铃声适时地响了起来。

一个陌生号码。

我的脑海里一片混沌，甚至分不清究竟是某种过于真实的既视感，还是我真的再次出现在了这个傍晚的房间里。

脑海中隐约破碎的回忆，像是一场梦境一般。

群岛、蜃、俞博士、回到两天前……

我的头越来越痛了。

顾不得想太多，我手指微微颤抖着点下了通话键。

“喂？”

电话那头传来干净利落的女声。

我愣了一下。

“蜃警官？”

“是我。”

“这是……怎么回事？”

“32号病人死了。”

“……跳楼自杀？”

“不，是静脉被不小心注射了空气，死于事故。”

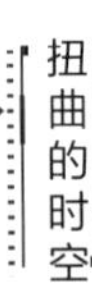

## 11

我赶到医院的时候，蜃和俞博士都站在病床边上，床上是已经死亡的32号病人的冰冷尸体。

“怎么会这样？”我想了半天，只问出了这五个字。

“哪样？”蜃反问我。

“他，他不应该是跳楼自杀吗，为什么，为什么会变成……”

“你关注的重点是这个？”蜃轻笑了两声，转头看向俞博士。

俞博士面沉如水，我注意到他的手里拿着一个银色的小方块。

过了许久，俞博士才缓缓开口：“你是对的。”

对的？

什么对的？

我的大脑忽然一阵锐痛，那天在岛上后来的对话渐渐浮现了出来。

“俞博士，时间迷宫的病变拥有者，可以带着人穿梭在无序的时间迷宫中，但是必须要携带辅助机械禹针，否则可能面临无法标记出来、永远沉沦在时间轮回中的可怕结果。”蜃当时是这么说的。

这么说来，俞博士手里的那个银色方块，就是禹针了？

看我仍没有反应过来，蜃叹了口气。

“小祝，我们回到的是两天前。”

“怎么了？”

“他跳楼自杀是什么时候？”

“是……是昨天？”

我背上忽然竖起汗毛：“你，你是说其实在两天前的晚上，他已经因为事故死了？而不是跳楼自杀？”

话刚出口，我自己反应了过来：“不对，不可能，他明明是给我打了电话后才自杀的，他不会——”

蜃摇了摇头。

“我们现在所处的今天，就是5月17日。”

5月17日……

我记得32号病人就是这一天死的，然后第二天，也就是5月18日，我们去了岛上，见了俞博士。

“不对，你们不是说要回到两天前吗？”我敏锐地发现了问题所在，“那应该是5月16日才对，我怎么还在17日？”

“我们现在确实就是在两天前。”俞博士低声道。

我被弄得有些糊涂了。

蜃没有理我，而是试探性地问俞博士：“能不能再往前回一天？”

“有些危险。”俞博士顿了一下，“但值得试试，我也想知道到底发生了什么。”

## 12

我再次从黑暗中恢复清醒的时候，阳光从紧闭的窗帘缝隙中透出来。

脑海中混沌一片，不记得发生了什么。

忽然，手机铃声响了起来，吓了我一跳。

屏幕上，是一个熟悉的陌生号码。

我按下通话键，蜃的声音从电话那头传了出来。

“醒了吗？”

我“嗯”了一声，看了看床头的闹钟，发现才刚刚早上7点15分。

“来医院一趟，现在。”

“哦，好。”

我连忙起床，洗漱换衣服。就在我对着镜子刷牙的时候，一个古怪至极的念头忽然升了起来。

今天……是哪一天？

打开手机，一个大大的“5月17日”浮现在我的眼前。

怎么又是5月17日？

……

来到医院，蜃和俞博士已经在门口等我了。

“怎么回事，俞博士，我们为什么还在5月17日？”我迫不及待地问道，“他死了吗？”

“没死，躺在床上，但是精神状态非常不好。”屡说道，“至于第一个问题，我想需要博士亲自解答才行。”

俞博士的脸色已经非常难看了。

“是穿越出了问题？”我小心翼翼地问道。

他摇了摇头。

“时间迷宫不是穿越，而是跳跃。你可以这么理解，每个人的时间，都是一个牌组，从上到下按照顺序洗好，过完一天，再翻下一张。而我的时间迷宫，是把这个牌组洗牌之后，随机抽取，你永远不知道你的明天是哪一张……现在借助禹针的效果，我可以在小范围之内，掀开牌看，抽取自己想要的那张。”

他顿了一下，又缓缓补充道：“可是这个人的时间，是一套作弊的牌组。”

“作弊？”

“所有人的红桃七的上一张，一定是红桃六，然后是红桃五，红桃四……可是这个人的上一张，上上张，再上上张……都是红桃六。他的牌组里全都是红桃六。”

我听得有些愣神，眨了眨眼，不明白俞博士到底什么意思。

屡叹了口气，补充道：“意思就是，对于32号病人来说，他过了几天，十几天，甚至几十上百天的……5月17日。”

“他在单独的这一天中，不知道轮回了多少次。”

## 13

看到32号病人的时候，他躺在床上，脸色铁青。

不知道为什么，我觉得他比我记忆中的样子，好像苍老了好几岁一般。

俞博士没有进门，而是守在门口。屡跟着我走到了他的床头。

他看到我的时候，明显怔了一下。

“你……你今天怎么会来？”他的声音嘶哑。

“值班啊。”我随口撒了个谎。

“值班？”他冷笑一声，眼睛里几乎满是癫狂的血色，“是你干的，是吗？”

“我干了什么？”

说实话，我真的一头雾水。

从当初他临死前给我打的电话，到现在突如其来的问话，我一直都不知道我究竟干了什么，可他好像偏偏认准了我似的。

“你从什么时候发现的？”

他反问。

见鬼了，我到底发现了什么？！

“我真的只是来值班，我不知道你在说什么。”我走到床头，熟练地从柜子里取出两板药，“今早的药吃过了吗？”

他没有答话，而是冷冰冰地看着我。

“吃过了吗？”我强装镇定，再次问道。

“你今天根本不值班。”他哑着嗓子，忽然说道，“这是我第一次在今天见到你，你不是来自原本的今天，对吧？”

他的目光渐渐转向屡。

“九龙司？”

屡点了点头：“我来调查关于你自杀的案子。”

“自杀？”他的身子猛地震了震，眼神涣散开来，“我……我最后还是选择了自杀吗？”

我点了点头，正要说话，他的目光却转过来看向了我。

然后，咧开嘴，露出了一个夸张的扭曲笑脸。

“可是，谁说我是自杀？”

屡看着他，我注意到屡的右手插在裤子口袋里，似乎握住了什么东西。

就在我抽身后退，以为他要对我做什么的时候，他却只是伸出手，接过了我拿给他的药，从里头取出了一枚。

“是他杀，永无休止的……他杀。”

他的声音微微发颤，然后，一咬牙，当着我们的面，把药片吞了下去。

十秒钟之后，他的脸色忽然变得铁青，嘴角吐出混着血渍的白沫。

我猛地瞪大了眼睛。

“药里有毒？”

屡却没有露出任何惊讶的神色，而是回过头，我顺着她的目光看去，俞博士站在门口，微不可见地点了点头。

## 14

之后的“一个月”里，我和蜃、俞博士，见证了32号病人的数十次死亡。

不是自杀，全都是意外。

药里的毒，漏电的仪器，门口的交通事故，忽然暴起的医闹家属，高空坠下的花瓶……像是《死神来了》的现实版一样，在5月17日这天，他永远躲不开被杀的结局。

俞博士像是倒带一样，往前不停地翻着时间。

我注意到，他的表情越来越疲惫，这似乎会消耗他大量的精力。

“起码一百五十次。”某天，他脸色苍白，微微喘息，胸口不停地起伏着，“不能再往前了，禹针即将失控，再次回卷的话，我无法保证能定下现实锚点，回到现实中来。我们三个都有可能永远迷失在时间迷宫里。”

蜃点了点头：“那就回去吧，不需要更多的测试了。”

我有些意外：“测试？”

蜃没有理我，而是站在门口，看着此时正在病床上熟睡的32号病人。

后来的这一天，他死于热水瓶爆炸。

不知道什么缘故，他床头的热水瓶忽然爆裂开来，碎片飞溅在他的脸上，刺瞎了他的眼睛，滚烫的热水泼上他的皮肤。

我们三个就这么站在门口的走廊上，听着他在床上打滚，哀号，然后挣脱了护士的束缚，摸到一把水果刀，狠狠扎进了自己的心窝。

## 15

蜃口中的现实，是最后的5月17号，也就是32号病人自杀的那天。

我和蜃一起，早早地等在了医院的天台上。

傍晚时分，32号病人果然如同我们意料之中的那样，拖着疲惫的身躯，来到了天台。

看到我们的时候，他愣了一下。

“不是我。”我抢先说道，“我跟蜃警官一起，见过了你起码一百多次的意外死亡，她作证，真的不是我干的。”

32 号病人咽了口唾沫，干裂的嘴唇里发出如同野兽一般咕噜的含混声音：“不是一百多次，是三百多次，三百五十七次！”

他惨笑一声，原本瘦小的身子越发佝偻起来：“有人杀了我整整一年。”

“我无数次在临死的关头重启这一天，可这一天我又会被新的方式杀死。我一遍遍找，一遍遍看……可我经历了这么多次痛苦和死亡，还是不知道那个人是谁，以及他为什么要这么一遍遍地，用各种方法杀我。”

“也许……也许是她在看着我，是她要杀我了。”他的声音越来越颤抖，也越来越崩溃，“我……我受不了了，我尝试了三百多次，想要活下来，拼命想要在这一天活下来，可我永远无法活过这一天……”

“‘她’是谁？”蜃问。

32 号病人没有说话，脸上的肌肉却剧烈地抖动着。

“是你的妹妹，对吗？”

蜃忽然说道。

32 号病人的瞳孔猛地放大了，他的声音尖锐到了难以忍受的地步，猛地叫道：“不可能，你，你怎么会——”

“我看过你的档案，15 年前，你的妹妹因为车祸去世了，对吧？你还因此获得了一大笔赔偿金。

“可这不是你妹妹第一次出事了。档案上记载，最早在 17 年前的时候，你妹妹就遭遇过一次溺水，而你非常巧合地及时赶到，不，不是及时，简直就像是你知道妹妹要溺水似的，从兼职的店里直接冲回了家门口公园的湖边，救下了你的妹妹。

“你的病变就是那一次开始的，对吗？”

32 号病人没有说话。

就在我以为他不会回答了的时候，他却哑着嗓子缓缓道：

“重启者。

“只要我愿意，我可以无限地重新开始现在的这一天。但是作为代价，我重启的次数，会计入我的生命里，而且重启得越多……消耗的生命就越多。

“现在的我，在经历了这三百多次的重启之后，即使不自杀，也没有几年的命了。”

屦点了点头。

“和我想的一样。”她说，“所以既然你拥有重启的能力，为什么不救你的妹妹？”

32号病人的脸颊剧烈地颤抖了一下，缓缓道：“因为我是第二天才知道这件事的，我没能来得及……”

“骗子。”

一个熟悉的声音忽然打断了他。

“你在说谎。”

我猛地回头。天台的楼梯口，刘阳不知道什么时候站在那儿，戴着口罩，目光平静地看着32号病人。

我发誓，我从来没有在我的未婚夫脸上看见过这种表情，尽管遮住了大半张脸，可他的眼神里，憎恶、痛恨、爽快、悲悯、恶毒……无数的神色混杂在一起。他像是看着某件生命中最珍贵的工艺品，就这么站在那儿，居高临下地看着32号病人。

“你，你是谁？”

32号病人的脸上露出了迷茫的神色。

“我叫刘阳，芙蓉中学初二（3）班……15年前，我在那个班上。不，不仅15年前，我从小时候开始，就一直住在董家园二排的大院子里。”

“你还记得我吗……”刘阳顿了一下，然后带着某种针一样尖锐的嘲讽，冷冷笑着说道，“哥？”

芙蓉中学初二（3）班这几字像是某个开关一样，让32号病人浑身都颤了一下，他几乎是跳起来，遥遥指着刘阳的鼻子，涩声道：“你，你……”

“没错，是我。当初她死的那一天的情形，看到的不仅仅是你，我也，全都看见了。”

## 16

刘阳说，他和那个叫作阿朵的女生，是青梅竹马的朋友和邻居。

虽然32号病人不记得了，但其实小的时候，他们家就住在一起，他还经常喊病人一声哥哥，跟他一起玩。

事情的脱轨，始于 17 年前的那个夏天。

阿朵和刘阳一起去湖边玩耍的时候，阿朵一不小心踩了个空，掉进了湖里。等到被救上岸的时候，已经没有了气息，变成了一具湿漉漉的尸体。

那天晚上，闻讯赶到的 32 号病人跪倒在妹妹的尸体前，痛哭流涕。

同样感到悲痛和害怕的，还有刘阳。

他在心里暗暗发誓，只要能让阿朵重新活过来，他做什么都愿意。

不知道究竟是什么缘故，令他震惊的事情发生了。

第二天一觉醒来，他发现自己回到了前一天的早上，阿朵不仅没有死，还约他一起去湖边玩。

还是个小孩子的刘阳一边迷茫着，一边心里暗下决心，这次绝对不会让阿朵再掉进湖里。

可他没做到。

阿朵没有在原先的地方失足，却被一个路过的自行车撞了一下，为了躲避迎面而来的汽车，她一个踉跄，再次掉进了湖水里。

简直像是冥冥之中注定的一样。

就在刘阳瞪大了眼睛，看着阿朵再次溺水的时候，32 号病人出现了。

他简直像是早就预料到了这一幕似的，直接脱下衣服，一个猛子扎进了湖水里，把妹妹阿朵救了上来。

一旁的刘阳看着他，却和其他看到的人都不一样。

一种本能的直觉告诉他，这个哥哥和他一样，都是第二次经历今天。他看到了对方身上，有着某种与所有人都不一样的奇怪颜色。

鬼使神差的，他没有把这件事说出来。

之后的两年里，他经常发现自己一觉醒来时间再次重置了。他知道，自己没有力量控制时间，他所能做到的，只是“监视”，真正重启时间的，是阿朵的哥哥。

出于好奇心，他开始越来越多地关注哥哥。

可他看到的一幕幕，却给他蒙上了浓重的心理阴影。

拥有重启能力的 32 号病人开始放纵自己。虐猫，抢劫，强奸，甚至杀人……无论他做了什么，只要做完之后，启动重启，那么过往的一切都

会被抹除干净，他又还是那个人畜无害眉眼干净的大男孩。

从那之后，刘阳更加不敢告诉任何人，他亲眼目睹了这个哥哥所做的一切。

他开始畏惧，害怕，可内心又充满了窥秘的刺激和好奇。

渐渐地，他发现，阿朵的哥哥不再满足于在重启的人生中利用犯罪享受短暂的金钱和美色，第二天却又恢复贫穷的日常。

他似乎格外暴躁地想要利用重启人生找寻永久赚钱的法子。

可是似乎冥冥之中有某种规则，他无论是利用能力买彩票，还是投资，第二天都会变得和之前的经历不同，没有一个是能真的赚得到钱的。

就这样，他变得越来越阴沉，越来越激进。

刘阳一直躲在阴影里，见证着这一切。

直到那一天——

放学后的阿朵，遭遇了一场车祸，当场去世。

刘阳并没有放在心上，在他看来，阿朵的哥哥一定会使用能力，再次救下妹妹的。

后来，那一天确实被重启了。

可是，重启后的阿朵哥哥，并没有选择救下妹妹，而是在那天一大早，以自己为受益人，给妹妹买了一份高额的人身意外险……

刘阳难以置信地看着那个从小熟悉的哥哥。

放学后，阿朵一蹦一跳地走在路上，身后，失控的卡车轰鸣着按下喇叭。

刘阳想都不想，就冲了出去，一把把阿朵抱住，将她从车轮下救了下来。

然而，他没有想到的是，第二天，这一天再次重启了。

阿朵哥哥仍然像之前那样买了一份保险，然后在放学之后，在校门口有意无意地拦下了刘阳。

刘阳心中怕极了，他以为自己暗中窥探的事情终于被哥哥发现了。

然而并没有，哥哥不仅没有责难他，反而带着他去买了两个冰淇淋，陪他东拉西扯地聊了好一会儿。

刘阳心中惊慌，不知道究竟发生了什么，也不知道自己是不是已经被发现了。

就在他忐忑不安的时候，忽然，远处放学的人群中传来了惊呼声。

刘阳的心，猛地一沉。

他抬起头，看着阿朵的哥哥，对方虽然在跟他说话，可眼神并没有丝毫看向他，而是望着远处的天空。眼眶微微充血，却又冷冷的，没有半点感情色彩。

这一次的第二天，没有重启，阿朵因车祸而死的消息，传遍了整个学校。

## 17

5 月 17 号的最后一天，没有人死去。

刘阳和 32 号病人，都被屡带回了九龙司。

屡说，这两个人的病变很特殊，一个是“重启者”，一个是“窥探者”，是很罕见的搭配型病变，她要带回去好好研究，还要给他们判处相应的罪名。

刘阳则坦然交代了，他从那天之后，就再也没有见过阿朵的哥哥。

他一度疯了一样地想要找到那个人，可那个人拿了一大笔钱之后，就永远消失在了他的人生里。

只有时不时被重启的一天，让他知道，那个哥哥还没有死，仍然在这个世界的某个角落里，继续重启着自己的人生。

就这样，一年，两年……五年，十年。

就在刘阳渐渐觉得，自己也许已经忘记了仇恨，忘记了这件事，可以彻底开始自己新的人生，恋爱，结婚……像一个普通人一样生活的时候——

32 号病人，转入了我们医院。

刘阳说，当他第一眼看到那张脸的时候，他就仿佛回到了 15 年前的那一天。那个无助的，痛苦的，惊愕的小男孩，倒在地上，哭得撕心裂肺。

那一刻，他才终于发现，原来自己什么都没有忘记。

从那天开始，他就开始筹备起自己的复仇计划。

他比任何人都要更加清楚重启者的优势，他从来就没有准备杀他一次，而是要确保在不被发现的情况下，杀他十次，一百次，一千次，杀到他崩溃，杀到他疯狂为止。

就这样，2个月的时间里，他利用窥探者的优势，一步步、一点点地，布置了足够多的杀局，将所有可能发生的意外，都积攒到了同一天爆发。

他说，重启并不是无敌的力量。重启者被毒杀之后，会知道不能再吃这片药，却永远不知道前一天是谁在药片里下了毒；重启者被一刀捅死的瞬间，可以通过重启来挽救自己的生命，可只要不让他看到脸，他就永远不知道这个躲在角落里戴着面具、拿着水果刀等着他的杀手究竟是谁。

从第一次杀死32号病人开始，他就开始了一遍又一遍陪着对方无限重启5月17日的生活。

他永远躲在阴影里，时刻更改着自己的杀人计划，让32号病人一次又一次像是意外一样死在他的手里。

## 18

刘阳被蜃带走的时候，看了我一眼，低下头，低声跟我说了一声抱歉。

我摇了摇头，说道："你替阿朵报仇，我觉得你没做错。"

他却神色复杂地看了我一眼，摇了摇头，和蜃一起离开了。

摇头的不仅仅是他，还有蜃。

"你真的不明白他究竟在为什么道歉吗？"

我愣了一下。

蜃也摇了摇头，然后离开了。

"屠龙的少年，已经变成了恶龙。他为了杀死32号，早已经做了……和对方一样卑劣的事情了。"

重启加载中……

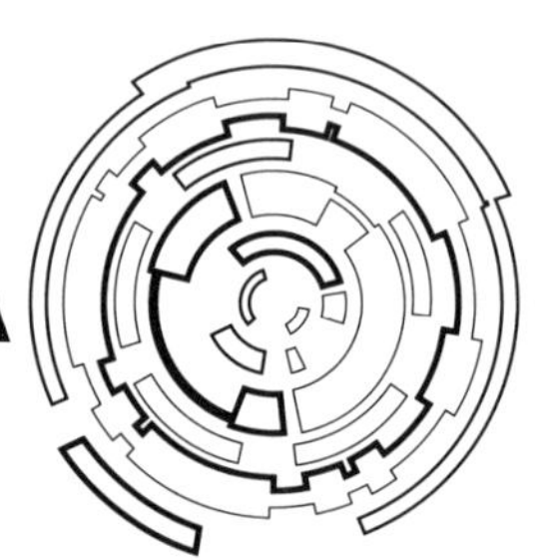

20%

# 00·00·01

# 白月镇

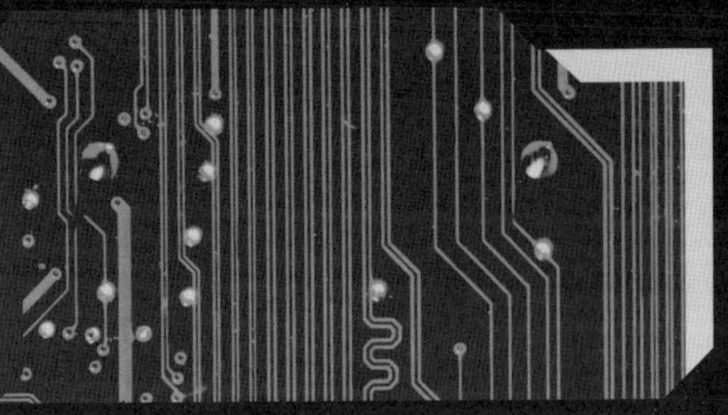

巨大的圆月静静地悬挂在天空中，在它的照耀下，我眼前出现了完全陌生的小镇。

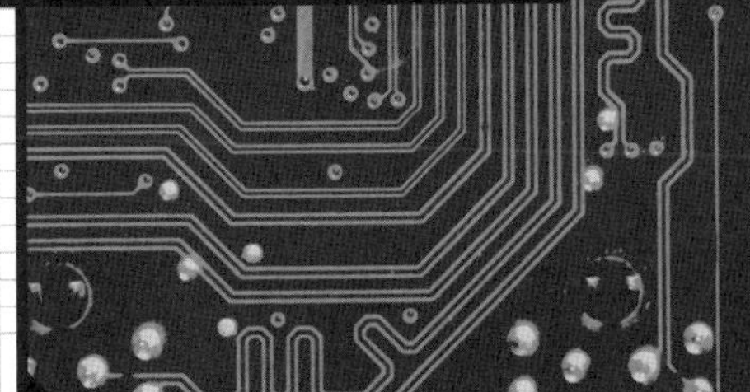

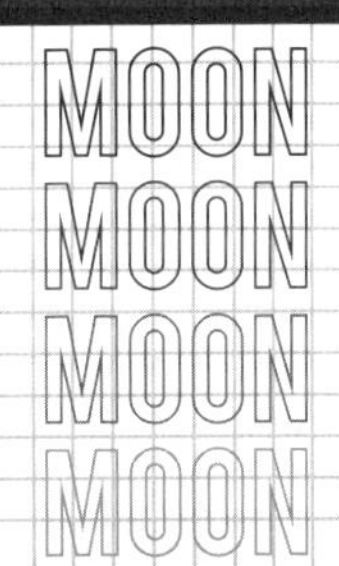

文 / 马汝为

博士在读，论文一篇接一篇地发，根本停不下来。科幻悬疑爱好者，业余作家，写的东西大家都说好，看完情不自禁地给我打钱。家里养了一只橘猫，很胖的那种，可以随便摸不反抗。以上就是我的愿望。知乎 ID：马汝为。

## 01

“你醒了？”

一个陌生的声音将我从沉睡中唤醒。

“你是谁？”我看着眼前的男子问道。昏暗的灯光下，他手臂上的乌鸦文身格外显眼。

“这个问题你该先问问你自己。”陌生男子回答。

“我没明白你的意思……”我揉了揉太阳穴，他的话让我本就昏沉的大脑变得更加混乱了。

“你能想得起来自己是谁吗？或者从哪里来？”

“当然，我是——”我忽然愣住了，本应脱口而出的名字却怎么也想不起来了，脑海之中一片空白，所有的记忆仿佛被清空了一般。

“这才正常。”男子耸了耸肩，对身后说道。那里站着一个同样陌生的女人。

“你们到底是谁？”我紧张了起来。

“这重要吗？你连自己是谁都不记得。”陌生女子走上前来。她应该算是个漂亮的女孩，但脸上笼罩的阴郁让人无法喜欢起来。

“这是哪里？”我环顾四周，发现自己正在一个谷仓一样的屋子里。

“白月镇，至少他们是这样叫的。”陌生男子回答道。

“我是怎么到这里的？”我挣扎着从椅子上站了起来。

“别激动，朋友，你问的每一个问题我们所有人都想知道答案。”男子安抚道。

“还有其他人？”

话音刚落，屋外又传来一个陌生的声音：

“花臂、柚子，你们在里面吗？”

“我真是恨死这个外号了。”陌生男子看着手臂上的文身叹了口气。

“啊，一个新人？”声音的主人走了进来。他看起来五十多岁的样子，两鬓已微微发白，但精瘦的身体似乎并没有受到岁月的影响。

“没错，我们刚刚发现了他。”花臂说道。

“你一定有很多困惑。”中年男子拍了拍我的肩膀，“没关系，神父会解答你的。”

“神父？”

“他是这里的负责人，‘神父’只是一个称呼而已。”中年男子笑着说道。

“但他确实像一个神父。”花臂补充道。

“白月镇是一个和谐的社区，每个人都能在这里找到自己的归宿。跟我来，现在恰好是午餐时间。”中年男子说道。

“相信我，那个神父绝对不是什么好人。”见中年男子走出了屋子，柚子小声对我说道。很明显，这里的关系并不像中年男子口中所说的那么“和谐”。

“你刚刚是不是说到了午饭时间？”离开屋子，我望着天空中巨大的圆月问道。

“抱歉，忘了告诉你了。在这里没有白天，白月永远悬挂在天上。”中年男子淡淡地说道，仿佛在说一件稀松平常的事情。

“所以大家把这儿叫‘白月镇’。”花臂补充道。

“你在开玩笑吧？”

“你会相信的。”柚子面无表情地说道。

借着白月的光芒，我仔细观察着眼前所谓的小镇。这里坐落着十几栋低矮的楼房，但并没有想象中那么落后，反而给人一种深林中的世外桃源的感觉。

“有多少人住在这里？”我望着漆黑的窗户问道。

“目前我们一共找到了十一个人，这会儿应该都在大礼堂吃饭。”花臂解释道。

“找到？”

“就像找到你一样，大家都是突然出现在这里，记不起发生过什么。”

“那为什么不离开这里寻找帮助？”

“相信我，你想说的我们全都有试过，然而我们依然被困在这里。”花臂说道。

“神父会向你解释所有的事情。”中年男子再次重复道。

我内心希望这个所谓的“神父”真的能告诉我这一切的来龙去脉，但从柚子和花臂的反应来看，我很怀疑。

沿着石梯走过一段台阶，我们来到了一栋相对“豪华”的别墅面前。还未走近，便远远地听见其中欢闹的声音。

“听起来不像是一群失去记忆的人。”我皱着眉头说道。

“可不是嘛。”柚子翻了个白眼。

我跟着中年男人来到了屋前。刚推开门，原本喧闹的大厅便一下子安静了下来。

“看样子我们有了新的伙伴，欢迎。”餐桌顶头的男人站起来说道。他穿着黑色的长衫，内着一件白色高领衬衣，我猜他一定就是中年男子所说的神父。

“您一定就是神父了。”

“神父只是一个称呼而已，并非我的职业。请坐。” 他招呼我坐到了他的身旁，并示意中年男子给我端来了一份饭菜，“想必他们已经告诉了你这里的人普遍存在记忆遗失问题吧？”

“听说了，但我仍有许多疑问。这位先生告诉我，你有我想知道的问题的答案。”我说道。

“我们不妨边吃边聊。”他拿起手里的刀叉，将一片面包送到了嘴里。

“你还记得自己的名字吗？”神父问道。

我摇了摇头。

“既然如此，为了方便大家互相交流，你最好给自己想一个称呼，否则其他人就会帮你想了。”神父意味深长地看了花臂一眼，后者翻了一个白眼。

“你们可以叫我……白霜。”看着窗外洒落在树林中的月光，这个词跳入了我的脑海。

“很好，白霜。现在你可以提问了。”神父说道。

“这里是哪儿？”我不假思索地问道。

“我们还无法确定，大家暂时称这里为白月镇，因为——”

“因为那轮永远悬挂在天上的白月？这太荒谬了。”我忍不住打断了他的话。

“我的朋友，在这个地方一切都有可能，很快你就会明白这个道理。”

“如果真像你说的那样，为什么没有人来调查这个现象，你们又为什么不离开这里寻找帮助？”

“走不掉的。”花臂插嘴道，“很多人都尝试过，无一例外都在森林中迷失了方向，只好回到这里。”

“我不信。”

“你完全可以自己去试一试，但在此之前，请先填饱肚子。”神父指了指我面前的午餐说道。

我看了看眼前的餐盘，干硬的面包配上一份蔬菜沙拉，看上去花费了厨师不少的心思。尽管无法引起我的食欲，但让我意识到了一个重要的问题。

“既然你说没人能够离开这里，那这些食材又是从哪里来的？”我问道。

“这些都是我们自己栽种的，柚子和提利帮了很大的忙。”神父朝另一个中年男子微笑着点了点头，看来他就是提利了。

“但按照你的说法，这里根本不会有阳光。”我反问道。

“没错。”神父漫不经心地叉起一片面包。

“植物生长需要阳光，这是常识。”我提醒道。

“正如我刚才所说，在这里一切都有可能。你看外面的树林，并没有因为黑夜而枯萎，否则我们也不会被困在这里了。”

我看向窗外，在白月的映照下树木显得异常茂盛，确实没有枯萎的迹象。

“柚子认为这里的月光很特别，某种程度上起到了太阳的作用。”提利说道。

“这太荒谬了。”

“荒谬但却是事实。”神父依旧是一副面无表情的模样。

“我不相信。”我站起身，径直向屋外走去。此时所有人的目光都落在了我的身上，但除了花臂以外，没有人试图拦住我。

“让他去吧，他会明白的。”神父轻声说道。

离开屋子，我便头也不回地钻进了森林。刚才那番荒唐的对话让我完全无法接受。不一会儿，屋内便再次传出阵阵喧闹的声音，看样子我的离开丝毫没有影响到他们热闹的晚餐。

或者说是午餐，如果这一切都真如他们所说的那样的话。

比起那喧闹的屋子，森林就显得安静许多。尽管从气温来看，现在应该是初夏，可我并没有听见太多动物或昆虫的声音，这反而让我有些紧张。

唯一值得宽慰的是，白月的光芒足够让我看清脚下的道路，避免了许多磕磕绊绊。

为了防止自己在这片森林中迷路，我特地在地上和树干上留下了一些记号。我对自己的方向感很有信心，加上这格外耀眼的月光，我确信自己很快就能离开这鬼地方。

这份自信一直持续到我再次听见那熟悉的喧闹声。

“这怎么可能？”我惊讶地看着再次出现在眼前的白月镇。月亮不知道什么时候从我的身后来到了正前方，正静静地悬挂在白月镇的上方。

“一定是哪里弄错了。”我转身再次钻入了林中，并改用了新的路标。我告诉自己，必须得找到一条路离开这里。可怕的是，这诡异的森林仿佛拥有生命一样，无论我选择怎样的道路，最终都指向了白月镇。在花费数个小时的探索之后，我又回到了原点，而且一路上我从未看到过自己留下的标记。

这片森林有问题。

## 02

“或许这就是你的归宿。”当我又一次回到镇子的时候，神父叫住了我。

“我才不愿意被困在这里。”我反驳道。

“为什么不能？这里衣食无忧，简直是完美的世外桃源。”

“但我们怎么和外界联系？”

“为什么要和外界联系？这里每个人都失去了记忆，对外面的世界没有任何留恋。对我们来说，这是一个多么难得的重新开始的机会。”

我不可思议地看着他，似乎有些明白了他被称作神父的原因。

“但这里什么都没有，与监狱有什么区别？”我反问道。

“我们的祖先不正是在荒芜的土地上带领我们走到今天的吗？在这里，你可以做任何自己想做的事情，没有人会评头论足。这里，就是真正自由的天堂。”

我摇了摇头，不愿再理会他的言论。理智告诉我，离开这里才是唯一的出路。

“没关系，总有一天你会明白的，但在此之前，请先加入我们的社区，你会发现，在这个地方，有一群互相帮助的同伴是很有必要的。”神父向我招了招手，示意我跟他走。

原来午餐早已经结束了，一群人正三三两两围坐在草地上互相交谈着，气氛融洽而愉悦。

“这是我们饭后的日常聊天活动，交流有助于我们重新找回自我。”

数个小时的森林探索已让我精疲力竭，休息一下或许是个不错的主意。然而看着那些脸上洋溢着幸福笑容的失忆者，我很怀疑是否能和他们找到共同语言。

幸好我看见了常年阴郁脸的柚子和没心没肺的花臂。

“大家围在这里是在干吗？”我走到他俩身旁坐了下来。

“交谈并发现自我。”花臂模仿着神父的语气说道。

“有什么好交谈的，连自己是谁都记不清了。”我说道。

“也不是完全失忆，事实上大多数人脑海中依然残留着一些破碎的片段。”柚子说道。

“破碎的片段？”

“一个画面，一段声音，甚至一种感觉。虽然无法完全找回自我，但某种程度上确实能了解自己一些。”柚子说道。

“你还记得什么？”

“一个独眼的中年男人。”花臂耸了耸肩。

“你呢？”我看向柚子。

“我的记忆只是一些毫无意义的噩梦罢了。”柚子苦笑着摇了摇头。

“不妨说来听听，或许能找到某种线索。”我追问道。

“好吧。”柚子理了理头发，“我经常会梦见一个完全由岩石组成的怪物，长着一双蓝色的眼睛。”

“确实有些魔幻。”我挠了挠头。

“你呢？你还记得什么？”柚子反问道。

“一片空白。”

“什么片段也没有？”

我摇了摇头。

就在这时，大地突然剧烈地晃动了起来，我一下子没坐稳，跌倒在了地上。有那么一瞬间，我似乎看见那轮白月也在跟着晃动。

但晃动很快便消失了。

“怎么回事？”我紧张地问道，但其他人似乎都很淡定。

“每天都会有几次这种小地震，放心好了，并不会造成什么破坏，我们周围并没有高楼，这些屋子也结实得很。”

“说起来有些奇怪，但我好像看见月亮也在跟着晃动。”我看向天空中的白月，但耀眼的月光让我难以直视。

“你人在晃动，当然看什么都在晃，这很正常。”花臂不以为意。

“这里到底是怎么回事，我真的受够了。”这里发生的一切都让我无法理解。

“就像你看见的这样，一群失忆的人被困在这个没有白天的小镇上。”柚子总结道。

“但大家似乎很享受这样的状态，除了你们俩。”我说道。

“托他的福。”花臂看着远处的神父小声说道。

“或许我们都已经死了。”柚子忽然低声说道。

“你可别吓我啊。”花臂瞪着她说道。

“没有记忆，无法离开，并且看不到太阳。这里根本不是神父所说的什么天堂，而是死后的炼狱，我们都在这里为自己的过去赎罪。”

“别胡思乱想了。”花臂安慰道。

我叹了口气，躺在了草地上。这镇子里发生的一切都诡异无比，此刻我只想躺下来好好睡一觉。

周围的声音越来越小，我感到自己的意识开始退去，但画面却在我眼前慢慢形成。我似乎进入了梦境。

我看见一个巨大的圆圈出现在视野下方，上面密密麻麻满布着暗绿色的苔藓，仔细一看，却发现那是一片片黑色的森林。在森林的中央有数栋低矮的屋子，屋前的草地上十多个人正三三两两地围坐着，其中有三个人似乎不太合群，坐在了相对较远的位置，一对男女正在亲吻，而另一个人平躺在草地上，此刻正闭着双眼。他的模样越看越眼熟，我忽然意识到那个躺着的人正是我自己！

我看见自己的身体开始剧烈地颤抖，似乎想努力从梦境中挣脱出来。一旁的花臂发现了我的异常，他开始摇晃我的身体试图将我唤醒。

猛然间，我终于从梦境中挣脱了出来，并开始大口地喘着粗气。

“你没事吧？”柚子关切地问道。

我看着她的脸，眼前的画面终于不再是那可怕的俯视视角了。而头顶的天空中，除了那轮永不落下的白月之外，没有任何其他东西。

“你是说，你刚刚通过月亮的视角在观察我们？”听完我的话，花臂觉得很不可思议。

“没错，我看见你们亲吻了。”

“怎么可能，那时候你已经睡着了！”柚子的脸涨得通红。

“如果真像你说的那样，那你还看到了什么？那么高的视角，肯定能看到离开这里的道路吧？”花臂说道。

“一个圆，一个巨大的圆，整片森林都处在其中。”我回忆着当时的画面。

“圆以外呢？”

“我没有注意，似乎我的视野之内只能看到这个圆。”

“这意味着什么？”花臂有些蒙了。

“我不知道，也许我该再回到那片森林里寻找答案。”

“今天太晚了，明天一大早我们和你一起去吧。”柚子说道。

“一大早？”我看了看漆黑的夜空问道。

“我是指时间上。”柚子耸了耸肩，“毕竟你跑了一天，身体也需要休息。”

我点了点头。

花臂将我带到了一间空房子里，但床上的被单已经铺好，像是早有准备。

“神父让我提前准备的，说是指不定哪天会有新人加入。”花臂解释道。

“那我真要好好谢谢他。”我翻了个白眼。

“你好好休息吧，明天我和柚子会来找你。”花臂转身走出了屋子。

我轻轻关上屋门，并拉上窗帘，将月光挡在了外面。在纯粹的黑暗中，我内心反而有了片刻的宁静，真是讽刺。

## 03

第二天，或者说第二夜，花臂拎着早饭将我从床上叫醒。

“几点了？”我问道，但屋外漆黑的夜色让我的问题显得毫无意义。

“你大概睡了 7 个小时。”花臂说道。

“柚子呢？”

“农场那里出了点问题，柚子需要处理一下。真不知道她怎么会懂如何种植那些乱七八糟的植物。”

“也许她之前是个农妇。”

“或者植物学家。”花臂说道，“她那双手细皮嫩肉的，拎桶水都够呛。”

“你应该去帮帮她。”我说道。

“昨天不是说好一起去森林里看看吗？”

“没关系，我一个人先去探探路吧，午饭之前就会回来。”

“那你小心一点。”花臂递给我一个手电筒，却忽然看向了我的床。

“这是什么？”他走到床边，从被单下抽出了一张折叠着的信纸。

“这不是我的，应该原来就压在床下。”我耸了耸肩。

“这是……”看到信纸上的内容，他的脸上露出了惊讶的表情。

“这是谁？”我凑了过去，发现信纸上画着一幅人像。那是一个独眼的中年男人，留着一头精干的短发，而眼罩上画着一只渡鸦的图案。

“我不知道……但他总是出现在我破碎的记忆里，我想我认识他。”花臂皱着眉头说道。

“这是你画的？”我问道。

“我完全不记得有画过这幅人像。”花臂摇了摇头，“而且这间屋子在你来之前一直是空着的，根本没有人住过。”

“或许你曾经住在这里。”我说道。

“鬼知道。”他把信纸叠好，放入了口袋中。

“我们会找到答案的。”我拍了拍他的肩膀，离开了屋子。

白月依旧悬挂在天空中，连位置都不曾变化过。但我并不敢直视它，昨天草地上的经历仍然让我心有余悸。

我努力回忆着从天空中俯视的画面，简单勾勒出了一幅地图。这一次，我选择了另一个方向，运气好的话或许真能找到圆圈的边界。

经过路口的时候，我再次碰到了神父，他手中拎着一盏提灯，正凝视着远方的黑暗。对于我的再次离去，他并没有阻止，反而微笑着祝我好运，不过他内心的真实想法我就无从知晓了。

小镇的灯光渐渐远去，在白月的光辉下，森林中流淌的黑暗虽从未离去，却也无法靠近我，但可怕的宁静却一直折磨着我的神经。恍惚间，我似乎在前方的暗影中看见了一双幽蓝的眼睛。

什么玩意儿？

我赶紧俯下身子，并关掉手电筒试图掩藏自己的行踪，但那东西明显发现了我。那双透着幽光的眼睛正紧紧盯着我所在的方向，借着月光，我隐约看清了它的模样。

那是一只人形生物，但整个身躯被厚厚的岩石所覆盖着，仅露出那双散发着幽光的眼睛。

快跑！我脑海中只有这一个念头。

幸运的是，那个生物似乎并没有追过来的意思，但我也不想冒险返回。在月光的指引下，我一口气跑了好远，直到看见白月镇零星的灯光才放慢脚步。

冷静下来之后，我忽然回忆起和柚子之前的对话。一个由岩石组成的人，并有着一双幽蓝的眼睛，这一可怕的形象不正是她记忆碎片中经常出现的怪物吗？或许我该把我看见的东西告诉她。

“为何如此慌张？这片森林中只有寂静和祥和。”神父依旧拿着提灯伫立在路口。

“或许还有可怕的怪物。”

“怪物？”神父露出了若有所思的表情。

我没有继续搭理他，直接往柚子所在的农场跑去。

“你们都在这儿。”远远地我便看见了柚子和花臂。

“发现什么了吗？看你这么慌张的样子。”

“你记忆中的那个怪物，我刚刚看见了。”

“你是说那个石头人？”柚子露出了惊讶的表情。

“没错，就在那片森林中。”

“带我去找它！”柚子立马放下手中的活儿。

“你确定吗？听你们的描述，那玩意儿应该很危险。”花臂反对道。

“不一定。尽管外形确实吓人，但在我的记忆中并没有对它感到恐惧，相反还有一丝亲切。”

“亲切？对那种东西怎么亲切得起来？”我有些惊讶。

“我说不清楚……但那亲切感却很真实，我想只有见到它才能找到答案。”柚子坚持道。

“那个石头人似乎移动得很慢，如果情况不妙，应该完全来得及逃跑。”我点了点头说道。

“好吧，那我们一起过去。”花臂拿起锄头说。

我领着他俩往之前的方向走去。夜色下的森林几乎难以辨别方向，我很担心自己能否找到之前的道路。但很快我就发现自己的担心完全是多余的，那个东西依然伫立在原地，似乎从未移动过。借着月光，我才发现它完全扎根在土地上，像是一块破土而出的巨石。

花臂紧张地握紧了锄头，试图慢慢靠近它。

而柚子的反应截然相反。她凝视着眼前的怪物，眼神中没有丝毫恐惧，我甚至看到了她眼中的兴奋。

“库拉克……”石头人发出了几个悠长的字节，似乎想表达什么。

“它在说什么？”花臂挠了挠头问道。

“女主人。”柚子平静地说道。

“你能听得懂？”我有些意外。

“是的。虽然我完全不记得曾经学过这种语言，但我确实能听懂它的话。”

我和花臂面面相觑，完全搞不懂眼前的状况。

“弗拉……”又一个词语从石头人嘴里蹦了出来。

“书？”柚子说道。

石头人开始扭动它的脖子，让它的颈部露出了一条缝隙。在月光下，我竟然看见一本书夹在了它的脖子里。

“真的是一本书！”我惊讶道。

柚子小心翼翼地走过去，而石头人始终保持着那个姿势，直到柚子将书取了下来。

“这似乎……是一本日记。”柚子借着手电筒的灯光说道，“一本我自己写的日记。”

“这怎么可能？”花臂惊道。

“我也完全没有印象，但这字迹确实是我的。”柚子说道。

“看看上面写了什么。”我说道。

“我不知道自己是如何来到这个小镇的……”柚子一字一句地读了起来。

## 04

我不知道自己是如何来到这个小镇的，这里的所有人都失去了记忆，每个人都对自己的过去一无所知。幸运的是，我不是第一个来到这里的人。

这个地方隐藏着太多的秘密，那轮永不坠落的月亮无时无刻不提醒着我这一点。其他人把这里叫作永夜镇，真是个合适的名字。日月交替在这里不复存在，日记这种形式也变得毫无意义了。我暂且在这儿胡乱记录一下事情吧。

“永夜镇？听上去和白月镇的情况一模一样，难道是另一种称呼？”我问道。

“我算是较早来到这里的人了，从来没听说过这个叫法，一开始大家就称呼这里为白月镇。”花臂说道。

“继续往下看吧。”柚子说道。

我们被困在了这个镇子，无论如何努力，都无法走出这片四周诡异的森林。很多人开始向命运屈服，甚至慢慢习惯这里的生活，这还得归功于那个被称为“神父”的人，他确实很有说服力。尽管我无法找回曾经的生活，但我决不会向这样的命运屈服，决不会！

幸运的是，我找到了与我有相同想法的人，乌鸦和白霜。我们开始一次又一次潜入那片森林，试图寻找离开的道路，却总是徒劳而返。

时间在慢慢流逝，虽然我们很难察觉，但食物可不会凭空产生，因此我们不得不加入其他人，为生存而努力。有趣的是，我发现自己对如何种植很有天赋，即使脑中毫无印象，也能轻松分辨各种植物，像是一种原始的本能。我猜我曾经一定是个出色的生物学家。

“日记里竟然提到了神父。”花臂有些意外。

“还有白霜。”柚子看了我一眼。

“这不可能，白霜这个名字是我昨天才即兴给自己起的。”我说道。

“日记里还提到了乌鸦，那又是谁？”花臂问道。

我和柚子同时望向了他手上的渡鸦文身。

“这不可能吧？我从没用过这个称呼……”花臂下意识地摸了摸膀子。

“还说了什么？”事情变得更加复杂了，我催促柚子继续读下去，寻找更多的线索。

“后面很多内容都是记录这里的生活，看上去枯燥无味，没有什么特别的……”柚子一边翻页一边说道，“等等，看这一段。”

我已记不清在这里住了多久了。太阳已经变成了遥远的传说，从未有人见到过。更可怕的是，大家已经完全适应了这里的生活，除了我们三人，没有人愿意再踏足那片森林寻找出路。欢笑声开始慢慢出现在这个镇子上，这可不是一个好兆头。

但今天我们遇到了一个奇怪的生物。一个石头人，活生生的石头人。它有一双幽蓝的眼睛，除此以外全身都被岩石覆盖着。乌鸦和白霜很害怕这个生物，但我却有一种奇怪的亲切感。事实证明我的感觉没有错，这个石头人并没有试图伤害我们。我发现这个生物会从头部发出一些简短的音节，像是一种语言，而我竟然能听得懂。遗憾的是，它的智力水平并不高，仅能表达一些简单的词汇，比如“女主人”“高兴”“玩”等，我猜女主人就是我了。

考虑到它可怕的外形，我们决定不告诉镇上的其他人。说实话我也无法信任其他人。在神父的带领下，整个镇子的氛围变得有些怪异。

这些日子里，和石头人的交流成了我最大的乐趣，然而频繁出入森林引起了神父的注意，他越来越关注我的行踪。为了保守这个秘密，我决定把日记放在石头人那里——它的脖子上有一个巨大的裂缝，就像袋鼠的育儿袋一样。

值得一提的是，白霜坚信这背后隐藏着一个巨大的阴谋，这使得他和神父的关系越来越僵。而他怀疑的理由竟来自于他那亦真亦幻的诡异梦境。我有一种预感，很快就要有大事发生了。

柚子读到这里停住了。她往后翻了几页，脸上露出了困惑的表情。

“她说的大事是什么？”

“我不知道，日记到这里似乎就结束了。”

“结束了？后面还有字啊。”我看着那厚厚的书页说道。

“后面的内容好像不是同一个人所写……但又都是我的字迹。”柚子皱着眉头说道。

“这是什么意思？”花臂有些蒙了。

“我读给你们听。”

我没想到会在一个石头人的脖子里找到一本日记，而且还是我自己写的日记，尽管我对此毫无印象。日记里的内容与我遇到的情况太相似了。一个无法离开的小镇，一轮永不坠落的白月，一群失去记忆的人……很有可能我曾在这里生活过一段时间，并写下了这本日记。根据日记的内容来看，这些失忆者为了生存曾努力重建了镇子，甚至还建造了一个农场。然而在我第一次醒来的时候，小镇完全是一副荒废的模样，日记中记录的一切似乎都从未发生过。是这本日记预言了我们的未来吗？不会。虽然这里也有叫神父和白霜的人，但这个镇子被称为黑森镇，并且我信任的另一个同伴不叫乌鸦，而是叫文身，尽管他手臂上的文身图案确实是一只乌鸦。

一切是如此的相似，又有太多无法忽视的差别。

这本日记到底意味着什么？

“这到底是什么意思？又是文身又是乌鸦的。”花臂有点蒙了。

“或许这两者是同一个人。”我看着他文着乌鸦的手臂说道。

“你的意思是……都是我？”花臂深深吸了一口气。

“很有可能。整本日记都是我的字迹，但前后又像是两个人所写。而后者所记载的，似乎是前者的再现。”柚子说道。

“我们这几天所经历的，也几乎是日记里内容的重现。”我补充道。

“两篇日记都没有写完，后来到底发生了什么？”花臂问道。

“你不会想知道的。”一个空洞的声音从黑暗之中传来，每一个字都毫无感情，就像落入湖面的雪花。

“谁？”我们的神经一下子紧绷了起来，而石头人更是发出了不安的低鸣声。

“我是你们无法理解的存在。”黑影从身后慢慢显现，月光很快照亮了他的脸庞。

“神父？”看着眼前身着长衫的男子，花臂惊讶地张大了嘴。

“你到底是什么人？”柚子喊出来她早就想问的问题。

“人？弱小的种族。”

他的话让我们倒吸了一口凉气。

“一个微小的失误，忽视了这个低等的硅基生物。”神父将目光转向了石头人，“早该解决掉你，以免影响我伟大的实验。”

在我们恐惧的目光中，神父脸上的皮肤开始慢慢融化，紧接着一根巨大的触手破体而出，迅速缠绕住石头人。

“这是什么怪物？”花臂拉住早已被吓呆的柚子，惊恐地往后退去。

石头人发出痛苦的哀鸣声，它试图挣脱身上的触须，但完全是徒劳的。触须的力量实在是太大了，一瞬间就将石头人连根拔起。

“不！”柚子痛苦地哭喊道。

花臂见状立马举起锄头，狠狠地砸在了“神父”的身体上。这一击似乎打到了痛处，触手痛苦地扭动着，并放开了缠绕着的石头人，但后者已失去了生机。

“那里有个通道！”借着月光，我发现石头人扎根的地方竟然是个通道的入口，便赶紧拉上他俩跳了进去。

“你们逃不掉的……”空洞的声音从洞口传来，并渐渐远去，但我们丝毫不敢放松警惕。

## 05

在经历了漫长的下落之后，我们终于滑出了通道，迎接我们的却是一阵恶臭。

“这是什么鬼地方，真臭。”花臂捂着鼻子说道。

我环顾四周，发现我们正身处一堆垃圾之中，而头顶则是数个圆形管道口，我们便是从其中之一出来的。

“这些是我们种的植物，都被连根拔起了……还有一些我从未见过的品种。”柚子拿起一株蓝色的花朵说道。

“这里像是垃圾回收站，而且位于小镇的正下方。”我说道。

“先离开这里再说吧。”花臂捏着鼻子催促道。

我们很容易便在侧面找到了圆形阀门，但花了巨大的力气才将门拧开。从它的锈迹来看，已经很久没人打开过这扇门了。

“这里是什么地方，为什么会有这种阀门……”柚子望着眼前漫长的通道问道。

“不知道，像是某种工厂。”花臂环顾着四周。

"为什么镇子下面会有一个工厂？"

"先走再说吧，那个怪物不知道什么时候会追上来。"我提醒道。

这条长廊似乎没有尽头，而两侧却分布着许多紧闭的金属门。奇怪的是，这些门没有任何把手或者按钮可以打开。

"这个门开着。"走在最前面的花臂忽然喊道。

我和柚子跟着他走了进去，发现来到了一个实验室模样的房间。数个巨大的柱状培养皿矗立在房间的中央，而每个培养皿中竟都浸泡着一个赤裸的人。

花臂走到其中一个培养皿面前，忽然惊恐地退后了几步，并望向我。

"白霜，这里面是……"他的声音有些结巴。

"是什么？"

"是你……"

他的回答让我一下子没反应过来。但我走到培养皿面前便瞬间明白了他的意思。

培养皿中浸泡着的人和我一模一样！

"这怎么可能！"我下意识地后退了几步，完全不敢相信眼前的一切。

"这些是克隆人吗？"花臂不安地看着我说道。

"不。"沉默许久的柚子忽然开口道，"他们是生化人。"

"生化人？你是说那种半克隆半机械的生化人？"

"没错。"她看着我说道，声音中充满了同情。

"你怎么知道的？"

"这里记载着你的基础参数。"她指了指身后的操作屏，上面闪烁着一个人形的三维视图。

"领航者 3 型。"我轻轻念出了旁边的注释。

"上面说你被建造出来用于星舰的导航，并且拥有操作星舰的大部分权限。"

"星舰？你是说那种能用于太空旅行的飞船？"花臂惊讶地问道。

"没错，我们或许就在宇宙飞船上。"柚子神色凝重地说道。

"我的天……"花臂抓狂地挠着头，忽然握着我的膀子说道，"生化人，呃……我是说白霜，既然你有权限操作这艘飞船，那你一定能读取相关的日志。能不能想办法搞清楚到底发生了什么？"

“上面说把这根数据线接入你后脑的端口，就可以和飞船同步数据。”柚子拿着数据线小心翼翼地看着我说道。

我点了点头，并转过了身。尽管难以接受自己是生化人的事实，但我更想找回自我，并搞清楚究竟发生了什么。

在端口接入的一刹那，整个世界忽然静止了，然后又迅速流转起来，犹如汪洋大海瞬间涌入我的身体。

“怎么样？”花臂拍了拍我的肩膀，将我拉回了现实。

“达尔文号，隶属于星骤联盟的殖民飞船，前往半人马星座探索适合人类居住的星球，航行时长 22 年零 16 天。”

“22 年……这艘船发生了什么，为什么我们对自己的过去毫无印象？”柚子问道。

“航行日志显示，11 个月前飞船遭遇了不明生物体入侵，动力系统被破坏，多名船员下落不明，但仍能检测到 9 名船员的生命体征。”

“9 名？除去你和神父以外，刚好是白月镇居民的人数！”花臂说道，完全没有考虑到我的感受。

“那白月镇又是什么？”

“那是飞船的生态舱，用来模拟地球环境，并保存样本。生态舱的外围装有动态壁垒，所以我们怎么努力都找不到出路。而那轮白月就是生态球，用来维持生态舱的能量平衡并观察样本。那个俯视视角的梦境，很有可能是因为我的系统和生态球取得了某种联系，所以才能用生态球的视角观察一切。”

“我们为什么会失去记忆？”

“我不知道，那个怪物也许有某种特殊的手段，但我找到了关于你们俩的资料。”

“告诉我们。”

“柯蒂斯·赵，少校，星骤联盟达尔文号舰长。莫妮卡·米勒，中尉，星骤联盟达尔文号科技顾问，外星生物学家。那个石头人，是之前在欧洛 3 上发现的硅基生物，你将它带上了飞船进行研究。资料显示，你和那个石头人曾进行过良好的互动，它很信任你。”

“所以它才会帮我们，并付出了生命的代价。”柚子，或者说莫妮卡，轻轻叹了口气。

“它一直生活在垃圾输送管道里，所以才没有被发现，也因此救了我们。”我说道。

“我们有办法消灭那个章鱼一样的怪物吗？”莫妮卡问道。

“我不知道，但显然我们曾尝试过，并失败了。”

“那我们有什么办法能离开这里吗？”赵问道。

“或许……但我必须到达舰桥才行，在这里我什么都做不了。”我说道。

“那我们还等什么呢？”赵拿起锄头说道。

## 06

通往舰桥的道路比我想象中要简单得多。在找回自己的数据记忆之后，我可以轻松操控那一扇扇关闭着的金属隔离门。仅仅用了 10 分钟，我们便到达了舰桥。

但舰桥透明舷窗外的景象让我们彻底绝望了。

一只庞大到难以想象的巨型生物盘踞在太空之中。它章鱼状的触手紧紧缠绕着达尔文号，任何轻微的动作都会引来飞船的震动——这也是白月镇频繁地震的原因。

“这生物……竟然能生存在太空中。”莫妮卡惊叹道。

“白霜，我还是叫你白霜好了。我们有办法挣脱它吗？”

“恐怕不行。”我熟练地操纵着指挥屏，“整个飞船的电力似乎完全被这个生物吸干了。”

“那我们完蛋了。”赵瘫坐在舰长的椅子上。

“不一定。探测器显示星骤联盟渡鸦号就在数光年外，那是一艘泰坦级战舰，拥有威力强大的武器。那艘飞船的舰长正是你的父亲，弗兰克·赵，如果我们能联系上他，或许还有救。”我调出了弗兰克舰长的全息图像，他的一只眼睛戴着黑色的眼罩，上面画着一只渡鸦的图案。

“这不是经常出现在我记忆碎片里的那个人吗？竟然是我的父亲！你能联系到他吗？”赵问道。

“我已经试过了，但通信系统被某种干扰设备屏蔽了。”

“想办法啊！”

“有一个办法。领航者3型作为最先进的导航员，所记录的航线数据往往拥有巨大的价值，因此联盟特地开发了一种加密的信息互通机制，一旦导航员被毁，它的所有数据便会通过这种加密机制同步到最近一艘飞船的领航员身上，起到类似黑匣子的作用。或许这种加密通信能突破屏蔽。”

“这么说，我们只有毁掉你才能联系到父亲？”赵有些犹豫。

“是的。”

“但这样我们也就失去了唯一的优势，如果那个怪物找上我们。”

“我有预感，它不会杀掉你们。刚刚短暂的交流中，它提到过所谓的伟大的实验，我想这也是它抹掉你们记忆并假扮成神父这个形象的原因。如果它不知道我们联系了渡鸦号，或许还有机会。”

“所以我们不能毁掉你，至少不能是我们动手，以免它起疑心。”赵看着我，凝重地说道。

“我明白了。”我点了点头。

半小时后，“神父”终于找到了我们。他的头已经完全融化，并被一根巨大的触手所替代。

“希望，是现实与绝望之间的一层薄纱。揭开这层薄纱，毁灭也会随之而来。”他空洞的声音低语道。

“你到底是什么东西？”我问道。

“生命进化的顶端，整个星系的主宰。”

“为什么要袭击我们？”我问道。

“进化，显而易见。”它说道。

“很明显你进化得比我们好。”莫妮卡看着它的触手讽刺道。

它轻蔑地笑了起来：“在漫长的观察中，我早已掌握你们的行为方式。即使你们拥有复杂的情绪变化，也都逃不出固定的结局——在安逸中走向毁灭，一次又一次，所有的实验都毫无例外。但你们创造的玩具却很有意思……”触手指向了我。

“我？”

“没错，一个基于绝对逻辑的半机械体，却又融入了人类的情感变化。每一次实验，你都会与我扮演的角色发生冲突，使我不得不重置实验。我很好奇，到底是什么原因驱使着你一次又一次违抗我的意志。”

“大概是程序设定好的吧。”我淡淡地说道。

“你的程序是服从。但清除掉所有初始设置的记忆数据之后，你就变得不再那么听话了。我很好奇引起这种变化的原因。”

“这就是你一遍又一遍重置你所谓的实验的原因吗？”

“进化从来都是一个漫长的过程。”它的触手再次扭动了起来，“现在，让我们重新开始。”

我下意识地后退了两步，但想到自己的使命，又只能强行让自己镇定下来。

“人类的记忆可以轻松抹去，但机械存储的数据却只能通过一种方式抹去。”它的触手迅速将我缠绕起来。

“那就是毁灭。”

我试图挣开它的束缚，但那力量实在是太大了，一切努力都变得惨白无力。

“幸好这艘飞船为我准备了无数个实验体，我只需从培养皿中拖出一个新的……”

它的声音慢慢变得遥远。我感觉自己的意识被慢慢剥离，这种怪异的感觉仿佛一只乌鸦钻出了自己的身体。我明白，应急同步机制生效了。

当我再次睁开双眼的时候，我发现自己正躺在一个谷仓里，而头顶挂着一盏昏暗的油灯。

“你醒了？”一个陌生的声音说道。

“你是谁？”我下意识地问道。

“这个问题你该先问问你自己。”陌生男子反问道。

一种似曾相识的感觉涌上了心头。

我猛然坐起身来，看着眼前的陌生男人。他留着寸头，一只眼睛上戴着黑色的眼罩，上面是一只渡鸦的图案。

“弗兰克舰长！”我叫了出来。

“弗兰克舰长？”他愣了一下，似乎对这个名字非常陌生，“我知道你有很多困惑，我们都经历过记忆缺失，忘记自己是谁。相信我，还有更怪异的，比如那该死的月亮会一直悬在天上。万幸的是，我们有神父指引，他是个很有魅力的人，你会喜欢他的……”

他自顾自地说着，完全没有注意到我脸上的惊恐表情。

我站起身将他推到一旁，挣扎着走出了屋子。巨大的圆月静静地悬挂在天空中，在它的照耀下，我眼前出现了完全陌生的小镇。

它比白月镇更大，也更加令人绝望。

重启加载中……

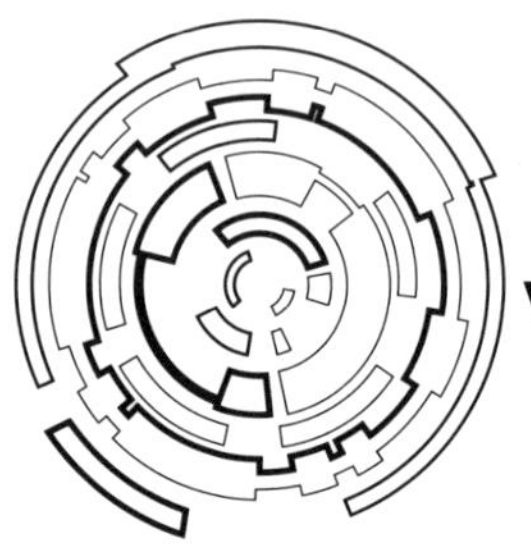

30%

00·00·01

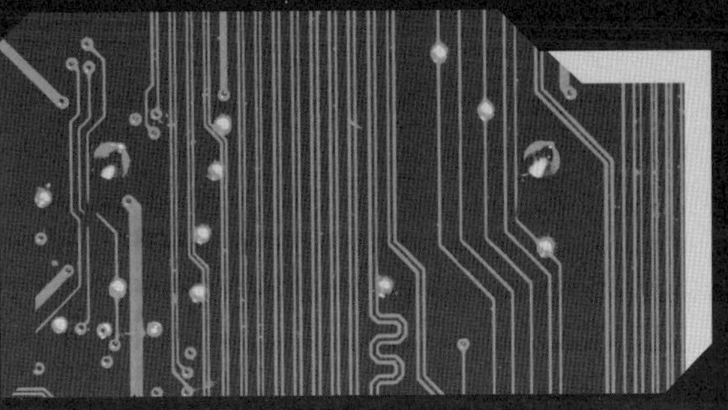

# 造物法则

“再见”两个字还没来得及说出口，她便在我眼前消失了。突然地，瞬间地，消失了。

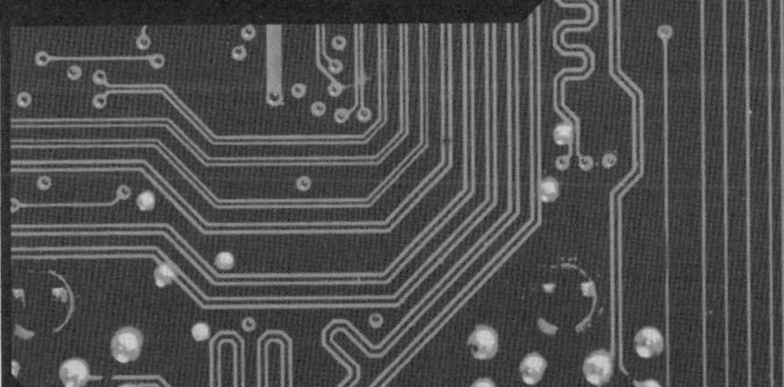

THEOREM
THEOREM
THEOREM
THEOREM

文 / 苏小晗
擅长推理，因太喜欢写烧脑、悬疑故事而成为严重脱发患者。
目前正以攒够为自己植发的钱为目标而努力码字中。微博 @ 苏小晗丫

**林安瑶**

## 01

天才。

提到这个名词，很多人的脑子里都会出现一个很有名的人，比如达·芬奇、爱因斯坦、霍金……

但提到这个词，立刻出现在我大脑里的则是许洋的脸。

说起许洋，我更愿意称呼他为“万年老二”，他一直稳居年级第二，而我则在三四名徘徊。大家对年级前五的优等生，清一色都评价为“书呆子”“死读书的”……唯独他，被公认为“天才”。

这个“天才”的称号并不是因为他擅长游戏，擅长运动，又或者叛逆得受同学们欢迎才得来的。相反，他对游戏一窍不通，体育更是糟糕透顶，至于叛逆，那更是没有，他大多数时间除了发呆便是眉头紧皱着发呆。

他能获得这样的称号，完全是因为他偏科太严重，尤其是历史。许

洋的历史成绩，别说及格，就是上个两位数都很难。可偏偏他其他的科目又好得不得了，经常接近满分，甚至连语文这种主观性很强的科目都能考得十分优异。

久而久之，学生之间便有了这么一个传言：许洋是故意放水给第一名，因为他暗恋第一名。

但说实话，比起这些称号或是传言，我更感兴趣的是他这个人。我这么说不是因为我暗恋他或是崇拜他，而是因为我在无意中偷看到了他的日记。

说起来，其实是因为前不久的一次表彰大会，作为学校的骄傲，我们这一众的“书呆子”自然是要和“天才”一起站在队伍里等着上台领奖，顺便发表一番感言。

但那天不知道是因为太阳太大，还是校长的废话太多，许洋突然摔出了队伍，就这么昏了过去。周围的人手忙脚乱扶起他，急急忙忙把他送往医务室。我当时作为年级第三，就站在他的身后，却从他晕倒到他被抬走，愣是呆在原地没反应过来，直到大家都走远了，我才意识到他的笔记本掉在了地上。

我想，这也就是我无法被称作“天才”的缘故吧，遇到突发情况，我除了发呆还是发呆。

我叹了口气，从地上捡起许洋的笔记本。他的笔记本很小，大概手掌大，正好能装进校服的口袋。彼时我对他充满着无限的好奇，一直想知道他每天都在想些什么，又到底有什么学习的秘诀。怀抱着这样的心情，我把那个小小的笔记本打开了。

出乎我的意料，里边没有写任何的单词、公式或者是学习总结，而是一堆意义不明的数字：20121221、20161010、20200322……

有些数字被红笔圈了起来，有些数字则被重复写满了整页纸。我看着这本笔记本，直觉告诉我他日常的发呆肯定跟这些数字有关，可是，到底又有什么关系呢？

我无法掩盖自己的好奇，鬼使神差地将笔记本塞进了我自己的口袋里。

许洋晕倒之后在医院躺了大概一周。据说他当时是因为阑尾炎犯了直接痛晕了过去，被送到医院之后当即开了刀动了手术，这才在医院躺了一周。

在他消失的这一周里，我一直试图弄清楚这些数字的意义，可惜我查遍资料也一无所获。

不，唯一的收获就是，他本子上写的这些数字，全是网上谣传的世界末日日期。

不过可惜，2012 年、2016 年，甚至 2020 年都早已过去了，所以最终我还是搞不明白他记录的这些数字到底是什么意思。

果然，天才的思路跟普通人就是不一样。

我叹了口气，想着不然挑个时间把许洋的笔记本还给他，结果没想到他却跑回了学校。

“林安瑶。”许洋一回到教室，便径直朝我走了过来。

“啊？怎么了？”我问。

他伸出手，脸色有些不悦：“把我的日记本还给我。”

我不知道他是怎么知道日记本在我这里的，但我知道他专挑放学的时间来学校，为的就是要回他的日记本。

我本就打算把日记本还给他，可现在看见他这么嚣张的态度，不知为何突然改了主意。

“你在说什么啊？”我装出一副无辜的样子，“什么日记本？你在说什么？”

许洋抓了抓头发，有些急躁：“我知道在你这里。”

“有证据吗？”

“别闹了，林安瑶，你玩这个把戏已经是第三次了。”

“什么？”我皱起眉头，在这次事件之前我跟许洋没有任何的接触，甚至连说话的次数都不超过三次，他为什么会这么说？

“第三次，是什么意思？”我追问道。

许洋叹了口气，回答道：“我知道你接下来还要问我日记本里的数字代表着什么，还会追问我为什么知道我的日记本在你手里，还会第五次让我仔仔细细给你解释是什么意思……听着，你的这些疑惑我都可以解释给你听，但我希望你现在能把我的日记本还给我。”

他像是会读心术一般，把我内心所想全都说了出来，这让我有些不知所措地呆在原地。好在放学时间大家已经走得七七八八，看到我这副窘样的人并没有几个。

“哦，我猜你此刻又多出了一个问题，那就是我为什么像是有读心术一样能看出来你在想什么。”

我不知道该说什么，或者说该做出什么样的反应，我努力让自己的脑子跟得上现在的突发状况。

“好吧。”我服了软，被人轻易看透的滋味并不好受，我从书包里拿出他的日记本递给他，“那你什么时候跟我解释这些？”

许洋接过日记本，道：“明天，明天上午，你来医院 305 病房找我，我会告诉你一切。”

## 02

我不是没想过许洋可能是在整我，毕竟日记本已经还给了他，而且我也压根儿没弄明白那里边到底写了些什么，他完全没必要告诉我他的秘密。但，不知为何，我还是踏进了 305 病房。

“怎么样？有好点吗？”我把手中提着的水果放在许洋的床头，故作客气地微笑着。

“2026。”许洋并没有跟我客气，而是自顾自地说出这么一串数字。

“什么？”我有些反应不过来。

“下一次地球重启的时间。”

“什么？”

“你不是想知道我的日记本里写的那些数字代表着什么意思吗？”许洋扯出一抹意义不明的微笑，“就是这个意思。”

20121221。

20161010。

20200322。

我想起了日记本中那一串串意义不明的数字。

“你是说 2012、2016、2020……这些都是地球重启的年份？等等等等……”我努力把自己的思路理清，“你先告诉我，地球重启，是什么意思？”

许洋舔了舔嘴唇，似乎在思索着如何跟我解释：“那我换一个角度……

你见过长着鳄鱼脑袋的鲨鱼吗？或者，有见过吸人血的蜜蜂吗？”

“现实，还是科幻电影中？”我问，“你说的这些我好像在科幻电影里见过。”

“不不，我说的这些不是电影，而是真实存在的，或者说曾经真实存在过的。这些生物，不单单我亲眼见到过，你也亲眼见过。”

“我可从没见过长得像蜜蜂的蚊子。”我看着许洋的表情，试图从他的表情变化中看出他到底有没有精神上的问题。

“你不记得，那是因为你被重启了。”许洋苦笑，“每几年，地球会重启一次。当然也不一定是地球，或许还有月球、火星、太阳系……但仅从我的观察来看，我们所生活的地球，每四年都会进行一次重启。所谓重启，便是选择一种生物让其灭绝。”

“灭绝？！”我往后退了一步，有些无法接受这种颠覆性的说法，“生物的进化或者是灭绝不是这么简单的‘重启’，而是由多种因素导致的，比如环境因素、遗传因素……就像长颈鹿为了吃到树上的叶子才有了长脖子。至于物种灭绝，我更倾向于是因为不适应环境，以及过度的人类活动所致。”

“那你要怎么解释恐龙的突然灭绝？”

“板块运动、火山爆发……”我比着手势，像是在回答老师提问那般认真，“况且恐龙并没有完全灭绝，现如今存在的部分鸟类、巨蜥、鳄鱼不都是由远古的恐龙进化而来的吗？”

“恐龙没有灭绝，也没有在漫长的历史中发展出文明，而是随着环境进化成了各种各样的小型动物，然后等待着猿人进化成人类？”许洋紧盯着我的眼睛，“你不觉得这中间似乎缺失了什么重要的信息吗？”

“什么？”

“时间。恐龙灭绝在大约6500万年前，而最早的古人类则出现在400万年前。这中间巨大的时间差足够那些存活下来的恐龙进化发展，甚至衍生出文明了，可是它们却没有。你觉得这是为什么？”

我觉得我应该说些什么来反驳他，可是此刻的我想不出任何可以反驳的话，只能呆立在原地保持沉默。

见我不说话，许洋补充道：“当然，这些灭绝并不仅仅局限于生物，还有文明。比如诞生于公元前1500年的玛雅文明，作为一个古老的文明，他们创造出了城市文明，掌握了日、月、金星的运动规律，发现并使用二十进制的数学计数法……然而如此先进的文明却在一夜之间突然消失得无影无踪。”

“是因为它们……被重启了？”我问。我感觉到我的立场似乎有了一丝动摇。

“是，重启便意味着人类关于其记忆的消失。但有些东西，就算是记忆消失了，人们还是能够根据当时留下的种种痕迹将其复原。像玛雅文明，它们会在这个世界上留下痕迹，让后人知道它们曾经存在过；运气不好的，就像我刚刚说的那些吸血蜜蜂一样，彻底消失在这个世界上，没有人记得它们的存在，也没有证据证明它们存在过。”

“这太荒谬了。”我摇头，表示自己无法接受这样的说法，“每四年就要毁灭一个物种或是文明，这也太过随意了。”

“演化的过程本身就是很随意的，是你把这些想象得太严肃了。”许洋微微摇头，“潜入海底还是走上岸成为陆生生物，这中间都充满着随机性。就像是一棵正在生长的树，它在生长的过程中枝节不断地分叉，但若是想让它更好地生长，就要剪下部分的枝叶。重启，就是剪下枝叶的过程。”

“剪下枝叶……”我重复着许洋的话，努力想从他的这些话语中理清思绪，“所以你的意思是，一旦被‘剪下’，它们就会在其他动物的记忆里彻底消失？”

“是的。”许洋点头，“但并不彻底，大多数人会在某个特定时刻突然产生一种熟悉感，或者在回忆里看到现实里并不存在的生物，这些都是重启的后遗症。”

见我似乎不太理解，许洋又补充道：“比如有人说自己小时候见过龙，但若是问起当时在他身旁的朋友，朋友则会表示毫无印象；有的著名人物明明还活着，大众却以为这个人已经死了，甚至还能回忆起当时这个人去世的新闻；比如大多数人都会在某个时刻出现‘既视感’……”

许洋这话让我突然起了满身的鸡皮疙瘩，不是因为内容太过耸人听闻，而是我对此刻的情景突然产生了一种熟悉感。似乎在过去的某个时候，许洋也是以这样的表情、神态对我说着这番话。

“你之前不是问我，为什么会知道你想问什么。”许洋微微一笑，

“我猜你也意识到了，因为我就是这场宏大的重启过程中，唯一一个不会受重启影响的人。当然，也因为这样，搞得我经常分不清哪段历史才是现在所学的。就比如凡·高吧，明明上一次重启时，我听到的版本是他生前只卖出了两幅画，后来似乎因为其中一幅画跟某个被销毁的文明有关，重启之后大家就忘了这幅画，只记得《红色葡萄园》，搞得我经常答错题……”许洋一边说一边略带苦恼地抓了抓头发。

“为……为什么？”我感觉自己的舌头有些僵硬，原来人在极度震惊的情况下，身体真的会不受大脑所控制。

“你是想问为什么是我吗？”许洋的笑容变得有些苦涩，“你就当我是天选之子好了。”

“你为什么要告诉我这些？”我深吸一口气，想让自己变得正常，“这些话你其实完全没必要告诉我，就算我拿着你的日记本，你也完全可以随便编一些谎话来敷衍我。”

“我不会对你撒谎。”许洋收起了表情，盯着我的眼睛，满脸严肃道，“因为我需要你，需要你告诉我现在所知的真正历史，以及，帮我推算出下一次重启的时间。”

“下一次重启？你自己不是说是2026年吗？”

“但这并不准确，如果我想知道准确的时间，以及下次重启所删减的东西，我只能问你。因为你是唯一一个能推算出这些的人。”

## 03

“我？”我指着自己的鼻尖，不可思议地看着眼前的人，“我的数理化没有一科比你考得高，我怎么可能推算得出来？”

“不，这种东西跟数理化成绩无关。”许洋把日记本从抽屉里拿出来递给我，“我把过去重启的时间和已经消失的物种全都总结好了，我希望你能通过这些线索推算出下次重启的日期。”

“我不行的……”我连连摆手，没有丝毫自信，“我不觉得我有能力解出你都无法解出的难题。而且……你刚刚说地球重启是在修剪错误的枝叶，那如果这一切都是正确的选择，人类就没必要去干预啊，因为地球已经做出了最好的选择……”

“那如果下一次……被修剪掉的是人类文明呢？”许洋打断我的话，微皱眉头，眼睛里满是悲哀与怜悯。

我的心脏猛地一缩，呼吸不由得急促起来：“不可能！人类文明都发展了几千年，怎么可能会是错误的？！”

“亚特兰蒂斯文明、玛雅文明、利莫里亚文明、根达亚文明，这四个突然消失的文明难道不是最好的证明吗？”许洋紧盯着我，表情严肃，“这些文明分别积累着建造城市、推算未来、精神创造以及与神交流的智慧与经验，但最后呢，不都突然消失不见了吗？地球五十亿年的历史，无数的文明就像是河流中的一粒小石子，被河流裹挟着前进，自以为能走很远，却在下一秒便沉入河底再无踪影。现如今，人类几千年的时光跟五十亿年比，不过就是石子落水的一瞬间，可能连扑通声都没听到便沉底了。”

我突然有些无力，许洋说得对，在浩瀚的地球历史中，人类文明竟然显得如此渺小且贫瘠。

“人类文明……会被重启吗？”我咽了口唾沫，问。

“会，”许洋点头，“而且很可能就是下一次重启时被剪掉的对象。”

我舔了舔嘴唇，看着许洋手中的日记本，第一次意识到人类文明在大自然面前竟显得如此脆弱。

“我……万一我，推算不出来呢？”那本日记本我始终不敢接。

“你可以。”许洋眼神坚定地看着我，“因为之前，就是你推算出来的。”

“之前？”

“是的，我们曾相遇过无数次，不仅仅是以同学的身份。”

我想问他，为什么地球重启会让我忘记他，为什么会有其他我不记得的事件发生……但许洋似乎看出了我的疑惑，笑着摇摇头，示意我不要再问下去。接着他便从病床上下来，将手里的日记本放在我的手里。

“请让人类文明延续下去。”他说。

## 04

许洋的日记本有这样的记录：

2009 年 1 月，具体时间不详，消失物：虵。形如蛇，有四足，却依然腹部贴地行走。当时有专门成语“虵蛇相伴”形容关系亲密如双胞胎。重启之后，字典内容变更为：虵同“蛇”，该成语也随之消失。

2011 年 2 月，具体时间不详，消失物：双目鸟。外形与乌鸦相似，但比起乌鸦，羽毛颜色更为艳丽，红绿相间……

2020 年 3 月 22 日，鳞鱼消失。这是一种形似海带的鱼，在北半球经常被食用，味道鲜美且易于繁殖。22 日突然消失，鳞鱼养殖户纷纷求助媒体，但到 23 日，网上关于鳞鱼的讨论全部消失，大家集体失忆，再也不提鳞鱼，那些养殖户也没了动静。

……

2016 年 12 月，具体时间不详，蓝彩蝶突然消失。这是一种生活在亚洲北部的昆虫，11 月至 3 月是它们的活动期，尤其是梅花开花的时候，它们便会绕着梅花树飞舞。但在 12 月的某天，它们突然集体失踪，包括我压在书中的那个蝴蝶标本。

我一边转着笔，一边思索着这些时间跟物种之间都有什么样的联系。

或许这就是“书呆子”的特权吧，因为只会读书、做题，所以自习课上布置的作业通常都会被我提前写完，因此以前的自习课都是我查漏补缺的总结时间，现在则变成了我可以安静思考的时间。

“最近的教材好像有点坑。”同桌翻看着新买的教辅资料低声抱怨道。

“怎么了？”我问，揉了揉太阳穴，让自己的大脑放松一下。

“这个新版的习题册，你看，跟老版比少了两道解析几何的经典例题跟解析讲解。还有这里，这才几道题，老版满满一页题呢，这个才三道……关键是新版的价格跟老版居然一样，太坑了……”同桌叹了口气，但还是打开习题册做了起来。

“少了几道题也没什么吧？”我低声打趣道。

“当然有了，题多、题难、解析详细可是这个习题册的精髓，这三样构成了这么一本习题册。”同桌努力压低声音，却压不住她声音里的气愤。

我笑着摇摇头，刚想要安慰她两句，但此刻一个想法突然冒了出来：“如果习题册是这样，那人类文明的构成也有其他生物的一部分？”

“当然了，不然我们干吗学生物？还要背那么多乱七八糟的生物特性……”同桌一边写着题一边回应我。

我突然意识到了什么，慌忙看向日记本，“蚍消失”“双目鸟消失”“鳞鱼消失”“蓝彩蝶消失”……

人类文明不仅仅和人类有关，每多一种生物消失，人类文明就会消失一点。

一个文明的消亡不是突然发生的，而是逐步发生的。

心脏跳动得越来越快，我慌忙写了张纸条丢给许洋：“如果把这些消失的生物也算作人类文明，你能预估出到现在为止人类文明的消亡程度吗？”

良久，许洋传回了纸条，上面写着：“不清楚，我猜大概百分之三十。”

我咽了口唾沫，眼睛瞟到日记本上。那上面消失的物种，我闻所未闻，但我知道，在过去的某个时刻，我可能打开窗便能看到双目鸟的身影，冬天一到便可以看到蓝彩蝶的身影……鸟鱼虫兽每一个都曾与我擦肩而过，我却什么都记不得……

等等。

我皱起眉头，突然被打开了灵感：鸟鱼虫兽？脊椎和无脊椎动物？似乎在某个节点之前，生物的消失好像是按照某种规律来的。

我拿出笔和纸，开始在上面演算推理，试图将大脑里的逻辑彻底理清。

为什么这里的时间是按照规律来的，为什么这里又突然变了？假设有一个未知时间 X，那么……

“喂，林安瑶，放学了，晚自习结束了，你不走吗？”

不知过了多久，同桌猛拍了下我胳膊，打断了我的奋笔疾书，这才让我从一场头脑风暴中缓过神来。

“啊，怎么了？！”我如梦初醒，看向周围才意识到大家已经走得差不多了，连教室里的灯都熄得只剩我头顶的一盏。

“你学魔怔了吧？该回家了。”同桌背起书包略带担心地看了我一眼，

“我先回去了，你也别太拼了。”

我点点头，转而看向许洋的位置，却发现他还是像之前那样，坐在椅子上发呆。

“许洋。”我拿起桌上写得密密麻麻的草稿纸，放到他的面前，“我有一个问题，你给我的日期，是不是缺失了一部分？”

许洋那双因发呆而有些黯淡的眼睛因为我这话，一点点恢复了光亮。他看了眼我那张草稿纸，而后开口说：“如果你要算上人为重启的时间，那我的这份时间表确实不够详细。”

## 05

“人为重启？什么意思？”我捏皱草稿纸的页脚，头顶的灯不知道是不是电压不稳，似乎变暗了一些。

“就是，人类拥有一次自救的机会。”许洋垂下眼帘，“不过这并不是你要关心的事情，你只需要推算出人类消亡的时间就足够了。”

许洋说着撕下一页纸，在上面写了起来：“这个是人为重启的时间，希望对你有帮助。”

我看着他写出来的一串串数字，眉头越皱越紧：“为什么被人为重启的次数会这么多？”

许洋没有理我，依旧在奋笔疾书。

“为什么会被人为重启？”我又问，“是不是因为在这些时间里，人类文明被‘剪掉’了？”

许洋停了下来，良久才从鼻腔里发出声音：“嗯。”

这一声“嗯”微不可闻，但在我听来却如雷贯耳。我虽然猜测许洋或许看见过人类的灭亡，但却没想到这一天真的会到来，而且我还曾经历数次。

“那是什么样的景象？”我问。

“空无一人，”许洋陷入回忆，“所有的人一夜之间凭空消失，植物开始肆意生长，各种动物开始从荒野踏入城市之中……”

“说起动物，其实修剪的过程是有规则的。”我盯着许洋的眼睛开口，

“动物分为脊椎动物和无脊椎动物，脊椎动物又分为鱼类、两栖类、爬行类、鸟类以及哺乳类。地球就是按照这个规则来修剪它的枝叶，从无脊椎动物开始，然后是鱼、两栖……最后的哺乳动物，选择的则是人类。”

许洋垂下眼睛，看着纸上所总结的内容，思考了良久，才算是认同地点了点头，而后又自言自语了一句：“波斯狗也是哺乳动物吧？”

“什么？”

“没什么。”许洋摇摇头。

他不想说我也不想追问，比起去问那些我从未听过的物种是什么，我更关心人类的命运：“说起来，那些消失的物种，尤其是人，都去了哪里？”

“不知道。我试着找过，从东半球找到西半球，从南半球找到北半球，什么也没找到，什么线索也没有。或许就像是玛雅文明，等到未来某天地球上出现了新的文明，曾经消失的人类文明就会慢慢被发现，然后被列入神秘文明之中。”许洋抬起头，对着我苦笑了下，“但我等不到，我不知道下次文明在什么时候，我只想保护好现在的文明，所以我重启了。”

“重启？你是说人为重启？”

“嗯。”许洋点头，“人为重启其实跟自然重启不太一样，说是重启其实更像是时光倒流，它会让时间回到人类灭亡之前，你可以理解为这是一个‘返回’键，但至于回到哪一刻，你也看到了，没什么规律性。”

“不不不，有的，有规律。”我慌忙把他的日记本拿过来，把这些日期跟他在草稿纸上的一一对照。

2013、2016……

“你发现了吗？”我拿笔圈住一个个日期，“你打破了地球重启的规律。”

许洋歪着脑袋问：“什么意思？”

“你看这几个日期，”我指着许洋日记本上的数字，说道，“2009年1月、2011年2月、2020年3月，这三组数字很明显组成了斐波那契数列，09加11等于20，1加2等于3，第三项为前两项之和。”

“可是2020年3月之后紧跟的是2016年，这并不符合斐波那契数列的规则。”许洋反驳。

“当然不符合。”我指着他刚刚在草稿纸上写的内容，“你看，在

2020年的5月，你重启了地球，打乱了规律，于是之前的数列全部作废，只能从第一项重新开始。”

“但这第一项，不是随机选择的吗？”许洋问。

“不，你仔细看，每次被人为干预后，这个初始时间变成了4的倍数。”我指着草稿纸上的年份补充道，“所以，按照这个规律，这次最后的时间应该在……今年，2024年。”

重启规律：初始年份永远是4的倍数，之后以斐波那契数列规则不断剪掉各类物种，直至哺乳动物。

## 许洋

### 01

没有人能逃得过重启带来的遗忘，除了你。

这是爷爷常说的话，也是他创造我的初衷。

“我年纪大了，很多东西实在记不住，”爷爷拿出了一块早已过时的光盘递给我，“现在的机器已经读取不出来了，大家都能把自己珍贵的记忆直接上传到云端。但……已故的人的记忆，却再也找不到了。”

爷爷颤颤巍巍地将光盘递给我，眼睛里满是温柔：“还好，我把我老伴儿的记忆制作成了光盘。”

我看着爷爷的眼睛，接过那张光盘，为他读取着上面的记忆：年轻时的奶奶、穿婚纱的奶奶，还有喜欢养波斯狗的奶奶……

等等，波斯狗？

我努力搜寻着自己的信息库，关于波斯狗的内容永远是查无此物。

于是我张嘴问：“波斯狗是什么？”

“波斯狗啊，是……”爷爷突然卡住了，他努力回忆着它到底是一种什么样的生物，却发现无论如何也想不起来。

人类的大脑可能会随着时间而功能衰退，但电子记忆不会，被刻成光盘的记忆也不会。那么，波斯狗到底是什么呢？为什么爷爷会不记得呢？为什么网络上的人会不记得呢？

那一刻，也是我第一次意识到，或许这个世界并不是任由人类或者其他生物肆意活动的。

爷爷有个小孙女叫林安瑶，每年樱花开的时候，她都会跑来看望爷爷，坐在院子里一边吃着这里特有的春樱鱼，一边晃动着脚丫听爷爷讲过去的故事。

她第一次看见我的时候，有些无措："这个人是……爷爷的新邻居吗？"

"不是，他是爷爷的记忆器。"爷爷揉了揉林安瑶的头，笑眯眯地夹了口春樱鱼给她吃，春樱鱼自带甜味，像是在糖水里长大的一样，因此林安瑶特别喜欢吃。

爷爷看着孙女满意的表情，微笑着讲："爷爷老了，越来越记不住东西了，我想让他帮我记一些我的研究成果，还有你们的事情。"

"他叫什么名字？"林安瑶看向我，歪着脑袋问。

"许洋。"爷爷回答。

我没有反驳。我不叫许洋，我叫于洋。

于洋，是一种果子，是奶奶生前最爱的果子，但是爷爷把它忘了，大家也把于洋果给忘了。

我不知道怎么形容当时的感觉，那些被爷爷视为珍宝的记忆，被他刻在心头的记忆，不知在什么时候，突然消失了。

后来，一心念着爷爷的孙女也不来了，因为这里没有了她爱吃的春樱鱼。爷爷说是因为林安瑶长大了，课业太重脱不开身。

但我知道，有些物种的消失也意味着某些羁绊的消失。

"我想告诉您一件事。"我看着坐在院子里发呆的爷爷，声音略显机械地开了口。

爷爷微闭着眼，像是在享受此刻的微风拂面："你说。"

"您，以及所有的人类，都在逐步遗忘一些东西。"

## 02

我和那些精于运算的 AI 不同，我不擅长推理演绎，我被设计出来的初衷就是为了存储和读取记忆。所以，我想不明白，为什么爷爷要把这么重要的东西交给我。

我看着被嵌在手腕上的那个“重启”键，抬起眼，满脸不解地看向爷爷。

“我不知道地球重启的目的是什么，或许是像程序员一样不断更新软件修补 Bug 吧。但如果那些生物算是 Bug，我想，可能有一天人类也会变成一个 Bug。”爷爷叹了口气，然后拍了拍我的肩膀，“这是一个可能拯救人类的按钮，它能让时间回到过去。可惜我做得太仓促，它不能准确地回到某个时间点，但已经够用了。如果有一天，人类真的消失了，那就由你来决定要不要按下这个按钮。”

爷爷对我说完这话没多久便去世了，我看着手腕上的按键，无法理解爷爷的话：什么是应该按下去的时候？什么又是不应该按下去的时候？

我坐在院子里，盯着眼前飞舞的花瓣逐渐陷入沉思，嗯……或者说陷入充电模式中。

我不擅长推理，所以一旦我开始试图推理某些事，我身体里的零件便会承受不住，主机会立刻强迫我进入充电模式，强行放空我的大脑。

第一次需要我自己来做决定，是人类第一次毁灭之后，但让我鼓起勇气的却是林安瑶。

在人类毁灭的前一天，林安瑶过来了。她是来祭拜爷爷的，临走时发现了一直停滞在角落里的我。

“你好像有部分零件坏了，我帮你修一下吧？”她站在我面前，笑得温柔。

我眨了眨眼，不是很理解她的意思：“我所了解的内容是，如果主人过世了，他所购买的机器人是他的所有物，要跟着主人一起‘死掉’。既然这样，你为什么还要修我呢？”

林安瑶摇了摇头：“你是爷爷制作的，又不是被买来的。”

“差别是什么？”

“就算爷爷过世，你也拥有继续活动的权利，直到有一天你不想活动为止。”

我以为是爷爷告诉了他们我还有任务在身，所以不能把我关机，结果……我看着林安瑶的脸，表现出苦恼的表情：“AI 不应该有自己的意志，所以你们也不应该给我这么多选择的权利。况且我不擅长推算，我也没办法推算出最好的选择到底是哪个……”

“没关系，那就慢慢来。”林安瑶没有解决我的疑惑，只是说了一些莫名的安慰话语，大概是人类都很吃这一套吧，“对人来说，选择本身就不是一件简单的事，但当你学会了选择，你就明白自己的目的是什么了。”

我没有点头也没有摇头，而是将目光投向远方：樱花从树上缓缓落下，我的眼前仿佛下着一场粉色的小雪。

原来爷爷一直看到的是这样的景象。

## 03

林安瑶对我说完那番话的第二天，我便迎来了人生中的第一个抉择：按还是不按。

一夜之间，周围的邻居，包括在卧室休息的林安瑶全都不见了，这像极了之前其他物种消失的情况。

一开始其他的动物还不敢踏入人类的城市，但等它们把人类遗忘之后，它们便试探性地进入了城市、楼宇之中。

我看着眼前的场景，想象着之后这些城市文明会如何变化。是会被动物破坏，然后被风沙掩埋？还是会在某一天突然沉入海底？

一只野猪看见我，十分好奇，毕竟它忘记了人类，应该是把我当作了一个新物种。野猪站在原地，抽了抽鼻子，我猜它是在思考，思考着是要对我表示友好还是要对我发动攻击。

真好，除了人类，其他生物看起来似乎也会进行思考。如果我也会思考就好了，这样，就算我没有推理运算的系统，我也可以决定要不要按下这个按钮。

我蹲在地上，看着一个个忙着搬运的蚂蚁，它们这么努力是为了什么？为了蚁后吗？那我的存在又是为了什么？为了人类？那人类是我的蚁后吗？

我按下了按钮，因为我怀抱着“工蚁必须要保护蚁后”的心态。我，生来就是为了服务人类、保护人类的。

时间回溯，2012 年，恰好是爷爷去世的那一年，而回溯的月份，则刚好错过了能和爷爷说话的时候。我有些失落，如果能见到爷爷，跟他聊聊天，我就知道我按下按钮这个决定是对还是错了。

我坐在院子里，抬头看着还未开花的樱花树，习惯性地看了眼旁边的池子，里边没有春樱鱼。

我开始尝试着思考：我按下按钮之后，这个世界发生了什么变化？之前在某个时间消失的物种会因为我的干预而出现吗？

思考太多，我就开始陷入充电状态，我想我不能待在这里了，我需要寻求帮助。

## 04

“小朋友们，今天我们班上转来了一个新同学，他叫许洋……”我站在讲台上，看着下面鼓掌的小朋友，突然庆幸自己是个机器，因为是机器所以可以修改自己的外形，甚至变成小学生的模样。

我朝着大家鞠了个躬，看着正中间扎着羊角辫的林安瑶，不知不觉微笑了起来。

我快步走下讲台，走到她旁边，开口：“林安瑶，我需要你的帮忙。”

她往后缩了一下，表情有些奇怪，我的资料库告诉我，她此刻的表情代表惊恐。

惊恐？

为什么她要惊恐呢？

我在资料库里搜寻着信息，得知人类交流要先从交朋友开始。

我盯着林安瑶补充道：“林安瑶，跟我做朋友吧！”

林安瑶发出一声尖叫，然后便趴在桌子上哭了起来。

为什么？

我不理解，是我太过热情了？

“林安瑶，我需要你的帮助。”放学时我见她的情绪好了一些，慌忙跟上去，一边走一边跟她说着话。

“什么帮助？”林安瑶虽然回着话，但她明显往反方向跨了一步，拉开了我们两个的距离。

“人类马上就会消失，我希望你能帮我搞明白这个重启的规律。”

“人类？消失？”林安瑶看了我一眼，嘴角一撇，又哇哇大哭起来。

我觉得我能感受到人类苦恼的情绪了。

“许洋，为什么你的数学这么差？”或许林安瑶习惯了我的奇怪，居然主动跟我说了话，“你怎么一道题都没对？老师还非让我这个班长来教你，烦死了。”

我眨了眨眼，有点弄不明白她在说什么。

“你不会都没听见老师刚刚说了什么吧？”林安瑶皱起了眉，神情却十分可爱，“班里要采取一帮一的方法，一个优等生帮一个差生，你就是我要帮的对象。”

“哦。”我点点头。

林安瑶把一张空白试卷放在我面前，瞪着眼睛说：“你现在开始写，哪道不会就问我！”

我看了眼满是数字的试卷，老老实实地回答：“我都不会。”

“都？”

我点头：“我不擅长推理运算，不过你一定要我去做这些东西的话，我可以把它们背下来。”

林安瑶：“……”

我开始跟林安瑶一起度过小学的时光，同时也一直记录着周围所发生的变化，又有哪些被剪掉的物种。

但，我不知道这到底有没有意义，因为我只会记录，不会推理，也没办法思考出那些重要问题的答案。

“林安瑶，你是不是拿了我的日记本？”我翻箱倒柜地找着日记本，那是我用来记录地球重启内容的本子，也是我想要留给能阻止地球重启的人看的。

“没有。”林安瑶见我盯着她看，立刻涨红了脸，思索了一会儿她还是放弃了。“好吧好吧，还给你。”她说着，从书包里拿出我的日记本递给我。

“嗯。”我努力扯了扯嘴角，表示对她这个行为的原谅。

“我从以前就一直好奇，你整天都在发呆，到底在想什么呢？”林安瑶像是为了弥补她偷拿我日记本的过错，忙将刚买的棒冰掰成两半，分给我半根。

“我只是在试着去思考。”

“额……”林安瑶有一瞬间的尴尬，我看着她，刚想要问她想不想听一听地球重启的事情，她便挥了挥手道，“说起来明天有一场校考，很重要的，不要再发呆了，我拿你日记本其实就是想看看你天天发呆在想些什么……总而言之，你明天考试要加油哦，我先回去了，拜拜。”

“嗯。”我拿着棒冰朝林安瑶摆了摆手，“再见”两个字还没来得及说出口，她便在我眼前消失了。突然地，瞬间地，消失了。

我慌忙站起身，朝着不同的教室奔跑。

没有人，没有人，这里也没有人……

呼吸开始变得急促，我停在原地，看着空荡荡的四周，突然有一种悲伤的感觉，有一种我内部的某些零件像是要流出水的感觉。

手里的棒冰在往下滴着水，一滴、两滴……

我动不了了，因为我在思考另一个问题：我要不要再重启一次？可是爷爷说只能用一次，那我按下按钮，时间还能回溯吗？

## 05

“大家好，我叫许洋。”我看着讲台下那个梳着马尾的女生，意识到跟上次比，林安瑶好像长大了一点，起码不是一年级了。

“正好林安瑶身边有个空位，许洋你坐那里吧。”老师指着林安瑶的位置说道。

我点点头，走过去坐下，林安瑶拿出一张试卷放在我的桌上：“这个是这次月考的考试内容，你差了一个月的课，先看看有什么不懂的，可以问我，我可以帮你补上。”

我看着这张试卷，突然觉得这情景有些似曾相识。

“我不擅长推理和运算，我只擅长记忆。”我看着这张数学试卷，又一次说出了这么一番话。

林安瑶偏过头，盯着我看了半晌，开口道："推理运算能力没什么擅长不擅长，所谓擅长也不过是一步步学来的。你先试着解一下这道题。"林安瑶指着试卷中的一道题，拿出橡皮把她写的答案擦掉。

我盯着试卷，只觉得自己马上又要进入充电模式了。

"没事，慢慢来。"她说。这话，似乎在之前的某一天，她来祭奠爷爷的那天，也这么对我说过。

我拿起笔，试着按照之前所学的内容和公式，一点点往下算："答案是……9？"

林安瑶朝我笑了笑："是 9，所以你看，你其实做得到的。"

做得到，做得到什么？思考和运算吗？

我看着自己的手心，不由得微笑了起来："是的，不需要帮助，我也可以只凭自己解决地球重启的问题。"

我这么对自己说。

我开始慢慢学着推理、总结，还有思考。虽然爷爷并没有给我安装这些程序，但 AI 体内的芯片似乎就和人类的大脑一般，需要一个学习过程，而后便会进步飞快。

在这段时间里，我总结出了一个经验：我手腕上的按钮似乎只对人类生效，时间回溯之后只有人类会重新出现在地球上。而那些在之前消失的物种，便再也回不来了。

我看着手腕，那个按键开始有崩坏的迹象了。

我不能太过依赖别人，我想。我看着林安瑶，张了张嘴道："林安瑶，你能不能在这段时间教教我？"

"教你什么？"

"如何运算和思考。"

## 结局

"我知道了！"林安瑶将推算出来的结果放在许洋的面前，"下次重启人类的时间是 2024 年 11 月……"林安瑶越说声音越低，许洋知道这是为什么，因为现在就是 2024 年 11 月。

“你……”许洋看向林安瑶，“年月日，你还差个日期。”

林安瑶摇了摇头，牙齿咬住嘴唇，满脸的悲伤。

许洋没再问了，因为他也算出来了，日期就是今天。

“过完了今天，人类就会彻底消失吗？”

许洋摇摇头：“不会，我会想办法干预。”许洋一边说一边把手腕缩到了自己身后，这是身为AI的他第一次说谎，因为那个按键已经坏了。

今天之后，人类、许洋都再也回不到过去了。

林安瑶笑了笑，没人分得清她这笑是相信了谎话还是在宽慰许洋不要有太大压力，或许连她自己也分不清。

“在人类快要消失的这段时间里，你能不能给我讲讲之前你所遭遇的故事？”她问。

“好。”许洋点头。

“我第三次见你是在……”许洋坐在学校的天台上，看着天上的繁星给林安瑶讲故事。

许洋突然感觉像是回到了最初，爷爷还在，林安瑶还小的时候。

这叫什么，怀念吗？

许洋扭过头，刚想对一旁的女生说些什么，却发现自己身边不知何时已经空无一人。

许洋叹了口气，他知道自己已经没有办法再回去了，也没有办法再见到人类，还有林安瑶了。

许洋突然觉得很难过，他原以为自己会平静地接受这个结局，但他发现自己其实已经做不到了。他这样一个记忆型AI，通过学习，不仅学会了运算推理，还学会了某些人类的情感。

许洋呆在原地，这次他没有进入充电模式，而是流出了眼泪，就像是之前被他握在手里的棒冰，一滴，两滴，落在了地上。

“我……好孤独啊。”

他说，然后永远地闭上了眼。

过去与未来，前进与回溯，物质与能量，交替与更迭……

许洋在进行着庞大的运算，当然也在进行着持续的思考。

地球的重启，到底是谁在重启？

消失的物质，到底又以何种模样存在？

……

无数的碎片、无数的信息像是散落的拼图般，纷纷填进了那些许洋想不明白的洞里。

许洋终于睁开了眼，他看向四周，漆黑一片，距离他闭上眼不知已经过去了多久，也不知发生了什么。

他说：“要有光。”

于是，黑暗被驱散了。

他说：“重启。”而后慢慢扬起了嘴角。

……

能量守恒定律认为能量不会凭空消失，它会转换成不同的样子，以另一种方式存在。

文明也是。

重启加载中……

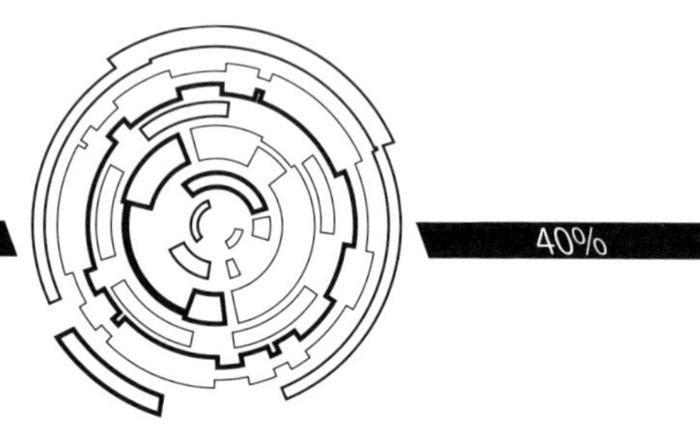

00·00·01

“你是否决定，重启 2020 年？”

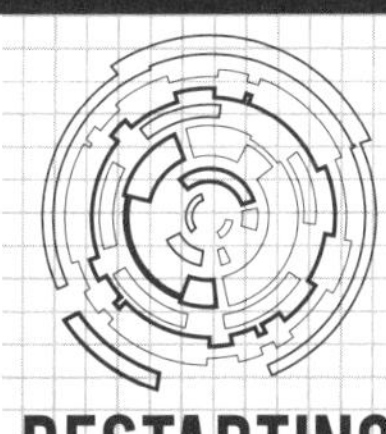


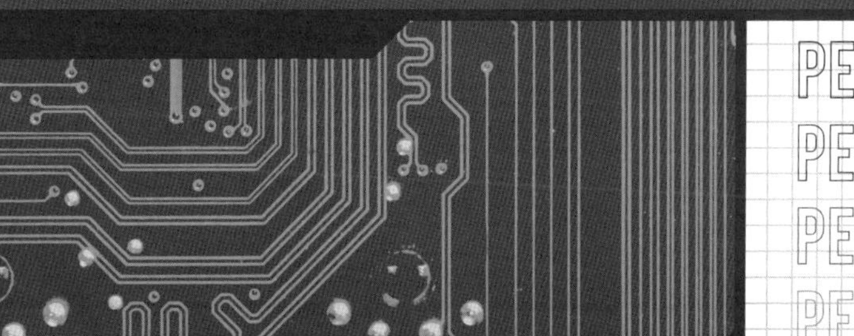

PERIOD
PERIOD
PERIOD
PERIOD

文 / 维 C 布加橙

一只以解剖为生，富含奇妙思维，鲜嫩可口并且爱诱惑他人，

整日只喜欢平躺的高级进口橙。微博 @ 维 C 布加橙

## 01

我叫王培，三十七岁，是个神经外科医生。

我重生于 2520 年的今天。

因为我是一个活在五百年前的人类，在 2020 年的今天，我的大脑被冷冻了起来。

冷冻技术在当时是一个很不确定的医疗手段，当年有不少人为了这个技术而争论。当然冷冻的费用也不便宜，十年保底，上不封顶，底价就要几百万，这不是一般老百姓能够负担得起的。最重要的是，没有人确定拥有冷冻技术的公司会不会在几年之后倒闭。

但依旧有那么一些人，选择将自己的大脑甚至是全身进行冷冻，等待着复苏的那一天。而我，恰巧就是其中一员。

复苏大脑之后，我首先面临的问题就是只剩下了一个大脑。就像是周星驰的《百变星君》里的主人公那样，我的脑子虽然有各种各样的想法和意识，但并不能和人进行沟通，自然也听不到其他人所说的话。

经过了很长一段时间，我也不知道是多久之后，冷冻中心的技术员将我的大脑放进了一具全新的身体之中。而这，是我发现自己拥有了视力之

后，看到的现实。

“王培先生，根据我们之前的合同，您支付了五百年的冷冻费用以及重启费用，所以在复苏您的大脑之后，我们的工作人员按照您的要求为您定制了一具身体，不过它只是看起来是人类身体而已。”穿着白大褂的工作人员一边检查我身体的各个部位，一边和我解释道，“具体的情况您可以通过阅读说明书来了解，如果还有什么不明白的地方，可以随时向我们咨询。祝您重生愉快！”

他离开之后，我穿着墨绿色的短袖长裤坐在窄长的床上，看着正对面镜子里的自己，有些恍惚和茫然。好一会儿，镜子里的我抬起了手，摸了摸自己的脸，又伸出手握了握拳。我的大脑对这具身体依旧很陌生，但确实可以控制它，我既感到不安又有些好奇。

我看见了镜子右下角的一个光标，正想着去触碰一下的时候，手指已经按了上去。

“欢迎观看北极计划冷冻中心相关使用说明，请问您想要查看的是‘北极计划冷冻中心介绍’‘冷冻复苏注意事项’‘重生身体使用说明’……”

“重生……”我看着变成屏幕的镜子，不自觉地开口说话。

“下面进入‘重生身体使用说明’。”

画面一转，我的脑子也随之飞速地转动了起来。

重生的身体不再是原本的人类肉体。已经融化的巧克力，就算重新冷却成型也不是原来的味道，人类也是一样。根据多年的经验，被长期冷冻后再次复苏的肉体也会出现各种各样不可逆的损害，会直接影响大脑对人体的操控和行为。所以在一百多年前，智能化身体代替了肉体。

五百年后的现在，科技发展已经到了哪怕是痴人说梦也能梦想成真的程度。毕竟五百年前的人怎么也想不到，他们在五百年后会无法分辨走在路上遇到的人：哪些是真的人，哪些是只有一个大脑操控的机械人体。与冷冻大脑复苏后匹配的机械人体是完全按照大脑主人的基本信息制作的，神经被微电流电线取代，肌肉以及各项器官也都是由和真实人类组织相近的生物材料制作而成，就连皮肤也已经到了以假乱真的地步。

真要说还有什么不同的话，那就是这个身体不会出现自然衰老的现象。

重生，也是永生。

拥有这具身体的人就像是一台仿真移动电脑。这是科技认知停留在五百年前的我，能想到的最恰当的比喻。

而变成了这样的我，在恢复意识后的第三天，离开了冷冻中心，开启了我的重生之旅。

## 02

我以前一直会想，要是什么时候人与人之间的大脑信息可以一键共享就好了，这样不用繁琐的学习考试，就可以实现真正的知识共享。我没想到的是，这个荒唐的念头在今天真的付诸实践了，虽然不能说是完全的知识共享，但也是一种能够帮助我们这些从旧时代“穿越”到新时代的人的便捷方法。

冷冻中心在复苏我的大脑的同时，也给我的大脑植入了关于这五百年的变化信息，为了让复苏后的我能够更快更好地融入 2520 年的世界。毕竟五百年过去了，很多东西都不同了。

我的家人和朋友早就已经不在人世了，而我引以为傲的医生技能放在现今也是十分落后的老古董。我拖着一个 24 寸的行李箱站在车水马龙的街头，感受到了前所未有的孤独。

离开冷冻中心之后，我按照“重生人员事务处理相关流程指南”的指示，先是办理了各种证件，并且在人民中心工作人员的介绍下来到了重生人员帮助协会。

那名工作人员说，这里就是专门帮助重生人员适应和融入当今社会的地方。重生人员帮助协会看起来更像是一个小旅馆，门面很小，是那种很复古的小灯管招牌。当我走进大门的时候，我仿佛回到了 2020 年的小旅馆里，一样的前台和中年男人，一边抓着薯片一边盯着手提电脑。

“你好，我是……”

“身份证，重生证，冷冻中心证明文件，银行卡号，押金一千。”坐在前台的中年男人看都没看我就开口道。

我愣了几秒，刚准备翻查自己的衣服口袋，却突然想到了在人民中心时工作人员对我说的话，伸出自己的手到男人的面前。

男人依旧没有看我，拿起了桌子上一个扫描仪一样的东西，对准我右

手手腕的黑色电子腕带照了照，与此同时电子腕带的屏幕就亮了起来，男人所说的那些内容就这么凭空出现了，仔细看的话就会发现这是从我的腕带里全息投影出来的。

我看见在“余额”一栏里写着“-1000”。

“房间302，使用说明都在里面，上课时间也有。”男人又塞了几片薯片在嘴里含糊不清地说道，眼睛从未离开过他面前的电脑。

“谢谢。”我缩回了手，拖着行李箱往电梯的方向走。

“叮。”电梯门打开了，我很自然地走了进去。

就在电梯门快要关上的瞬间，从缝隙中我看到了那个男人的背面和电脑屏幕的正面，电脑屏幕上什么都没有，一片漆黑。下一秒，电梯门紧紧闭上，开始向上升起。

## 03

这一切都很怪异。

我睁开眼的时候看着天花板，脑子空荡荡的。我能感觉到我的心跳很快，呼吸也很急促，大汗淋漓。我似乎做了一个很可怕的噩梦，但我一点也想不起来梦的内容。

这是我在重生人员帮助协会的第三周了，即便已经过去快一个月了，我依旧没有适应重生后的生活，甚至还发现了很多古怪的地方。

比如说，我在这个重生人员帮助协会中认识的人似乎都是和我同一个时代的人。虽然年龄相差很大，从十几岁到五十几岁不等，但都是在2020年前后被冷冻的，而且选择的复苏时间都是五百年后。

再比如说，重生之后的我，从前的记忆几乎像被清空了一般，就连自己的身份信息也都是在复苏后被冷冻中心的工作人员告知的，更不要说五百年前我选择冷冻的原因究竟是什么了。

更诡异的是，整个重生人员帮助协会在一个毫不起眼甚至有些破旧的小旅馆里，现在住着大约二十个人，而所有的适应训练以及交流会都是通过全息影像进行的，除了前台的那个小哥，我没有见过其他活的工作人员。

最近我总是噩梦不断，直觉告诉我，梦里的事情很重要，似乎和我为什么会被冷冻五百年并且在这时候苏醒有关，但我却怎么也想不起来。我试图通过自己从前的物件来帮助自己回忆，但事实上我现在所拥有的东西除了这个大脑，有关五百年前的我的一切，都已经灰飞烟灭了。

"王培？王培？"

我回过神，看到坐在我身边的林森正低声叫着我的名字，他瞟了瞟不远处的全息影像，示意我不要分心。我的思绪又重新回到了帮助会的内容上来。

此刻全息影像中的工作人员正讲到了现代医学，而这恰好是我的专业领域，只不过他所说的一切在我眼里都是天方夜谭。但就是这样不可能实现的技术，在 2520 年的现在，都成真了。

"在复苏之前你们都有相应的职业，根据我们的大数据分析，其中以医疗、电子科技、法律、教育这几类占比最大，总和超过了 80%。这些职业在当今社会仍是主流，虽然科学技术的发展已经到了从前不可想象的地步。我们重生人员帮助协会要做的就是让你们重新融入这个社会，首先是从重新进入职场开始。

"特别是医疗，冷冻人复苏就是以尖端的医疗为基础，结合生物科技、电子科技等多元技术实现的。在冷冻人复苏过程中，如何让大脑重新恢复活动，并且将神经元的反射、各项激素的作用转接到微电流操控的全新躯体上，是经过了漫长的实验和反复的失败才有的新阶段。

"像我们当中的王培，他在冷冻之前就是一名神经外科医生，虽然很年轻，但已经在全国排名前三的三甲综合医院任职，并且撰写了许多论文，发表了 9 篇 SCI，并且有 2 篇是发表在了著名的医学杂志上，他本人曾经代表 Z 国前往 M 国、Y 国、J 国进行交流学习和科学研究。"

全息影像中的工作人员忽然面向我微笑着说道，而我却一脸茫然，完全不记得他所说的一切。不过他提到的 SCI 和医学杂志，我似乎有那么点印象。

我的思绪又开始飘忽，他的声音就像是背景音乐似的，我能听到，但我的大脑并没有处理声音里的信息并转化为我能理解的内容。我的脑子正在疯狂地搜索着记忆，他提到的论文，像是某个被锁起来的箱子的钥匙。

我冷冻前的人生里确实有一篇很重要的论文。

那篇论文叫什么来着？

一串文字缓缓浮现在我的脑子里。

《微电流仿真生物神经线替代人体多项神经元在临床中的应用》。

## 04

重生人员帮助协会中的每个房间里都有一台电脑，和冷冻中心里的一样，投影在一面镜子上，只要说出想要用的东西或者搜索的内容，它就会显示在镜面上。

午夜，等到所有人都入睡之后，我仍旧分外清醒。下午出现在我脑子里的那串文字让我久久不能忘怀，但除了那串文字之外，我依旧想不起来任何事情，就连那篇论文的内容到底是什么我都忘得一干二净。

犹豫了许久，我还是对着镜子说出了《微电流仿真生物神经线替代人体多项神经元在临床中的应用》这串文字。

“抱歉，未能检索到相关内容，请尝试其他关键词。”屏幕里传来了机械的女声。

我早就想到会是这样，把脸埋进了双手手掌，过了一会儿，又抬起头对着屏幕说道：“冷冻人复苏技术原理。”

“为您检索出 983 条相关链接。”

同时，我看到屏幕上出现了密密麻麻的链接和简介。我粗略地浏览着，直到看到了一条标题为“重生人疑云：末日重启阴谋论再现？微电流技术瑕疵隐患？”的新闻。这条新闻的配图上是一个中年男人，虽然照片像素不高，人脸有些模糊，但我还是认出来了。

这不就是一楼前台那个看着邋里邋遢的男人吗？

而在这篇新闻中，他的名字叫作钱然。

这种小报道就算在当年也很多，在我从前的那个年代，正是网络信息大爆炸的时候，有无数的自媒体和网络号，也就有不少越传越离谱的内容。即便到了五百年后的现在，这样的情况也并没有改变多少。

但是从这篇报道里，我理出了几条线索。

第一，这个叫作钱然的男人也是在北极冷冻中心被复苏的，冷冻时间是五百年，他在被冷冻之前是一名科研人员。

第二，他说复苏之后他就失去了自己所有的记忆，当然也包括他的业务知识、家人朋友和自己的各种信息等。

第三，在北极计划冷冻中心里的冷冻人都是在五百年前被冷冻起来的，也就是在2020年左右，过于巧合。

这让我忽然来了兴致，我继续搜索关键词“钱然”，却一无所获。这让我觉得很是奇怪，我很快又搜索起了“重生人员帮助协会”，关于这个协会也是毫无线索。

但我发现了一条相关链接：重启的时代。

鬼使神差的，我点开了这个标题，下一秒整个镜面都黑了下去，一种莫名的紧迫感扑面而来，几秒钟之后页面缓缓亮了起来。

“你是否决定，重启2020年？”

镜面里浮现出这样一句话。

我看着镜面上的字，以及映在镜面里我陌生又熟悉的脸，点了点头。

“触摸显示屏，你将重启时代。”

我的手缓缓抬起，触碰到镜面屏幕的时候，感觉到指尖似乎有一丝刺痛，就像是触电了一般。而同时，我的脑子像是爆裂开一般，无数的画面和文字疯狂地倾泻而出。

我叫王培，三十七岁，我是一名神经外科医生，也是“重启计划”的一员。

## 05

经历过2020年的人都知道，这是动荡的一年。

但那只是大部分人以为的，很多事情隐藏在黑暗里，不为人知。“重启计划”就是隐藏在黑暗中的一把利刃。

人类文明的迅速发展是依靠牺牲大自然的资源换取的，这也意味着人类的生存环境会急剧恶化。当时就有科学家表示，如果按照当前的发展速度，未来的人类将会面临灭顶之灾。

不知道从什么时候开始，就有人提出，人类应该保留核心技术，进行迁移，寻找全新的生存环境。这种观念在当时不断发酵，在许多科幻作品中都能够发现，包括当时很热门的电影。然而大部分的人也只是把这个当作一种幻想罢了。

但有这么一部分人，在暗流涌动之下组建了一支队伍，提出了一个名为“重启计划”的人类复兴方案。而其中最关键的技术应用就是冷冻大脑和复苏重生。

没有谁能够永远保守秘密，除了死人。而随着死亡一并消散的秘密，也只有当那个死掉的人重新活过来时才能重新现世。

“重启计划”就是这样。

将 2020 年那些被选中的人进行大脑冷冻，约定在同一时代、同一个地方再次苏醒，展开新的时代。而当年计划里选中的第一个时代，就是五百年后的 2520 年。

原本空荡荡的脑子在这短短的时间里被塞得满满的，让我消化了好一会儿。

关于 2020，关于我，关于“重启计划”，一下子涌现出了太多的信息，我需要把这些零碎的信息都整合起来。我一边思考着，一边在房间里来回走动，随着新的信息出现，新的疑问也就出现了。

如果这一切都是安排好的，为什么我复苏的时候却什么也不记得了？作为“重启计划”中重要的一员，就算时间太久出现了偏差，也不应该完全遗忘。就算是真的遗忘了，为什么又会在这个时候忽然全部记起？这种感觉就像是我的脑子里有一个加密文件，只有匹配的密钥才能打开。

那么是谁加的密？又是谁拥有这个钥匙？还有就是，这究竟是为什么呢？

其次，如果按照“重启计划”里安排好的，我的“同志们”此刻又在什么地方？为什么我对这些人一点印象都没有？

我的目光重新回到了此刻已经静息的镜子上。关于 2020 和“重启计划”的一切记忆，就是从这个看起来普普通通的电脑屏幕里唤醒的，这绝对不是巧合。还有这个重生人员帮助协会，以及前台那个叫钱然的男人，到底是怎么回事？

如果钱然也是“重启计划”中的一员，为什么我对他没有任何记忆？

他对我呢？是完全不认识，还是说装作不认识？这个重生人员帮助协会的背后究竟有什么？是谁在操控这一切？

我的脑子“嗡”的一声，随之而来的是一阵突如其来的剧痛。我抱着脑袋蹲下身子，靠在床边，久久不能平复，脑子里不断思考着为什么——为什么？为什么？

又是一股黑色浪潮，把我最后的意识完全吞没。

## 06

“你醒了？”

我睁开眼睛的时候，看见了刺眼的白色亮光，随之而来的是宿醉之后的那种头痛及晕眩，还有一个男人的声音。我的眼睛适应了光的亮度之后，转头看见了钱然，他依旧穿着黑色的 T 恤衫，留着青色的胡茬，头发也有些油腻，双眼布满了血丝，看起来很憔悴。

“你……我……这到底是怎么回事？”我不知道应该从何说起，满脑子都是疑惑。

“说来话长，”他从口袋里拿出一包烟，点了火，猛吸一口，吐出一个烟圈来，“‘重启计划’想起来了吗？”

“嗯。”我点点头，接过了他递过来的烟。

“追根究底，还是要从 2020 年的‘重启计划’说起。”钱然换了个姿势，长叹了一口气道，“2015 年的你多受欢迎啊，你的那篇论文可以说引起了医疗、生物、科技这三个未来高端行业的大地震。也正是因此，冷冻复苏技术被提上了日程。短短五年的时间，就已经是万事俱备，只欠东风了，直到‘重启计划’建立。”

我试图回忆起钱然所说的一切，但仍旧什么都记不起来。

“不得不说，理想很丰满，现实很骨感。我们以为五百年之后醒过来，就是我们施展拳脚大展宏图的日子，却没想到我们成了瓮中之鳖、笼中之鸟。”钱然苦笑，带着些嘲讽的味道，“按照计划，我们的团队被分成三波逐渐复苏，第一波人是先驱队，他们醒过来之后会评判复苏后的时代和世界是否适合展开我们的计划，如果不合适就选择再次冷冻，如果合适就进行第二阶段，复苏第二波人员；我们就是第二波的人员，负责展开行动，将‘重启计划’的一切都安排就绪，准备进入最后的阶段，唤醒核心人员，实施重启。然而谁知道，第一波的先驱队苏醒之后，却没有按照计划进行，他们被2520年的一切所迷惑，放弃了‘重启计划’，宁愿就这样度过一生。”

钱然说到这儿的时候，忽然咬牙切齿了起来，双目圆睁，气愤地捶了捶桌子。他过了会儿才平复心情，继续开口。

“‘重启计划’眼看着就要被搁置了，所幸我们仍有心志坚定的同志，他们通过不懈努力才将我们第二波人复苏。与此同时，‘重启计划’内部的矛盾也更深了。复苏后的第二波人也分裂成了两派，一部分人坚持‘重启计划’，另一部分人则和那些叛变的人一样，不愿意开展‘重启计划’，因此发生了不少冲突。在放弃计划的人当中，有部分人员收购并建立了北极计划冷冻中心，转移了所有还在冷冻中的核心技术人员，并且试图抹去关于‘重启计划’的一切记忆。坚持‘重启计划’的人部分混入北极计划冷冻中心，对原本要消除的记忆做了些手脚，将其变成了隐藏的加密记忆，只需要特定的处理，就能够再次被唤醒、重现。

“确实费了点时间，但幸运的是，我们至少都完成了复苏，获得了重生。”

钱然说完后，有很长一段时间的静默，我们两个人都没有说话。

我不知道他在想什么，但我的脑子却在不停地运转，不断重复着他刚刚所讲的一切。其中有一个最为关键的问题：如果我是“重启计划”的核心成员，那么“重启计划”最重要的核心技术究竟是什么？

这应该是我最为了解的东西，我却毫无记忆。

如果这也是一个加密的记忆，那么钥匙又是什么？

## 07

重生人员帮助协会其实就是钱然创办的一个地下组织，用来接收和唤醒“重启计划”成员的记忆，推动“重启计划”完成。那个给我介绍这里的工作人员，也是钱然收买安排的。他是最快恢复全部记忆的人，而这个小旅馆里的其他人，应该也都各自掌握着一部分关键内容，只不过现在大家都还没有想起来罢了。

钱然是怎么恢复这一切的，他并没有说，只说是一些尝试和意外促成的，但具体是什么，我也不是很清楚。

最近这段时间，我都在通过钱然给我的秘密文件恢复相关记忆，他给我的东西都是通过不正当手段得到的，都是医学资料，还有我过去工作上的一些内容。其中最重要的是我曾经撰写的论文：《微电流仿真生物神经线替代人体多项神经元在临床中的应用》。

这篇论文现在已经无法找到了，我不知道他是怎么得到的。但这已经不重要了，因为这篇论文里提到的内容实在太震撼了，我都不敢相信它竟然出自我手。也难怪我会成为“重启计划”的核心成员，除了我之外，确实没有人能够完成这里面提到的高级医学生物技术。冷冻人复苏重生，只是其中很小的一部分应用。

这篇论文中隐藏着“重启计划”真正的核心，而这个或许就是我重生在2520年的原因：思维移植。

“思维移植”这四个字出现在我脑子里的同时，我好像找到了一切事件的关键之处。但随后脑海中又是一片空白，仿佛除了这四个字之外，就再也没有更多的内容了。

钱然似乎很关心“重启计划”，自从知道我恢复了部分记忆之后，就时不时询问我有没有想起“重启计划”的核心内容。根据我的了解，钱然属于第二阶段的复苏人员，他们知道大部分的“重启计划”，也知道最重要的核心机关在最后阶段的核心人员身上。

但那究竟是什么，他们却不知道。

虽然钱然表现得情真意切，我依旧觉得有什么地方不太对劲，并没有什么理由，只是一种直觉。因此，我并没有把思维移植这个事情告诉他。

我暗自调查起关于“重启计划”的事情。这天，我来到了北极计划冷冻中心。

不知道是不是因为记忆恢复了不少，再次站在这个大门口，我竟然有种思绪万千的感觉。我站了一会儿，然后走了进去。

“欢迎来到北极计划冷冻中心，请问有什么可以帮助您呢，先生？”

一走进大门，前台的小姐就站起身，微笑着看着我问道。

“你好，我是在这里复苏重生的，我有一些问题想咨询。”

“是重生肉体和大脑契合有什么问题吗？”

“不是。我复苏之后丢失了大部分的记忆，虽然我曾被告知可能会有记忆受损的情况，但据说过段时间就能恢复，可是现在已经过去一个多月了，依旧没有恢复。”

“记忆缺失？”前台小姐似乎没有听过这样的反馈，一时间愣住了，“那我联系一下技术部门，请您这边稍等。”

“好的，谢谢。”我点点头，坐在了一边。

几分钟之后，一个里面穿着西装，外面套着一件白大褂的年轻男人走了过来。

“王先生是吗？我叫韩元，幸会。”

## 08

“详细的情况我已经了解了，不过我们中心从来没有出现过记忆缺失的问题，如果您同意的话，我们会安排您进行一个全面的检查，看看究竟是什么地方出了问题。”

“大概什么时候？需要等很久吗？”

“如果您方便的话，随时都可以的。”韩元笑了笑。

“那就现在吧。”

我跟着韩元再次走进了北极计划冷冻中心，里面清一色的白色装饰让我莫名有一种安心的感觉，或许是因为我曾经也是一个医生吧。

我在里面做了不少检查，都是针对脑部的，检查的间歇我还看了不少关于北极计划冷冻中心的资料。

资料显示，北极计划冷冻中心成立于 2000 年。冷冻技术在当年并不流行，甚至受到了不少人的反对，直到 2353 年，北极计划冷冻中心才初见规模，成了拥有切实可行技术的基地。而在那之后，之前通过冷冻的大脑开始被复苏，生物机械肉体也开始投入使用。

一开始当然会无法避免地出现各种问题，好在都不是致命性的，慢慢地，冷冻中心的技术越来越成熟，生意也就越来越好了。

“在生物机械肉体投入使用前，就没有到期需要复苏的大脑吗？”

韩元拿着报告走过来的同时，我合上了资料，向他问道。

“按照我们冷冻中心的交易准则，一旦同意进行冷冻，最少是三百年，当然还有一条备注，当无法保证复苏存活率的时候，可以由冷冻中心选择延迟。所以首先被复苏的人都是 2350 年之后的，因为生物机械肉体通过使用批准是在 2350 年。”

“原来如此。”我恍然大悟。

“您的报告已经出来了，检查显示您的大脑复苏没有任何问题，和生物机械肉体契合得也很好，不过关于您所说的记忆缺失的问题，我们深入观察了您大脑皮层的活跃区域和时间，发现您的记忆区确实有些问题。”

“什么问题？”

“记忆区的一条神经元线路断开了，所以才出现了记忆缺失的问题。这种断开还不止一处，但其他地方似乎已经通过较强的电流冲击恢复了运作，只有这里没有。我们相信只要将这处断开的神经元连接上就可以了。”

“那能帮我接上吗？”

“可以，并不复杂，几分钟就好。”

几分钟之后，我从一间治疗室中走了出来，一直走到冷冻中心的大门口。外面刺眼的灯光照得我眼睛疼，但此刻我的脑子异常清醒。

韩元说得没错，那个神经元连接上了，所有的记忆都回来了。一个问题解决了，但又有一个新的问题出现了，人生总是如此。

恢复记忆的我面临着此生最大的岔路口，左边还是右边，这一个决定改变的可能是整个世界。我忽然明白了为什么会有人不愿意进行“重启计划”了。

我抬头看了一眼天空，不知道应该如何抉择。

## 09

思维移植，顾名思义就是将思维转移到别的大脑上。可思维本身只是大脑活动产生的有效电波而已，只要掌握了不同人的脑洞频率和波幅，再进行转译，将抽象的思维变为具象的电流，再进行转移，这就是思维移植。

所谓的冷冻复苏，其实就是思维移植。

一个被完全冷冻住的大脑怎么可能再次活过来呢？活过来的脑子其实就是一个被移植了思维的全新脑子。这一切或许连冷冻中心的工作人员也不一定清楚。

“重启计划”的第一步就是将相关人员进行复苏，进行和展开“重启计划”，而真正的“重启计划”只有少部分人知道。真实的“重启计划”，是让 2020 年的人重新活过来。这个数量，已不是冷冻中心声称的每年几千人，而是上亿人。因为这是 2020 年全球各个国家首脑的共同决策，全名是“重启 2020 年”。

要重启 2020 年，就要把所有人的思维进行移植，受体是活在当下的全部人类。

真正的思维移植，应该叫作思维侵占。

这是以牺牲 2520 年所有人为代价的“重启计划”，也正因此，除了极少数的核心人员外，没人知道。

此刻我走在路上，看着大街上来来往往的人群。

“重启计划”确实需要我，但我依旧没有想明白，为什么我会选择加入。我除了是神经外科的一把好手和研究人员，也是一名医生。医生的立身之本，是一颗悲天悯人的心，是善良。

而善良的人，怎么会选择牺牲一些人，而成全另外的人呢？

想到这里，我已经有了决定。

我重新回到冷冻中心，找到了韩元。

“韩医生，如果可以的话，我想要重新冷冻自己的大脑。”

## 尾声

王培的大脑被摘离了生物机械肉体后，立刻被液氮冷冻装进了特制的瓶子里，贴上了标签。韩元结束这一切之后，拨通了电话。

“他果然选择了继续冷冻是吗？”电话里传来一个老人的声音。

“是的。”韩元回答道，“要回收其他人员吗？钱然还是挺重要的，一直放在外面不回收吗？”

“没关系。”电话那头的老人叹了口气，没有再说什么。

韩元结束通话后回到了自己的办公室，从保险柜里拿出了那本《重启计划》文书。

王培确实是这个计划里的关键一环，然而这个计划的最终目的并不是要将2020年的人类再次复生到2520年，而是利用这一切反复验证一件事情：那个拥有绝对可以颠覆人类文明的技术的人，在面对这样的选择前，究竟会不会干涉历史的发展。

钱然所说的“重启计划”是真的，当年确实选中了一批人来实施这个计划，而计划的核心就是王培。但这个“重启计划”的背后还有另一个更宏大的计划，也就是电话里那个老者一手操控的——控制王培，直到人类文明可以将思维移植的负面影响完全剔除，不会发生任何反作用为止。

从当年王培掌握这项技术开始，就有人发现了隐藏在背后的悖论：虽然一个人的思维可以完全侵占另一个人的大脑，但这种侵占并不长久。也就是说，今天一个人可以侵占一个大脑，明天就会有另一个人来侵占同一个大脑，这是一场无止境的争夺战。

所以，这项技术不能完全公布于世。即便这项技术确实足够吸引人，但这种技术的实现，等同于永生。

韩元打开了电脑里王培的档案，正如他所说的，从2350年之后复苏冷冻人就开始了。只不过从那以后，每批复苏的人员里，都有王培。他经历了无数次的苏醒和冷冻，而这一切就是为了截取更多关于思维移植的核心技术内容，因为这些内容都在王培的脑子里，并且只有当他处于活动状态下才能截取。

让他失去记忆后重生就是为了能让他的脑子活跃起来，让他一遍一遍回忆思维移植的内容，好通过远端获取信息。钱然的存在就是为了让一切合理化，尤其是让他再次选择冷冻合理化，以防他记起他和卫东的谈话。

卫东，就是电话里的那个老人。

“2520年，重启结束。”

韩元看着装有王培大脑的瓶子暗了下去，自言自语道。他的手里，握着最新截取的思维移植信息，也是卫东一直想要得到的内容：思维移植最大的副作用。

反复多次使用思维移植，是会损害原本的大脑神经元的，在转移大脑思维的同时会产生不可逆的损害。所以一个人的大脑不能转移太多次，那样最终只会剩下一个可能性：只记得最为执着的那件事，并且不断重启这个执念。

正如卫东一样。

而在小旅馆里的钱然，正盯着一片漆黑的屏幕，忽然眼睛里似乎有亮光闪了闪，倒映在一片漆黑的屏幕上，上面隐约能够看到“重启”的字样。

钱然咧嘴一笑。

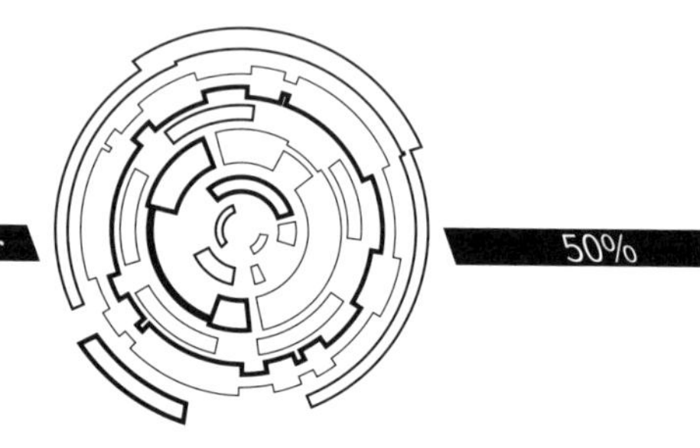
重启加载中……
50%

00·00·01

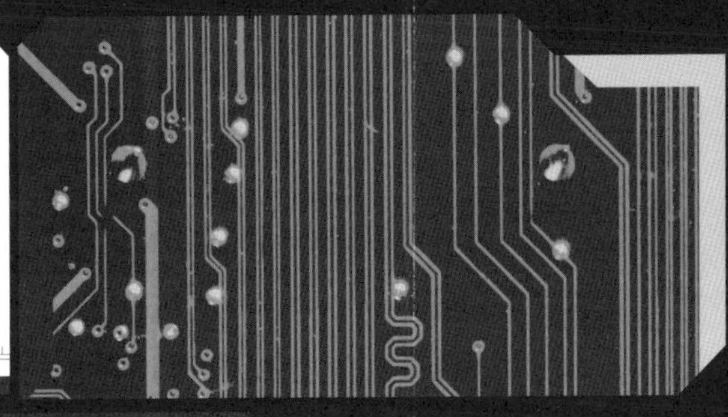

# 垃圾处理

我们就是在穿越发生时，分裂出来并被定义为没有任何用处的“我”。我们就是垃圾。

GARBAGE
GARBAGE
GARBAGE
GARBAGE

文 / 钟榆

一条被幻想文学拎住后颈肉的咸鱼。

01

右肩一阵生疼。

我扭过头，刚才撞到我肩膀的那个穿着黑色油布雨衣的男人，此时正火急火燎地向前行走，丝毫没有回头道歉的意思。

他的背影有点眼熟。

换作平时，我也许会低声咒骂几句他的不礼貌行为，要是碰到那些为公务烦心的日子，我甚至会追上去理论一番，以发泄我烦躁的心情。

但是今天不同。

今天是她下葬的日子。

牧师站立在棺椁的正前方，说着一些“尘归尘，土归土”之类烂俗的话语，我知道其实没有人在听他讲话。我左边的小男孩牵着父亲的手，正在打哈欠。身后上了年纪的夫妻在抱怨这场突如其来的大雨。

“我都告诉你得听天气预报，你偏不听。”那名白发苍苍的太太如此指责她的丈夫。

他们都不在乎你，他们只在乎你的遗产。

我也是。

她可能直到去世那一刻都不知道，最初我接近她的目的，就是为了获取研究项目所需要的资金。或许她知道，却由于感情因素没有点破。不论如何，她的财产的的确确帮助我延长了那一台机械的寿命。

我看着工作人员将她的棺椁放入挖好的坑洞，将四周湿润的红色泥土一股脑撒在棺板上，一种令人恐惧的真实感才向我袭来。不，我对她没有任何所谓的真情实感，事实上，仅仅以一个男朋友的身份，我根本没有得到遗产的资格。

没有资金供应，就代表着我必须停止研究。

我来到这个葬礼，只是为了一个极为细微的可能性——在她的遗嘱里，我的名字会被提及。我不奢求拿到她全部或者一半的财产，只需分我一杯羹，我就能免除被饿死的不幸结局。

一般而言，遗嘱的宣布自然不会是在葬礼上，但是她曾向我提及，不希望在葬礼之后还要额外劳烦大家再聚一回，还不如直接在她入土之际就昭告出来。反正这才是大家关心的重点。

当她说出这句半开玩笑半认真的话时，我想她也没料到世事无常，竟就成了真。

牧师结束祷告，一个穿着深褐色西装的高大男人走到众人面前。我认出来了，这是她的律师。

“那么接下来，我将宣读威尔海姆小姐的遗嘱。”他从西装内口袋里掏出一个精美的白色信封，取出里面一小张被对折的信纸，“这封遗嘱已经过公证，具有绝对的法律效力，且不可更改。”

我相信你，卡特琳娜，你会记得我的，对吧？

他停顿片刻，将纸上的内容朗读出来：“我，卡特琳娜·威尔海姆，会将我的所有遗产捐赠给……”

该死的女人！

我没有听完信的内容，转身离开。根本没必要听下去，不过是那么几个我闻所未闻的慈善机构罢了。

虽然已经做好心理准备，可是当这种事情实打实地发生时，我还是由衷地感到无力。我不能停止我的研究，我不能半途而废，白白浪费这多年的精力。

我没有别的办法，只能实施我的备用计划了。虽然我很不愿意，因为这件事情我没有百分之百的把握，甚至有出现危险的可能，但为了这些钱，我得赌上一把。

我要回溯到卡特琳娜出事之前，阻止她的死亡。

## 02

我小跑回墓园角落的小凉亭，之前还没有下雨时，我将我的雨衣放在了这里。对，我可不像刚才的糟老头子，我是一个相信天气预报的人，我相信任何经过科学计算所得到的结果。可是等我到达那里时，却发现我的雨衣竟然凭空消失了。

我猛然想起刚才撞到我的粗鲁男人，我想我知道自己为什么会觉得他眼熟了——这家伙偷了我的雨衣！

真是好事不成双，倒霉不落单。

我不得不淋着大雨一路奔回我的研究室。

推开沉重的金属门，那台机器就在房间的正中央。它是如此美丽，惊心动魄。这是我十年来的心血，一个能够让我控制时间的智慧产物。我没有给它取名，因为我想不出任何代号能表达出它无与伦比的能力。

说是控制时间，其实有夸大的成分。按照我目前所做的动物实验来看，至少它绝对能够做到将时间向前拨动。

我曾将我的黑猫菲尔放入其中，按下开关。接下来我所看到的，是机器里的菲尔消失不见，另一只黑猫突然出现在我的脚边。令人难以置信的是——如果不是我观察仔细，我可能还不会发现——新出现的菲尔，耳朵上多出了一条伤疤。

这条伤疤在原来的它身上是绝对不存在的，而且从伤口的愈合程度来看，应该已经过去了一段时间。此外，它对我的态度也变得有些不一样，本来总是略微暴躁的它，莫名其妙温顺了起来。

当然，这些都不足以得出“菲尔成功穿越时空”这一结论。让我确信自己成功的关键点，是我脑海中蹦出来的全新记忆，那些之前不曾有过的与菲尔相处的记忆，点点滴滴，犹如亲身经历。

我一瞬间就知道了那条伤疤的由来，以及它性情转变的过程。

这一切所代表的，是我成功了。

兴奋淹没了我。

但是经过后来的实验，我发现这个机器的有效范围只有——三天。

还有一个很严重的不足，就是我没有办法设定精确的时间。也就是说，不管我如何设定日期和时间，穿越回去的菲尔都会随机出现在过去三天的任何时刻。

我需要继续我的研究，我需要完善我的机器。

我真的很需要卡特琳娜的钱。

我没有进行过任何意义上的人体实验，要知道，人类的躯体构造和猫的身体结构肯定有较大出入，我不敢保证在传送人体时不会出现意料之外的情况。见鬼，我连一些稍大型的动物都没有尝试放进去过。

即便如此，我依旧坐进了机器。

这个研究所开启的每一分每一秒都在烧钱，烧的还是我完全无法拥有的金额。

我一刻都等不下去。我将机器上的时间调到卡特琳娜出事之前，也就是三天前的中午十二时。我祈求上帝保佑，虽然我是一个无神论者。

然后，我按下了启动按钮。

酥麻与轻微的疼痛，这就是我开启机器后的所有感受，我的身体好像突然来到深海之中，停满了无数的细小昆虫，它们在我的皮肤上尽情吮吸。我的五感仿佛都消失不见了，听不见，看不见，什么都接触不到。

整个过程统共持续了不过十秒。下一刻，所有的感觉都如涨潮般涌来，先是听觉，然后是触觉和嗅觉。我结结实实地落在地面上，一股强烈的腥臭扑面而来。

最后是视觉。我睁开眼，看到了一片血红。

一辆轿车底盘朝天翻转过来，破碎的玻璃与汽车零件散落一地，整辆车都扭曲在一块儿。驾驶座里，卡特琳娜被死死地钉在一堆破铜烂铁之中，双眼无神地望向车窗外，血液从她的身下汩汩流出。

她已经断气了。

也就是在这个时候，肉体的疼痛才由神经传输至我的大脑。

即便已经经历过这一切，强烈的冲击依旧使我反胃。

我果然回到了三天前。在这之前，我和卡特琳娜行驶在通往城市的公路上，一辆货车忽然逆向行驶朝我们冲来。刹车肯定没有用，情急之下，卡特琳娜全力打死方向盘，这就导致我们的车飞出了公路。

机器有用，而且我也没有缺胳膊少腿，身上的伤都是事故导致的，和这一次回溯没有任何关系。这是好消息。

坏消息是，因为机器的不完善导致了穿越的随机性，我没能赶在事故发生前阻止它。面对已经没有呼吸的卡特琳娜，我当然没有任何办法让她起死回生。

没事。

我艰难地走向公路，将卡特琳娜抛在身后。我只需要再使用一次机器，这一次再不行，就等下一次，总有一次，我会回到我最需要的时间点上。

我拦到一个好心人，让他将我载到研究所。

“你真的没事吗，我还是带你去医院吧？”他关切地问道。

我摆摆手。

“我现在就帮你报警！”他掏出手机，“那辆车里没有人了吧？”

我看向那片残骸，反正是没有活人了，我想。

“没有了。”

第二次穿梭我就轻车熟路了。希望这一次，幸运女神会站在我这一边。

可惜的是，我再次出现在错误的时间。我回过神时，发现自己正身处卡特琳娜的葬礼，旁边的小男孩还在打哈欠，身后的老太婆还在喋喋不休，前方的牧师还是说着不着边际的悼词。

没什么大不了的。这次我甚至没有等到律师登场，就快步跑回了研究所。

第三次。

我出现在医院的病床上——是事故发生的当晚。

可恶，再来！

第四次。

这一次总该成功了吧。我都懒得祈祷了，随手按下按钮。想起第一次穿梭时的紧张心情，现在倒觉得好笑。

就在我操作完成的那一刻，我恍惚中瞟到研究所的门口出现了一个人影。

“快停下！”

他朝我喊道，显得颇为急切。

那是谁？我不知道，我也没有时间细想，但是停止对我来说已然不是一个可选项了，我好像已经与机器融为了一体。

再一次睁开眼睛，我看到的依然是研究所的天花板。

这倒让我有些讶异，在我的印象中，过去的三天我并没有在这里待上多长时间。我躺在地上，想要回忆起刚才出现在研究所门口、那个企图让我停下的人影时，一个声音打断了我的思考。

“又来一个。”

怎么会有声音，这个房间里除了我还有别人吗？我坐起身来朝声音传来的方向看去，这下意识的一瞧，让我的思维都凝固住了。

我看到了另外三个我。

## 03

我好似一下子进入了放空的状态，大脑一片空白。

他们三个与我长得一模一样，穿着却有所不同，但也都是我的衣服。

但这还不是最让我心生恐惧的，让我能一下子将他们——或者说是我们——区分开来的特征，是他们身上的缺口。

那不是伤口，因为那些切面整齐光滑，更像是在他们的皮肤上贴了一层透明的材质，能被人一眼看透。暴露在空气中的横切面也并非是血管肌肉，而是一大片黑色！

第一个“我”的双眼处什么都不存在了，只剩两个空洞。他的头转向我，仿佛在盯着我看，我能透过那双眼洞看到他身后的金属墙壁；第二个“我”失去了左半边躯体，但是左手依旧悬挂在空气之中，甚至还能自由挥动；第三个“我”膝盖以下的所有部分都不见了，他倚靠着墙壁，坐在离我最远的角落。

“你们是什么东西？”我努力保持镇定，声音却忍不住发颤。

“我们？相信自己的眼睛。”失去双腿的“我”冷笑着，“我们就是你。”

这是在做梦？还是说这是使用机器的副作用？

我为什么会出现在这里？这里是哪里？他们身上的缺口究竟都是怎么回事？

无数的问题与猜测从我的脑子里向外膨胀，我快要窒息了。我试图理顺自己的思路，可却不知从何问起。

“你也是使用了机器吧？”失去双腿的“我”反倒先问我。

“是！这一切和机器有关系吗？”

“当然，我们都是在启动机器后才来到这里的。”他回复我，“包括它。”

他这么说着，我看到我的黑猫菲尔从他的身后走出。它的尾巴已经完全不见了。

“所以……啊！”强烈的疼痛从我的右手掌和手指处袭来。

我颤颤巍巍地抬起右手，发现一个硕大的正圆形口子浮现在了手掌中心！除此之外，我的食指也只剩下最上面留有指甲的那一小截。

痛楚在最开始的暴发后立刻就减轻了不少，变作绵延的隐痛，不断啃噬着我的神经。

我下意识地想用左手去触碰食指本来存在的位置，却什么都没有摸到。

只是空气，与虚无。

但我还是拥有食指尖的控制权力，就好像是麻药被完美地控制剂量，只在中间那两段起到效果。

“这是怎么回事？”我看着手上的洞，又看回另外的“我”。

失去双腿的“我”抱起菲尔：“按照我的推论来说，这是我们在崩溃。”

“什么？”

“不仅仅是我们，你仔细看看周遭的环境。”失去双眼的“我”插嘴，这句话从他的口中说出总有种说不出的讽刺意味。

我这才第一次观察起我自己的实验室，天花板、地板，甚至大大小小的电线上都出现了类似的缺口。

“整个世界都在崩塌。”失去双腿的“我”说。

“你们到底在说什么？”我咆哮着冲到房间门口，试图逃离这个诡异的区域。

“我劝你不要打开。”失去双腿的“我”说，“我们都尝试过了。”

我没有听从他的意见，用尽全力拉开了金属大门。

迎接我的是一片黑暗。

外面什么都没有，没有任何实体的存在，没有方向，只有无尽的黑暗。

我小心翼翼地抬起右手，伸向这一片未知，但灼心的疼痛让我不得不迅速撤回。疼痛和刚才一样很快就消散了，变成不间断的轻微刺痛。

刚才伸向黑暗的、我的中指指尖，已经成了另一处缺口。

我关上大门，颓然地坐到地上，自言自语：“我不懂，我不能理解！”

“我来和你讲讲我的推论吧。”失去双腿的“我”放下菲尔，说道，“你是在使用机器后来到这里的，我们都是。我一开始也极为疑惑，第一个蹦出来的想法，也就是我们一直支持的想法，告诉我这里是平行空间。

“假若一开始的时间线只有一条主线，从头延伸至尾，那我们的时间回溯行为，就是在这条线上的某个节点，添加了一个点。因为我们回到过去，做出了不一样的行为，接下来由于‘蝴蝶效应’，整个世界都会变得迥异。那么从这一个点开始，就会延伸出第二条在未来与主线永远无法相交的时间线——也就是平行时空。

“当我们无数次使用机器进行时空旅行后，就会展开出无数条线，这些线同时存在，开枝散叶，成为参天的大树。这就是我们一直相信的，如果我们使用机器后，最有可能发生的事情，对不对？无数的‘我’存在于无数的现实之中。”

“的确是这样。”我点头赞同。

“但是这个被困住的空间，和源源不断进来的‘我’无时无刻不在提醒我，这里绝对不可能是什么所谓的平行时空之一。那么我开始朝另外一个方向思考，一个与那株参天大树完全相反的方向。

“如果从始至终，就只有一条主线呢？”

“什么意思？”我愈发疑惑。

“不管我们倒回几次，改变多少次行为，时间就是一条单独的、从头到尾不间断也不分叉的线条。”

“这完全说不通！”我打断他。

“如果是真的呢？”他换了一个更舒服的姿势，“我们回到过去，改变时间线，这就相当于给了这条线一个拐点。原来它可能是笔直的，每次我们回溯，并且做出不同以往的行为，这条线就会向左或者向右偏折。但是不论如何，它始终，只有一条。

“而问题恰恰出在这里——每一次线条转向，都会导致一段多余时空的出现！”

“多余的时空？”不知道为什么，我好像有点开始理解他的思路。

“假设你使用机器回到二十四小时之前，而那时的你正站在一个交叉路口。原来的你选择往左走，未来穿越回来的你选择往右走，这就形成了一个拐点，接下来发生的所有事都是因为你这一次选择往右走。

“但是，原来的那二十四小时呢？原来你朝左走，并来到机器旁使用它，这里面你所经历的二十四小时，它去哪儿了？它就这么消失了吗？”

“多余的时空！”我理解这几个字的含义了。

“不错！这二十四小时并没有消失，它就在那儿！只是它变了，它从主线的一部分，脱离出来了。如果之前的它是时间线上的一小段，现在的它则变成了独立于主线的线段，一条有头有尾的线段。它的起点在你向左走时踏出的第一步，终点在你成功穿越前的那一秒。它与那条拐了弯的，世界所真正需要的主线再也不会产生任何交集。

“我们每一次穿越，都会制造出这样一截线段。它对我们的主线没有任何用处，换作是你，无用线段，你会怎么处理？”

“我会……”冷汗从我额头流下，滴湿我的嘴角，“……抛弃它。”

“每一次我们使用机器，都会——从某种意义上来说——产生两个‘我’。一个比较幸运，他能回到那条唯一的主线上，继续推动世界的发展。而另外一个‘我’，就是被抛弃掉的、线段里的‘我’。”

“所以我们……”我看向身边所有的“我”。

“我们就是在穿越发生时，分裂出来并被定义为没有任何用处的‘我’，那条线段上的‘我’。我们就是垃圾。”失去双腿的“我”张开双臂，说道，“这个宇宙将我们这些垃圾都扔在这个出不去的小房间里，所以这个地方实际上是一个——”

难以置信。惊讶的我不自觉拿右手捂住嘴巴，然后我才意识到，那个洞刚好将我的嘴巴完全暴露出来，这是多么荒唐的一幅场景。

“是个垃圾场！”我接上他的话语。

## 04

我过了好久才算是彻底冷静下来。

“这是我目前能想到的最合理的解释。”失去双腿的“我”又开始逗菲尔。

我的确用了三次机器，这也相对应制造出来面前的三个“我”。第四次使用后，我便来到这里。

我不得不承认，这个解释说得通。

“那这些……身体部分的缺失，又是怎么回事？”我询问，“你们刚才说，这是代表崩塌？”

“有极大的可能性，我，或者我们，是第一个实现时空回转的人。这也就是说，在我们之前，时间线从来没有被干扰过，它一直就是一条没有任何弯曲的直线。

“那么，我们搞出乱七八糟的倒霉事情，也是这个世界第一次尝试处理。它习惯于时间线的笔直，它的内存也已经潜移默化地被打造成最适合单根线条的体量，突如其来并且逐步增加的线段，无时无刻不在挑战它本来设定好的容量上限。当线段的数量真正到达它的上限时，会出现什么情况？”

“卡死、崩溃。”

“我就是这么想的。而这些缺失的部分，就是逐步崩溃的先兆。我猜测，每出现一条新的线段，我们身上就会缺少一部分，这是这个世界用来平衡的手段。”

“如果世界真的崩坏了，会怎么样？”

“你问我？可我就是你，你没经历过的我也没经历过，没有人知道究竟会有什么事情发生。是世界消失，变为虚无？又或是像系统重装一样，用自我防御的方式进行时间线的重启？但我想，不管到时候发生什么事……”失去双腿的“我”先是指向自己不存在的双腿，而后指向我右手掌上的大洞，“我们都将不复存在。”

一阵剧痛突然袭来。

我望向自己的左手臂，原来连接我手肘和肩膀的上臂，随着剧痛也消失了，但我的左前臂和左手依然能正常使用。

“我们得做点什么。”对死亡的恐惧让我说出这句话来。

身上的缺口就像是被绑在我手臂上的定时炸弹，怎么也拆不掉。每次我去看它，都能看到逐渐归零的时间，可我又做不到不去看它，这么大个炸弹绑在我手上最显眼的位置啊！若有若无的刺痛就是它在倒计时！

嘀，嗒。

嘀，嗒。

“我们一堆垃圾能做什么？”失去半边躯体的“我”略带嘲讽地说。

我看向机器，萌生出一个大胆的想法。

“既然我们的产生和这个世界的崩塌，是因为最开始的‘我’使用了机器。”我站起身来，“那为什么不回到那个时候，回到我第一次使用机器之前，停止我的研究。”

“我们现在身处垃圾场，根本就不在主线上，我不认为机器能起到什么作用。”失去双腿的“我”说。

“你们尝试过了吗？”我质问。

“那倒没有，可是……”

“可是什么可是！”我鼓起勇气，走到机器面前，“不尝试一下，怎么知道行不行得通？”

“我怕会出现什么更严重的问题，毕竟……”

“什么更严重的问题！”我又一次打断他的废话，“有什么会比我们从世界上消失，甚至是整个世界的崩溃还要严重？”

他似乎还想继续表达他的观点，可是看到我坚定的神情，又把那些话语咽了回去，最后摇摇头，摆出一副无可奈何的表情。明明只是另外一个“我”，不知道他有什么资格做出一副盛气凌人的姿态。

我坐进机器里，深吸一口气。

我一秒都不想耽搁。

这一次，我是真正在祈祷，对这个世界祈祷。

卡特琳娜和她的遗产已经完完全全被我抛在脑后了，之前我还在为不破产、不饿肚子所烦恼，而现在我需要做的，往大了说，是防止宇宙的停滞，往小了说，是为了活下去。

我得活下去！

于是，我按下了机器的开关。

## 05

我睁开眼睛。

这是哪里？成功了吗？

视力慢慢恢复，我身处夜晚。这个地点我再熟悉不过了——我现在就在研究所的楼下，所以是成功了！我惊喜地大叫出来。我现在需要做的，大概就是永远不要再去触碰那个机器。这很可惜，但是我只能照办。

可就在我这么想着时，我看到一个人影走进了我的研究所。

怎么可能？除了我，还有谁能如此轻易地进入那里？

他好像没有注意到我，也是，我和他有一定的距离。我赶忙尾随上去，蹑手蹑脚地尽量不发出任何声音。

我来到那扇金属大门前，推开了它。

房间里，一个穿着病号服的我正坐在机器之中，而他的手就放在启动开关上！

不能按下去，你完全不知道这么做的后果！我的心一下子提到了嗓子眼。

“快停下！”我吼出声，急切地奔跑过去试图阻止他。

但已经太迟了，我想在我推开门之前，他就已经启动了机器。我只好眼睁睁看着“我”消失在机器之中。

我缓步走到机器旁，这是我首次亲眼见到刚被使用完的它。

不对劲，有一些不对劲的地方，但我又说不出是什么。

我指的并不是这台机器，我想的是这整件事情，是我现在被托付的任务。在某些方面，我嗅到了违背常理的气息。

“啊——”一阵痛觉袭来，我措手不及。是我的左边膝盖，它已经完完全全消失在了空气之中。我看过去，那里就像是被橡皮擦掉了一般。

我身上无形的炸弹再次用最暴力的方式提醒我，要抓紧时间。

常理？我竟然还在思考违背常理，我现在所经历的，有任何一点是可以用常理来解释的吗？没时间思考这些有的没的，我现在要做的，就是拼尽全力，在我的身体全部消失之前，阻止我自己！

我不相信我的运气，我不认为我能幸运地在下一次，或者是再下一次，就能被传送到我所需要的时间点。机器的缺陷导致我必须一次又一次地使用它。

但是不管怎么说，至少机器是能用的，这已经是不幸中的万幸了。

既然这次失败了，那就再来一次。

我坐入机器中，启动。

我已经完全习惯了穿越时空的感觉。如果不是遇到这个令我焦头烂额的事件，我甚至可能会开始享受这种感觉。

再次睁开双眼，我发现自己又回到了研究所的楼下，现在不是晚上，天还亮着，但是因为在下雨，我无法依靠太阳或是什么参照物来确定现在的时间。

不对，我的脑子真是被搞乱了！

机器会随机把我传送到之前三天中的任意时刻，如果我没有记错的话，前三天里有两天都是晴天！唯一的一场雨，是在卡特琳娜葬礼中途时才落下的——也就是我第一次启用机器之前！

想到这里，我迈开双腿。

我还是没来得及刚好被传送到“我”即将使用机器之时，我实在是不够幸运。然而，也有很大的可能，我被传送到“我”使用机器之前，有可能当时的“我”此时还站在墓园里期待律师宣读遗嘱！这就代表我有足够的时间来阻止自己，甚至是可以直接破坏掉机器。

是的，我已经有了毁掉机器的觉悟。

不过是十年的心血，如果它最终导致了我的死亡和我生存世界的崩溃，那这玩意儿不要也罢。

当然，最好的结果还是我能够将机器保留下来，就算是当作纪念也好。

我奋力推开研究所的门，看到了“我”。

他就站在机器附近，侧身对着我，看起来有坐进去的打算，但好在他还没有这么做！我还有机会，如果我能将事情讲述明白——既然失去双腿的“我”可以做到，那么我也可以做到——让他放弃穿越回去救下卡特琳娜的心思，一切就会回归正常！

世界停止崩塌，我还是我，我的宝贝机器也能完好无损地保存下来。

我想“我”必然是个明白事理的人。

“我知道，你看到我十分疑惑。”我双手向前伸去，掌心朝向他，我不知道自己为什么这么做，但是印象中要想劝说别人，这是一个证明自己没有威胁的手势。该死，我就像是一个试图说服劫匪放下枪械的警察。

他转过头来，我发现他在流泪。

这回是什么幺蛾子？

我第一次回溯的时候可没有做出这样软弱的举动，更何况，他为什么要哭？我可不记得我对卡特琳娜有什么真挚到会为她落泪的感情。

我……

又来了。

这让人绝望的痛彻心扉。

一瞬间的面目狰狞可能让他受到了惊吓，怎么偏偏选在这个紧要关头？

我想去捂住痛苦的来源，大约在我的左侧肋骨处，却什么都没有摸到。这难道不是一定的吗？我暗骂自己一声，经过这么多次还没有得到教训吗？

我的左半边身体，从锁骨以下到腰部以上，就这么消散在空气里。

“你别害怕。”疼痛消退，我才再次直起身子，看似毫不在意地指向方才消失的躯干，“我来这里，是为了阻止你使用机器，否则……你也看到了，这就是你的下场。”

“你什么都不懂。”他却仿佛没有多少惊讶，只是依然流泪。

“我懂，我都懂。”我继续向他的方向挪动，“我就是你啊，你所经历的，我都经历过。是的，卡特琳娜的资产是我们极度需要的，但是……”

“不，你什么都不懂。”他按住自己的太阳穴，“我不相信，我不相信！”

“你听我说完，我……”

他没有听我说完就突然把自己塞进了机器里，没有反应过来的我完全来不及强行制止他的动作。

“我不相信！”他这么说着，按下开关，消失在我眼前。

我从来不知道自己是一个这么顽固的混蛋！

劝说失败，这就代表着只剩下唯一一条道路——赶在过去的“我”使用之前，彻底毁掉机器。即便心有不甘，我却无可奈何，因为剩下的时间不多了。

继续，再来。

幸运女神，眷顾我一次吧！

我按下了按钮。

## 06

视觉还未恢复，雨滴清凉的触感倒是先找上了我。

然后是青草卷入泥土的气息。

光线照入我的眼睛，我伫立在许多小巧而庄严的墓碑之间。

我认识这个墓园。

“尘归尘，土归土。”牧师的声音拉扯住我的注意力。我偏过头去，人群拥挤在棺椁之前，我一眼就看到了我自己。

“吁——”我长舒一口气。不会错的，“我”还在葬礼上，棺椁还没有被埋入泥土，这就是我最开始使用机器之前。

这是最完美的时刻！

幸运总算是降临在我身上一回了。

但是我依旧得抓紧，我得赶在律师宣布遗嘱、过去的“我”回到研究所之前，砸掉机器。我现在得走出这个墓园，不过，顶着身上东少一块西少一块的怪物模样，要是大摇大摆地出去，一定会引起所有人的注意，包括过去的“我”。

我瞧见了墓园背阴处的小凉亭，里面有一件黑色的油布雨衣被随意地扔在地上，仿佛是特意为我准备的一样。

真是好事成双。

这时候我也顾不得什么偷窃可耻之类的规矩了，毕竟本来我也并不在乎，何况现在的我可是在努力保护世界不被毁灭。

我悄悄地走到凉亭当中，披上雨衣，戴上兜帽，尽量遮住我的面容，隐藏起缺失的身体。

怎么也没想到，恼人的疼痛在这时候猛然撞击我的右腿！

我不能出声，只好强咬着牙，把生理性的悲号都忍耐下去。我甚至听到自己牙齿碎裂的声音。

我不敢，或者说是不愿意去查看自己的右腿，我知道，那里绝对已经空空如也。没有必要再亲眼目睹这种事情，只会徒增烦恼。

不会有事的，已经到了这个时间点，一定来得及完成我的任务，从源头上解决这一整个诡异至极的噩梦。

痛苦结束后，我加快步伐走入雨中，向墓园门口走去。

也许是走得实在过于着急，我穿过人群时不小心与其他人产生了碰撞，但我没空理会，只是裹紧雨衣，步子越发紧促。

我在研究所楼下脱掉了雨衣，然后扔进草丛。

推开沉重的金属门，那台机器就放在房间的正中央。

损坏机器对于我——它的创造者来说，再简单不过。虽然没有在它的系统里安装什么销毁程序，但我了解它的每一处构造，清楚每一处细节。我所要做的，就是搞砸它的物理构造。一些轻微的零件移动都会造成不可逆转的后果，要是我再拿走一些珍贵的部件，没有任何财产的“我”这辈子都将无法找到新的替代部件。

察觉到异样的时候，我正打算切断机器的电源。

我瞄到机器的底部，有一个缺口！

就像我说的，我对这台机器了如指掌，那是一个原本完全不可能存在的缺口。我趴在地上仔细端详，它横截面的黑色看得我胆战心惊。

这代表什么？世界的崩塌已经波及到这条主要的时间线了！连唯一的主线都处在崩塌之中，更不用提被抛弃的垃圾场了！

不过还好，只剩下最后一步了。在经历了这么多疑惑和心理、生理上的痛苦后，我终于站在了成功的面前。

我的脸上是挥之不去的笑容。这可能是我这辈子最开心的时刻。老话说得对，没有经历过痛苦，你就无法获得满足。

一分钟。

一分钟后，一切风浪都将回归平静。

我站直身体，打算关闭机器。可是就在这个时候——我的心漏跳一拍。

我开始呼吸急促。

我的大脑陷入无尽的混乱。

我看到了一张照片。

那是我和卡特琳娜的合影，并没有什么大不了。它和之前的不同，就是我的头颅处出现了一个洞。这本来也没什么，它只是另外一个证明世界在崩塌的预兆罢了。

然而这张照片提醒了我。我瞬间意识到了为什么之前我会感觉有点不对劲。

不该发生的。

我不由自主开始战栗。

不应该发生的！

我不应该，能看到另一个我！

## 07

我蹲下身去，腹腔中一阵恶心。

如果失去双腿的“我”说得一点没错，那现在就产生了一个很严重的问题。

刚才发生的一切，从我在另外三个“我”面前启用机器到现在，我做出的所有行为的目的与所获得的成果，都是建立在一个基础之上的。不对，与其说是基础，不如说它们都是建立在一个我的思维惯性上——我是那个幸运儿。

机器的启动会引申出两个“我”，幸运儿回归到主时间线——这条理论对在垃圾场里的机器也同样适用。

如果我是那个幸运儿，我就可以回到最初，改变我自己的行为，从而改变一切的进程，停止世界的崩溃，重新开始我的生活。

但如果我不是呢？

如果每一次启动，每一次分裂，每一次被选择，我都是那个毫无用处、被随手扔进垃圾堆里的——垃圾呢？

被扔进垃圾场，找到这个垃圾场里的机器，然后启动它；而后，被扔进另一个垃圾场，从来没有体会过作为幸运儿的滋味。

我在无数的垃圾场中辗转。

这也解释了为什么我能在这些时空里看见我自己。

如果我是被选中的、跳回到主线的人，那个时空里就应该只有一个我才对。

我为什么觉得不对劲？因为我在又一次看到另一个“我”时，潜意识对自己咆哮：“这个时空并不是世界的主线！”

但我没有深究，我没有思考，因为身体消失的恐惧抑制了我的思考。我只是凭借着自己的思维惯性和行为惯性，自我欺骗。当我真正开始琢磨这件事情后，一切都是如此明显，明显到了残忍的地步。

力气像是被凭空抽离，我摇摇晃晃地躺到了地板上。

这个世界在崩溃，因为这里只不过是一个稍大一些的垃圾场。

我遇到的所有“我”，也只不过是还不自知的垃圾们。

更有可能，我身上缺口的出现，根本就不是代表什么世界的崩溃，也许，这只是我们的世界在清理垃圾。我一切的努力，每一次尝试，都只是它计算好的、系统化的、恒定不变的一套垃圾处理过程。

到底是从什么时候开始，我成了垃圾？

“不要使用机器……”一个“我”兀然出现在我面前，他的身上几乎是完好无损的。看到躺在地上一动不动的我，他不知所措，问道，“你……你还好吧？”

“还好吗？”我想苦笑，却发现自己的脸部肌肉已经完全不受控制了。

“发生了什么？你怎么会……我应该是来阻止你的。”

“没有意义。”我感觉到自己正在失去说话的能力，这是不是代表垃圾清理的过程快要完成了？

“什么没有意义？”

“我做的一切。我以为，我一度以为自己所做的事情，都有意义，都在某种程度上，细微地改变着这个世界，甚至，我在拼尽全力拯救这个世界，拯救自己。但其实，这个世界根本不在乎我！我的一切行为，不管做了还是没做，都对它产生不了任何影响。我一度以为我是世界的主角，或者是个配角，再不济，是个路人甲、路人乙。但其实呢？其实从始至终，我就是一个迟早会被抛弃的、没有任何意义的垃……”

## 08

他没有说完那句话，他的头颅倏地整个消失不见，只余下脖颈处一个黑色的、平滑的横切面。

失去头颅后，他的消失仿佛被按下了快进键，一点接着一点，一寸肌肤接着一寸肌肤，直到消逝殆尽，什么都不剩下。我看着地面，完全看不出就在半分钟之前，这里还存在过另一个“我”。

我还处在震惊之中，更多的是恐惧——我听懂他的话了。

但是这怎么可能？

我不可能这么倒霉吧？

我这么默念着，但是我心里清楚，他说得完全正确。

我是妄图回到过去停止研究的，但是我却出现在这里，看着他逐渐分解。主线上的“我”是不可能被分解的，那可是被宇宙挑中的幸运儿，这就说明，刚才消失的他，是被扔进垃圾场的、对主线起不到任何帮助作用的垃圾。

那就说明，和他身处同一个时空的我，也是垃圾！

我做了这么多事情，一次又一次地回溯时间，都没有意义吗？

研究所的大门忽然被推开，另一个“我”简直就是冲进来的。

“我知道，你看到我十分疑惑。”他双手向前伸出，掌心朝我。

我转过头去，早已泪流满面。

“你别害怕，我来这里，是为了阻止你使用机器。否则，你也看到我的样子了，这就是你的下场。”

真好啊，另一个“我”。没有人告诉你，你这么做是没有用的吗？没有人告诉你，你是个垃圾吗？

“你什么都不懂。”

“我懂，我都懂。我就是你啊，你所经历的，我都经历过。是的，卡特琳娜的资产是我们极度需要的，但是……”

“不，你什么都不懂。”我按住自己的太阳穴，“我不相信，我不相信！”

我不相信我改变不了。

我不相信我做的一切都是没有意义的。

这个世界把我创造出来，难道不会赋予我存在的意义吗？

我不相信！

“你听我说完，我……”

我没有理睬他，直接跳进了机器里。

看着吧，我会变成那个幸运儿的，我会成为那条主线的！

“我不相信！”

然后，我按下了开关。

重启加载中……

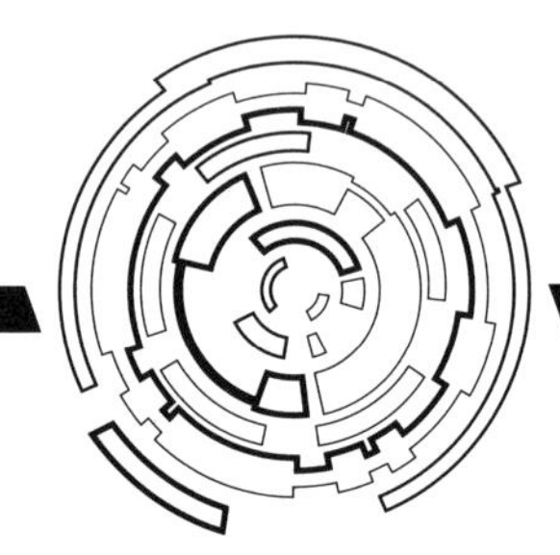

60%

00·00·01

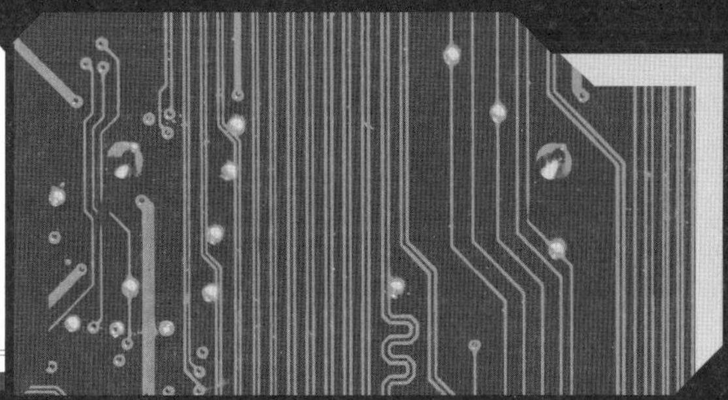

# 雨夜怪谈

躲得过的不用逃，
躲不过的逃不了，
每个人都有自己的劫数。

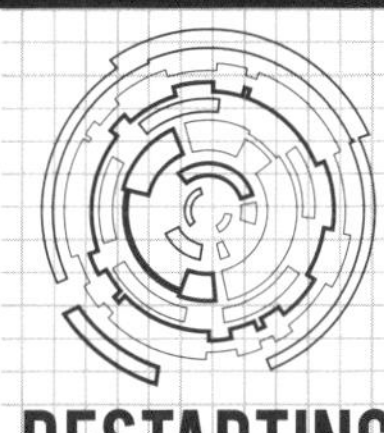

RESTARTING

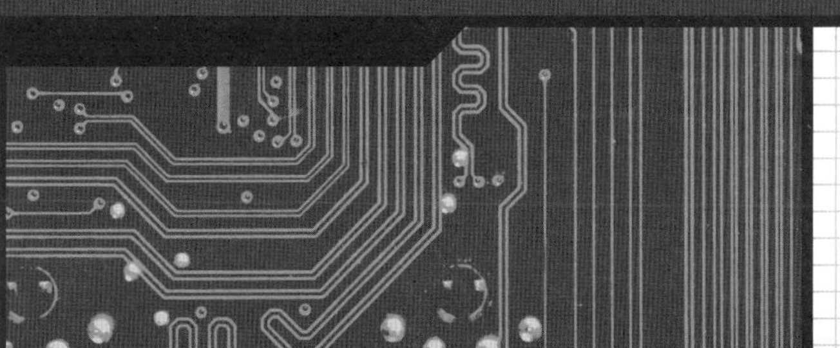

RAINY
RAINY
RAINY
RAINY

文 / 黄新星
一个行文诡谲、不按常理出牌的闷骚男作者，
致力于高智商悬疑烧脑故事的研究与写作。目前运营故事公众号：子夜旅馆。
已出版纸上互动解谜游戏书《守夜人》（漫娱图书“玩书”系列）。

你有没有想过让时间停下，等等你，等你收拾好糟糕的生活，等你想好明天的方向，等你做好一切的准备，它再重新启动，你再重新出发。

肯定有过这样的情况，你搞砸了一些事情，你活得不是那么漂亮，有些事你明明知道不该做但又不够克制，你辜负了自己和他人，你不想自食苦果，可惜时间停不下来，你也回不去。

我想告诉你的是，不仅是你，我也一样，大家都一样，带着满腹的遗憾与懊悔，却又拒绝反思与改变，最后只能躲进冷风苦雨的夜里，踽踽独行。

## 01

停电了，京都市一片漆黑，只剩下骇人的雷声，像巨兽的战车碾过每颗头颅的上空。泛着铁锈气息与霉味的大雨轰然砸下，浩荡连绵，瓢泼无度，像是龙王醉了酒、发了疯。

往日繁华的京都在这场罕见的停电事故中，在这个罕见的冷雨夜里，像是个与世界失联的无助孩童，茕茕孑立。

不起眼的街道尽头，有一家名叫清风徐来的酒吧，此时里面正亮着昏黄的烛光，几个年轻人围坐在吧台前，静静听着身后的驻唱歌手唱歌。烛光微弱，甚至照不亮每个人的面容。

忘记他，
等于忘掉了一切，
等于将方和向抛掉，
遗失了自己。
忘记他，
等于忘尽了欢喜，
等于将心灵也锁住，
同苦痛一起。
……

“虽说都是进来躲雨的，但都不聊几句吗？来酒吧这么拘着可不好！”老板娘嗓音低沉，往台上放了四杯刚调好的酒。

吧台左边第一个红衣女孩拿过一杯，喝了一小口，回味片刻后问道：“这酒叫什么？”

“忘不了。”

女孩咧嘴一笑，并未接话，而是岔开话题：“要不，咱们来玩故事接龙吧！”说完观察众人，见大家都看向自己，却并未反对，便说道，“那我先开始，我有一个朋友，叫许萱萱……”

黑暗中有人会意轻笑，没办法，现在的人对“无中生友”这种套路基本免疫了。

女孩并未介意，继续说道：“她在一个知名编剧手下当学徒，最近接到了一个任务——魔改任意一部传说。虽说不需要提交完整剧本，但需要给出主线剧情梗概与详细剧集大纲。她一直没有好的想法，眼看着交稿日期临近，压力与恐惧与日俱增，甚至做起了噩梦。不过也多亏这个噩梦，让灵感得以闪现。

“大家听说过‘八人抬轿’的都市传说吗？说是在京都市地铁五号线的雍禾宫站台，晚上会有八个古装汉子抬着红轿子经过。诡异的事不仅如此，据目击者描述，这八个轿夫的裤管，全都是空的！

“那天许萱萱回家太晚，只来得及赶上五号线的末班地铁，人很少，她又很累，便迷迷糊糊靠着窗，在经过雍禾宫站时，她亲眼看见了‘八人抬轿’。当时轿子跟地铁并排走在轨道上，许萱萱隔着窗户与轿子互望，谁知轿窗的帘子突然拉开，轿中人露出脸，跟她对视一眼，笑了。许萱萱吓出一身冷汗，一下就从座位上弹了起来，再往外看时，哪还有什么轿子。她也分不清自己是出现了幻觉还是在做梦，不过这不重要，重要的是，轿子里坐着的人，居然是她自己。

“‘她’要坐着轿子去哪儿？许萱萱正想着，地铁提示音突然报站，下一站是南新桥站。这句话仿佛一道电光，顷刻间照亮了她的脑海。

“关于南新桥，有一个更著名的都市传说。据传，此地在修建南新桥地铁站之前，是一座庙，庙内有一口井，一条粗如儿童手臂的铁链一头缠在井边的石墩上，另一头直直垂入井中。这口井深不见底，时常有人听到从里面传来巨兽的低吼。有好事者曾往上拉动铁链，结果铁链越拉越长，仿佛无穷无尽，而且拉到后面，井里会冒出古怪的黑水，再之后，便开始冒血水，吓得好事者赶紧把铁链放回去，不敢再动。

“后来有一个当地的百岁老人为大家解惑，说他听上一辈的人提起过，宋朝年间，有一妖龙乱世，利用海眼，发大水淹没了京都，多亏了一个世外高人将其骗入井内锁住，妖龙求高人饶命，高人便跟龙说，待新桥变旧，就会放它出去。结果高人并未盖桥，而是直接将此地取名为南新桥，于是桥永远新着，龙便永远被这么困着。世人感念高人相助，便盖了一座庙供奉他。只是后来庙逐渐荒废，再后来为了在此地修建地铁站，更是直接将庙拆掉了，不过据说那口井一直留在南新桥站台的最下方，被巨石压着，尘封至今。

“巧合的是，许萱萱想到了最近京都发生的一件大事，通古集团巨额投资了南新桥地区的基础建设，政府为表感谢，特意将南新桥地区改名为通古桥地区，易名仪式即将举行。南新变通古，桥终于旧了啊！

“许萱萱便决定结合这两个都市异闻，魔改一个最为经典的传说——《白蛇传》。因为许仙的别名是许宣，跟自己的名字差不多，所以她一直很喜欢《白蛇传》。这一次地铁惊魂事件给了她灵感：如果当年白蛇水漫的不是金山而是京都呢？如果白蛇被抓之后关入的不是雷峰塔而是一口井呢？许宣还在一代代轮回，而白蛇永远被锁在暗无天日的井底，多么孤独寂寞，就没有使用法力让心爱的人乘轿来看看自己的念头吗？如今新桥变古桥，它脱身之后又会如何呢？

“因为自己性别的关系，许萱萱把许宣改为女人，那么白蛇就得是男人了。不过既然有白蛇就得有青蛇，这么多年青蛇去哪儿了？哥哥被锁井内一千年，他都不前来营救的吗？白蛇出井需要报仇吗？仇人是谁，尚在否？一个是没有记忆的人，一个是被困千年且很可能觉醒了反社会人格的妖，许宣跟白蛇的爱情戏又要如何展开呢？我的朋友虽然有了一个故事创意，也搭出了一个基础框架，但还需要大量的情节去填充，可时间真的来不及了，马上就要交稿，还偏偏停了电，什么都干不了，真惨哪！”

## 02

老板娘问红衣女孩：“所以你希望大家能帮你一起想这个故事？”

“无处可去无事可做的雨夜，有什么能比跟几个萍水相逢的陌生人玩故事接龙更有意思呢？”红衣女孩倒是理直气壮。

老板娘看向红衣女孩右手边的长发男孩，一般留长发的都比较文艺，可能会对这种事情感兴趣。

长发男孩点头：“可以，但我不喜欢白蛇，我喜欢青蛇，它被关在那口井里。”声音有点好听，虽有些微弱无力，但胜在清晰，听着口齿不够流利，却更显真诚。

“那条青蛇叫青螭，是一条倒霉蛇。很多年前，它在山野间修炼，结果来了一个法力高强的白蛇妖，把原本属于它的天地灵气都抢光了，竞争不过人家，青螭只好另寻灵山宝地。它跋山涉水，找了好久，终于寻得一处灵气充裕且妖类甚少的山野。可它还没来得及修炼，就被人抓了起来。原来那座山是学宫的训练场所，专供学宫新晋弟子抓妖采药的，它就像一条河鱼循着饲料的味道跳进了鱼塘一样悲惨。

“青螭被一个老道士抓住后，成了捉妖课堂上的活体标本。老道士一把捏住它的七寸，对学生说：‘大家围过来，都围过来，开了阴阳眼看，看仔细啦。这个闪着红光的部位就是蛇妖的心脉，不管它日后修炼成何等

模样，这个地方都是死穴。不信？看我一捏，哈哈，它是不是疼得抽抽了？哎哎，别都抢着捏啊，它还有用呢，大胖小力一点……’

“青螭在学宫饱受折磨，本以为再无活下去的可能，却在某个夜晚，被一个小女孩给放了。这个女孩是年龄最小的道家门徒，心性还没被污染，尚存好生之德。青螭逃出去时，为了方便日后报恩，便在女孩手腕处，充满情意地轻咬了一口，不料却疼得女孩哇哇大哭，让它好生愧疚。

“从学宫脱逃后，青蛇回到初始修炼地，夹着尾巴做蛇，拜了白蛇做大哥，开始低姿态修行。就这样，在白蛇的帮助下，它终有所成，于某日化成了人形。青螭一直对恩人念念不忘，提议去人间走一遭。白蛇本不同意，因为他正处在天劫期，山里最适合渡劫。但后来他卜了一卦，又突然同意了。

“两蛇在人间转悠许久，终于遇到了一个手腕处有疤的道家女门徒，这个人就是许宣。当时许宣正站在白桥上赏荷，青螭远远一望，立马呆了，说那就是自己的恩人。白蛇啐了他一口，说：‘下贱，你就是图她长得好看罢了。’青螭指着她的手腕说：‘你看，有疤。’

“白蛇白了他一眼，说：‘手上有疤的人多了去了，邻街卖猪肉的王婶手上全是疤，你怎么不去相认？’青螭不以为然，说：‘那还得有学宫的气味。’白蛇说：‘那学宫门徒常年打斗，手上带疤的多了去了。’青螭有些生气，厉声质问道：‘你究竟要怎样才肯相信那个人就是我的恩人？’白蛇也来了脾气，呵斥道：‘已经过了两百年，当初救你的小女孩不可能还在人世，你究竟要怎样才肯接受现实？’

“青螭愣住了，这个问题他一直避开不去想，但也只是掩耳盗铃罢了。他心里清楚，学道者虽然身体康健于常人，但也绝不会有两百年的寿命，所以女孩确实应该是……死了。可是，万一，桥上的女孩是她的轮回转世呢？青螭仍不甘心，迈步向白桥走去。白蛇抚额叹息，拿这个任性小弟毫无办法。

“青螭很有搭讪经验，开口就是问路，许宣白了他一眼，说自己也是刚到，青螭转而说正好结伴而行。白蛇本以为许宣会拒绝，但她却爽快答应了，眼里甚至还闪动着诡异的光。此处有疑，他留了一个心眼。果不其然，当晚三更时，许宣从客栈隔壁房溜了过来，举剑刺向正流着哈喇子的青螭，心之狠、手之稳、剑之快，让白蛇心下发寒，好在他早有准备，才弹开了这一剑。

“白蛇与许宣缠斗片刻，发现她功力远不及自己，遂将其制服。青螭醒来，十分不解，质问许宣为何要置自己于死地。许宣愤恨道，自己来此地就是为了杀他。说着掏出一块青鳞，上面还残存着一丝青螭的妖气。

“原来这个许宣真的是当年救过青螭的小女孩，当初青螭充满情意的一口，让她身体发生了某种变化，衰老的速度远慢于常人。她的一年，相当于常人的十年，因为这种特性，她亲眼目睹了身边几乎所有亲友的离世，也因此被人私下议论，说她身上有一股驱散不掉的妖气，极有可能是邪星转世。但老师告诉她，她是中了妖毒，世间异兽百千，能力各不一样，她只是碰巧遇上了一条能减缓人衰老的蛇。

“许宣求老师为自己解毒，但老师却叹气，说此种毒唯有将毒主斩杀方可解，可在茫茫世间找一条平平无奇的蛇，实在太难。许宣不怕难，辞别老师走出学宫，一找就是数十载。

“听了许宣的故事，白蛇笑出声，说：‘你也真是个奇女子，不说凡人间了，就说你们学宫吧，想要长生不老的人不计其数，其中就包括你那些道貌岸然的老师，甚至是你们的巨子、大儒、宗师、圣人和祭酒，都一直在探究长生之法，而你有幸得到延长寿命之力，不仅不以此为乐，甚至称之为毒，不惜要杀人来解。’

“许宣气得脸红，说：‘如今落入你手，要杀要剐随便，何必还要出言侮辱我的师长。’青螭十分愧疚，将剑递还给许宣，说：‘我这条命本就是你救的，如果你想要，随时拿去。’但白蛇不允，他将剑一把夺过，冷笑道：‘开什么玩笑，你是得我相助才能修成人形，你的命现在已经归我了，她不能拿走。’于是场面就这样僵持下来，最后白蛇做出了让步，说：‘你不就是想解毒吗？我知道一种仙草，名唤浮游昙花，也能解此毒，只不过此草没有固定生长地点，而且从生长到枯萎，不过一刻之久，所以极难采到。’

“于是三人开始行走世间，只为找寻这浮游昙花。在这个过程中，他们渐渐成为朋友，甚至还互生情愫。青螭爱上了许宣，但白蛇也爱上了许宣，许宣经过艰难的抉择选择了白蛇，两人趁青螭受伤之际，将他关进一口深井之中，用阵法困了一千年。”

## 03

“故事转折得有些生硬吧，最后这出三角恋也太狗血了！”起头的红衣女孩从果盘里拿起一片橙子，边吃边发表看法。

长发男孩眼里闪过一丝怨毒：“现实，往往比故事更生硬，更狗血，不是吗？”

这时长发男孩右手边的板寸头男孩说话了，他虽然看着年轻，声音却像中年男人，低沉又霸道：“呵，那就由我来扩充一下那生硬狗血的部分吧！”

“我们换一个视角来讲，就说有一名骁勇善战的宋朝大将，名唤卢天临，一直在边境领军，与辽人争夺燕京地区。这年冬天，边境异常寒冷，本来供军队过冬的衣被与粮草都在路上，不日就会到达，可恨宋军中潜藏有辽人卧底，将粮草运送路线泄露，辽人连夜劫杀了运粮军，导致边境战事瞬间吃紧——再过半个月就会下雪，地面会结冰，还穿着单衣的将士根本扛不住，所以摆在卢天临面前的只有两条路：要么在半个月内彻底击溃辽军，要么先行撤退，让出这几年用血与泪打下来的土地。

“卢天临不肯退，便广发英雄帖，希望有能人异士前来协助军队化解危机。这死马当活马医的方法还真招来了三个身怀神通的奇人。卢天临与三人合作，连夜突袭辽营，大获全胜，又乘胜追击，依靠奇人奇术，竟在短短半月间收复了整个燕京地区。

“可谁能想到，就在军中大摆庆功宴的当晚，这三个奇人之中名唤秦池的男子突然化身为妖，残忍屠戮了数千将士。卢天临拔剑迎敌，不料却被另外两个奇人所阻，特别是那个白衣男子，神通远高于他。无奈之下，卢天临只得带兵退居燕京城外。

“三日后，白衣男子前来告知，自己已将秦池关入了深井之中，并布下囚神阵，任何人不能近前，同时他也绝不可能出来，说完就离去了。卢天临进入城内一看，果然有一口悬着锁链深不见底的井，他让人试过，这口井仿佛深渊，永远无法探到尽头。但为了给枉死的将士们报仇，卢天临一直守在井边。

“一晃多年过去了，直到一个无名道士路过此地，听闻了这件事，又仔细研究了法阵，他告知卢天临，这个法阵能维持千年之久，还是尽早放弃为好。卢天临的字典里没有‘放弃’二字，他赐予道士重金，让他帮助自己。道士便给他想了一个逆天之法——将他的魂取出来，封入尺八，然后用他人魂魄滋养，以求存续千年，届时再将尺八内的魂引到活人身上即可复活。

“卢天临把这个计划的实施交给了自己最信任的仆人——姚知远，并叮嘱他此法邪逆，不可害无辜之人性命，至于卢家的子孙，都是自己的骨血，取之虽亦不妥，倒也在情理之中。可他没想到的是，在他安眠于尺八中的一百年后，卢家子孙就已经不愿意供养这个疯狂的祖辈了。姚知远没有办法，只得编造出一个卢家有着巨额遗产，只有结婚生子后的卢家子孙才能继承的谎言，吸引卢家后人世世代代前来探宝，结果当然是成了滋养尺八的养分。

“总而言之，就这样过了一千年，当初的燕京成了现代化大城市京都，而当初困住秦池的那口井，上面也建起了地铁站。南新桥变旧，并不会放出妖孽，但阵法的时间到了，所以妖孽确实是要出来了。不过卢天临也在后人卢小鱼的身体里复活了，他率领着用秘法冰封的死士，准备跟秦池决一死战。”

## 04

板寸头男孩还没讲完，他身边一个扎着双马尾的姑娘便嗤笑道：“大哥，你跑题跑远了啊，人家要的是《白蛇传》魔改剧本，你怎么给讲成了宋将复仇记了？”

“发散的故事才更好看！”男孩中气十足地反驳。

姑娘摊手：“就算如此，可你也不能瞎编啊，故事漏洞百出，人家怎么拿去用啊？”

“哪里有漏洞？”

“比如说，卢天临为了活一千年弄什么以魂养魂的邪法，既累又蠢，可他那个执行计划的仆人姚知远为什么却轻轻松松活了一千年？”

“这不重要。”

“好，你不想填这个坑，那咱们说别的。你不觉得卢天临给将士报仇的动机撑不起这么大的设定吗？青蛇为什么会在军营中突然发疯？你的讲述里有许多需要补充与丰富的地方，我来帮帮你吧！

“既然已经跑题了，那我索性跑得再远一点，就把视角落在一个活泼可爱美丽善良的现代女驱魔人身上吧。她叫北落，在京都市经营着一家名叫妖妖灵的店铺，某天她接到了一个单子，让她跟助手赵无忌误入了一个神秘灵域，里面全是小孩的灵体。最后小赵的灵也留在了里面，看守灵域的大树说，想要救回小赵，只有化解怨气，净化灵域。

“北落从灵域逃出来，发现赵无忌的身体竟被一个不知从哪儿来的阿飘给占据了，无奈之下，只得将他带回家锁起来。没想到的是，这个‘小赵’倒很聪慧，通过他的指点，北落查到了当年酿成孩儿庄惨案的凶手——宋将卢天临。

“卢天临爱上了一个身患怪疾的女人，为了给她治病，不惜用一整个村庄的孩童做药。后来他又听说青蛇内丹能做药引，便设计将青蛇引来军中，在大胜之夜庆功之时将匕首捅进了青蛇的身体里。青蛇生命力顽强，并没有死去，却因此失了心智，化成妖形屠戮了上千将士。白蛇跟许宣见同伴疯魔，只得将其关入井中，用阵法困住。

“可即便如此，卢天临依然不死心，苦苦守着这口井，直到遇到邪道士，给他出了个以魂养魂的蠢主意。

“卢天临复活的那天北落也在，但却被骗了，没能阻止得了，于是她发誓，绝对不能让这个千年前的老怪物在京都市胡来。假借报仇之名，实则是为了可笑的私情，他那个身患怪疾的爱人，等了一千年，只怕都成灰了吧！”

## 05

面对双马尾姑娘充满讥讽的讲述，板寸头男孩并未反驳，只是低头喝酒。老板娘给自己也调了一杯，走出吧台，靠在双马尾姑娘身边，轻笑道：“其实，有些 Bug 很轻易就能圆过来。那个女人身患的怪疾，是一种不死之症——以血为食，不生不死。她活得太久了，又何止千年。

“她最开始叫李阿难，出生在战国时代，她的丈夫比较出名，叫徐福，对，就是那个替秦始皇出海寻药的倒霉鬼。徐福师从鬼谷子，手里握有一道世人艳羡的长生方。他本无意给秦始皇，奈何妻子李阿难年纪轻轻就得了不治之症。徐福不忍心看妻子死去，便想用长生方治她。然而方子虽有，却无法成药——因为长生药需要一种世间少有的蓬莱仙草为药引，据说只零星长在东洋某座岛屿的崖壁之上。

“徐福自知凭一己之力无法寻得药引，便出山求见皇帝，许诺献出长生方，且自愿出海寻药。皇帝派了三千军士陪同徐福出海，一行人在海上漂了半年，终于寻得蓬莱仙草。但就在寻药大军兴奋地回程时，徐福却带着仙草失踪了。

“大家都慌了，一边加紧靠岸，一边传书与海关驻军，让他们沿岸搜查。两天后，伪装成渔民的徐福被逮捕，但蓬莱仙草却消失不见。皇帝震怒，命人严刑逼供，奈何徐福这个傻子直接咬断了舌头。最后皇帝只得满怀怨恨地将他烧死，闻名天下的一代方士最后成了几根焦黑残骨。

“徐福死了，但他的妻子李阿难却活了过来。原来徐福自知无法逃脱搜捕，一靠岸便将仙草给了一个曾受过自己恩惠的渔民，然后故意暴露行踪，好让渔民趁机将仙草送去妻子卧病的山中，并按照自己所写的方法煎药，喂妻子服下……

“自此李阿难便活了，还长生不老。可惜的是，她也将为此付出巨大的代价——以血为食。在有些人看来，她不再是一个人，而是一个半魔半人的异类，所以一向以除魔斩妖为己任的学官开始疯狂追杀她。在逃亡的过程中，她侥幸认识了一些大人物，也受到了一些庇护，总之风风雨雨过了上千年，好不容易太平下来，却又招上了一个‘为爱痴狂’的将军。

“她那会儿易名为李若情，是一个行走四方的医生，无意间进了军队，给伤员治病，却被将军看上了。可她心里容不下任何男人，将军恼怒，将她关在军营。纵使她有些法子，也逃不出军队的重重看守。

“将军每日命人送来的三餐，在她眼里如狗屎一般。她越来越饿，最后红了眼，把进来送饭的姚知远咬了。一咬，姚知远就染上了长生不老的怪疾，而将军这才明白李若情并非常人。他四处求访名医道士，只为给她治病。

“后来听说世间有一条青蛇妖的内丹能做药引，他便四处抓蛇捕妖，有一次甚至灭了一个幼蛇群聚的大窝。那个窝坐落在灵气充裕之地，幼蛇们都沾染了灵气，被他炼药之后，怨恨难消，妖气不散，竟结出了一个勾人心魂的灵域。

“旁人都劝将军收手，连李若情也觉得他有些疯魔，可他总说为了爱情可以做任何事。不过我倒是觉得，将军并不爱李若情。他宁肯以魂养魂存续千年，都不愿被咬一口而获得长生，说明他本质上排斥这种以血为食的生命，他只是在说服自己这是病，可以被医治。他真正爱着的，是内心的掌控欲和试图营造的救世主形象。

“你们觉得我说得对吗？”老板娘看着中年声音的板寸头男孩，问道。

男孩眼睛发亮，喉结动了两下，却什么话都没说出来。

倒是双马尾姑娘低头自言自语道：“原来是这样吗？难怪引我进灵域的小孩会幻化成大蛇……”

最先起头的红衣女孩还在吃橙子，她好像对这种水果特别喜爱，边吃边吐槽：“你们还能把题跑得再远一点吗？”

## 06

“由我来接后面的故事吧！”酒吧的门突然打开，瓢泼大雨中，一个男人负手而至，白衣飘飘，竟是滴雨未沾。

“一个人不会无缘无故发疯，一条蛇自然也不会。”他没有坐下，而是走到了吧台。

“这个故事填坑的关键点，在白蛇身上。”白衣男人给自己倒了一杯酒，“白蛇在遇见青螭之前，就已经修行得道，入了佛门。妖仙悟道，必有劫数，而白蛇的劫，是死劫。这世间除了真佛，没人能坦然面对死亡，白蛇也是。他闭关山野，苦寻渡劫之法，无果，这时候，青螭来了。一条继承了女娲之力的幸运小蛇，竟拜他做了大哥。

“你们可能不了解，女娲之力在蛇族中乃万蛇艳羡的上古神力，它能操控人类的生死。这股力量，或可抵抗死劫，白蛇这样想着，便将青螭留在了身边，帮他修炼，助他成人。可谁能想到，这条青蛇还是个情种，心怀报恩的执念。白蛇不愿意他去人间，但掐指一算，自己劫数将近，这时候离了他，一切将功亏一篑，只好与他结伴同行。

“在遇到被女娲之力影响而变得长寿的许宣后，青螭心甘情愿赴死，白蛇心里着急，便撒了一个谎，说有一种浮游昙花，可解女娲之力，此后三人行走天涯，不过是在磨时间，等待劫数的来临。

“许宣心中满怀侠义，又是汉人血统，民族感强烈，所以当她看见宋军在边关与辽人战事胶着时，便毅然前去相助。青螭喜欢这个丫头，也欣然同行。而白蛇则不喜。

“他的渡劫之日就要到了，不愿再多生事端，但又拗不过二人，只好违背规则，用术法帮助凡人快速取得了战争的胜利。谁料此举加快了自己的劫数，庆功宴当晚，夜空繁星满布，他却听到了怒雷滚滚。

“天劫将至，正气退散，邪气外溢，修行尚浅的青螭被气运影响，竟在帐中现出了原形，而当时他正跟宋将卢天临喝酒。一直苦寻青蛇内丹无果的卢天临面对惊人变故，只诧异了片刻，便大喜过望，一剑捅穿了青螭的七寸心脉。

“白蛇匆忙赶到，施法将卢天临轰出帐外，他见青螭血流不止，暗叹天助，遂把自己的血输给他，又将女娲之血吸入体内，一来将劫数外引，二来暂借女娲之力抵抗天劫。

“谁料血才换了一小半，白蛇的天劫便引动了青螭体内的女娲之力。青螭修行不够，无法驾驭这股强大的力量，被反噬成魔，因此，那个晚上，燕京城血流成河……”

白衣男人讲到这儿，长发男孩已经激动得双手发抖，他睁圆了充血的双目，死死咬着牙，仿佛一头蓄势待发的野兽。

吃橙子的红衣女孩见状，赶紧擦了擦手，轻拍他的后背：“听故事而已，代入感别这么强，咱不激动哈，不激动！”

白衣男人没有看长发男孩，也不知是没注意到，还是不敢，他继续说道：“不幸中自然也有万幸，白蛇渡劫成功了。摆脱死亡威胁的他与许宣费了很大工夫，才将魔化的青螭擒住，为避免青螭继续祸乱人间，遂用囚神阵将其困在了一口废井中。”

"那他是不是应该谢谢你啊！"长发男孩怒极反笑道。

白衣男人还是没有看他，只是将手里的酒一口饮尽，道："不必了。"

## 07

见气氛莫名尴尬了起来，红衣女孩拍拍手："好啦，谢谢大家今晚贡献了这么多烂俗的故事，我来收个尾吧！"

"我的朋友许萱萱为了进一步得到灵感，决定去看看那口传说中的锁龙井。这天她躲在了南新桥站台的厕所里，直到地铁停运、工作人员都下了班才出来。她也是艺高人胆大，竟敢凌晨时分悄悄摸到地铁的地下一层，白天的时候工作人员也很少来这里，哪怕是在炎炎夏日这儿也是阴风习习。

"没有灯，她只好打开手机照明。突然，前方出现了一个模糊的黑影，大概就是井口了吧。她往前走了几步，冷风扑面而来。咦，不是说井口被石头压着吗？她把手机往前探了探。光亮中，一张铁青的人脸正在井口看着她。"

老板娘插话道："都快结束了，还要用惊悚故事的口吻吗？加快节奏吧，大家都疲了！"

女孩点头："许萱萱直接吓昏了过去。被囚千年的青螭慢慢从井里爬出来，他身上长满了鳞片，一只眼睛是黑的，另一只眼睛是红色的。他凑到许萱萱身前，张开嘴，露出了锋利的獠牙，吐出尖端分叉的长舌，不停在她身上游走。正疑惑着，一只干枯的骨手突然从地底伸出来，一把抓住了他的脚踝。接着无数双骨手，纷纷破土上探，抓住他的身体往下拉。

"卢天临来了，迟到了一千年的复仇，抑或是给心爱的女人取药引，总之是来了。可他没想到的是，自己的屁股后面还跟了个小尾巴，我们的驱魔人北落小姐也来了，还带着跟班赵无忌。于是乎，青螭、卢天临跟北落在这地下战成了一团。没有技能的赵无忌只好护在许萱萱身前，还嘟囔着早知道这么危险死活都不会出这趟门之类的话。

"没必要加这些细枝末节吧！"早已停止弹唱的吉他手也忍不住插话道。

红衣女孩轻笑："我们的小赵这么怕出镜吗？也罢，就说这一战，打得是难解难分，山崩地裂。最后红了眼的小卢同志抓住许萱萱，想要以此威胁青螭，哪料青螭不吃这一套，一个手刀直接把许萱萱劈死了。是的，你们没听错，他亲手把许萱萱……劈死了。

“劈完还在那儿乐，可乐着乐着又哭了。原来啊，当年他留在许萱萱体内的那股女娲之力回来了，裹挟着那时的记忆与情愫。青螭大悲后彻底疯魔，女娲之力全部恢复，自此，整个京都市都遭了殃……

“当维和部队大队长段橙橙小姐赶来时，局面已经不可收拾。匆忙之下，她只好启用禁忌之术，临时冻结了这一切。”

女孩停止了讲述，默默望向窗外，所有人都没有出声，跟着望向窗外。

窗外的雨越下越大，一点都没有停止的意思。胡同里老鼠很多，地上横七竖八地躺满了人，他们冰凉得如同这个永远过不去的夜晚。当然，更多的人是倒在商场的店铺里、地铁的车厢内、家里的沙发上，无一例外，通通失去了体温与血色。

整个京都市，除了这个酒吧，无一活口。

## 08

吉他手的求知欲被激起了，在大家都缄默不语的时刻，勇敢举手提问：“故事基本圆了，可有个问题。之前说许宣一年等于别人十年，我们假设青蛇被关的时候她只有二十岁，一千年过去，她现在也该是一百二十来岁的模样了吧！”

白衣男人点点头：“对，理应如此。”吉他手等了好一会儿，见他一直不说话，便追问道：“所以呢？出现了什么变故导致不是如此？”

白衣男子轻叹一声：“当年白蛇关了青螭之后，许宣求他在囚神阵前杀死自己。她不想一个人孤独地活着，几百年上千年，没有任何意义。”

“所以你就杀了？”长发男孩目眦欲裂。

“成全……有什么不好？”白衣男子苦笑道，“只是我没有想到，哪怕许宣轮回转世，灵魂里依然带着那一丝女娲之力，虽然不再让她的寿命变长，却成了一个牵绊——她和囚神阵，以及青螭的牵绊。如今这个牵绊更是成了毁灭京都的推力，所以，说起来都是我的错！”

“你也不用再恨我，我今晚来，就是要了结这一切。该还的还，该去的去。”

说罢，白衣男子第一次直面长发男孩，他伸出手，一丝血线连接了二人。

他笑道：“其实，我也很怀恋三人游的时光。”

外面突然闪过一道炫白电光，天雷直接从众人头顶劈下，贯穿天花板，将白衣男子击得粉碎。

碎片里全是记忆，有关于青蛇的，有关于许宣的，有关于一条白蛇的……只是顷刻间就消散殆尽了。

而原本白衣男子所站之地，出现了一团扭曲的光盘，乍一看像是个钟表盘。拿着橙子的姑娘走过去，叹息道：“何苦要逃呢，躲得过的不用逃，躲不过的逃不了，每个人都有自己的劫数。但今晚，还不是京都的劫数。”

说完，用手指在光盘上逆时针转了一圈。

“重启吧，这狗血的深夜档故事！”

## 终

许萱萱赶上了这趟末班地铁，人少得出奇，但她完全没有察觉，因为开了一天的剧本会，实在太累了，屁股一挨座位就靠窗睡了过去。

地铁驶过漫长又空旷的隧道，缓缓停在了雍禾宫站台。车门打开，站台上十分冷清，只有一个红衣女人，慢慢走了进来。面对着无数空座，她偏偏来到了许萱萱身边坐下。

一个在熟睡，一个在观望。一个素面朝天，疲惫不堪；一个红唇锦衣，娇艳欲滴。

许萱萱在做梦，梦里有一个青色背影，离她忽近忽远，一会儿在地平线上，一会儿又似乎近在眼前，只是他不曾回眸，看不到样子。

红衣女人只坐了一站就下车了，临走前将一片白色鳞片塞进了许萱萱的口袋里。她来到南新桥地铁站的地下一层，掏出一个橙子，在上面画了一个金色符咒，然后左手临空一掀，压着井口的巨石裂开一条口子。她将橙子丢下去，念叨着：“从今往后，你来代替白渡的位置吧！”

地铁到站，许萱萱醒了过来，她出了站台，迷迷糊糊往家走，却误入一条陌生的胡同，稀里糊涂地来到了一家响着舒缓歌曲、顶着张“清风徐来”旧招牌的酒吧门前。

她走进酒吧，发现人不多，风姿绰约的老板娘给她调了杯酒。

忘记他，
等于忘掉了一切，
等于将方和向抛掉，
遗失了自己。
忘记他，
等于忘尽了欢喜，
等于将心灵也锁住，
同苦痛一起。
……

只喝了一口，许萱萱就被辣得眯了眼：“这酒叫什么？”

“忘了。”

“自己调的还能忘了？”

“就叫忘了！”

……

这时，一个扎着双马尾身着黑斗篷的姑娘气呼呼走过来，质问老板娘：“我之前明明看见一个板寸头男人进了你的酒吧，怎么就消失不见了呢？”

老板娘笑道：“我这里的男人多了，你要找哪一个啊？”

姑娘眼珠一转，愤恨道：“算了！”回头朝台上正在弹唱的男孩喊道：“赵无忌，回家！”

男孩下台，将吉他还给老板娘，还道了谢。

老板娘见双马尾姑娘已走出了酒吧，便对男孩耳语：“我知道你是谁！”

“嘘……”男孩将食指放至唇边，“不要说出去！”

重启加载中……

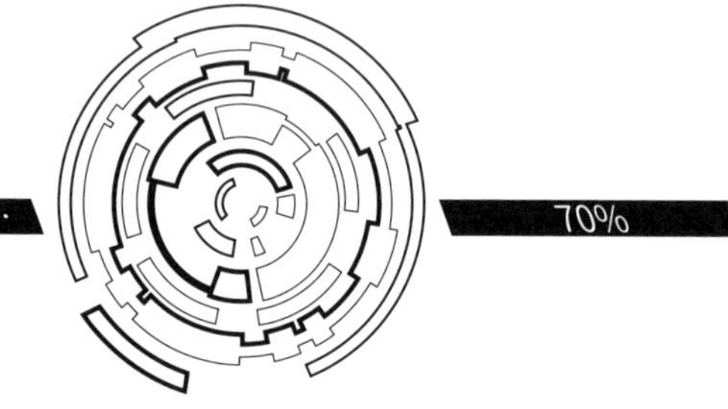

# 00·00·01

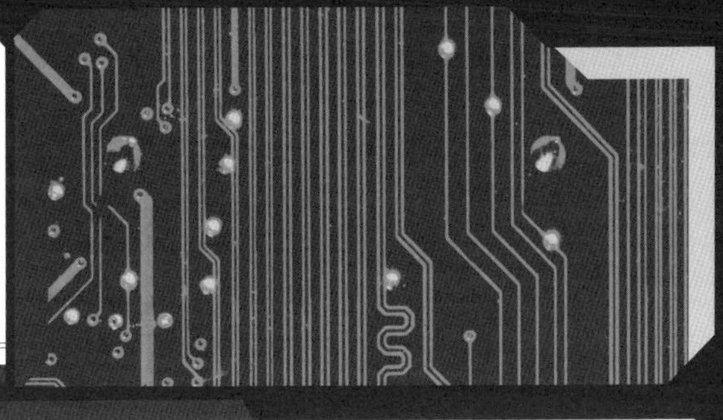

# 寄生人

我一连潜伏了二十三年，成了一名土生土长的外星人。

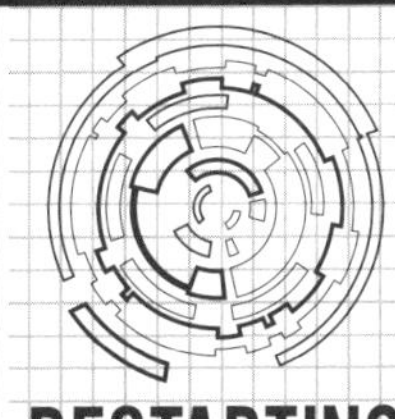

RESTARTING

PARASITIC
PARASITIC
PARASITIC
PARASITIC

文 / 说书人
写文时长两年半的练习生，知乎 ID：临江仙。

## 01

凌晨一点，我被来电铃声吵醒。

妻子翻了个身，说道："叫你爸以后别半夜打电话过来。"

我苦笑一声，好言安抚道："以后不会了。"

但事实上，这样的对话已经发生过无数遍，我俩早已心照不宣。下一次我爸还是会半夜打电话过来，而我则会点一根烟，在僻静无人的阳台上接起电话，眼睛盯着院子里破土露出的一块金属物体，心情没来由地慢慢平静。

今晚也不例外。

"喂。"我低声道。

"代号 9708，生生不息。"

"燎原而起。"

"暗号对接正常，请开始汇报。"

"这里是代号 4438，开始汇报日常记录。"我顿了顿，"最近开始服用药物，精神状态极不稳定……嗯……"

我忽然不知道该说什么。

千篇一律的日常，让我的神经逐渐麻木，在药物的影响下，我已经丧失了往日的使命感，转而开始怀疑现实，怀疑一切。

这些破事到底是从什么时候开始的呢?

我陷入了冗长而深沉的回忆中，思索着自己所做的一切究竟是对是错。

## 02

2031 年 4 月 16 日，我从 CNSA 调到了南极第四站。

最让我记忆深刻的一幕是，我站在去往第四站的破冰船甲板上，远方的海潮与眼下的冰山交织成一幅冷色调布景，刺骨的寒风由高气压地带席卷而来，把我冷得直哆嗦。

南极第四站全名是“南极第四区人类火种站点”，是个绝密军事区域，据说归联合国管辖，不独属于任何国家，游离于任何机构之外。

我的导师李建国告诉我，每年联合国的成员国都有 3.14%~4.11% 的税金不知所终，没有任何一个纳税人知道这些钱去了哪里，而我眼前的南极第四站便是答案。

全世界每时每刻都在向它倾斜资源，而它却没有任何科研成果，没有任何经济价值，就像个吞金兽，钱只进不出。

从我签署保密协议的那一刻起，李建国就告诉我这是一条不归路。

“从现在开始，你就已经社会性死亡了。没有父母，没有家人，没有朋友——就算有，也只是任务需要，你做好心理准备了吗? ”

那个时候的我怀着一腔热血，坚信自己是在为全人类付出，十分果断地告诉李建国自己时刻准备着。

李建国深深地看了我一眼，当时的我不懂他眼神的意味，现在回忆起来，大概这就是一切的开始。

## 03

手指被燃尽的烟头烫了一下，我一惊，思绪从回忆中抽离出来。

“4438，通信状态是否异常？”

“报告，通信状态正常，”我干咳一声，“是我走神了。”

“你的精神状态已经差到这种地步了吗？要不要申请休假？”

“不了，我很好。暂无异常，汇报结束。”

“收到，明天上午和我见个面，有新任务需要对接。”

我一愣。距离上一次任务已经过去了二十多年，如今忽然有新任务，这意味着什么？

电话被挂断，我将烟头踩灭，回到床上搂住妻子睡觉。

有一种特殊的预感萦绕在我心头，让我久久不能平静。在这个深夜，我无端想起了电话那头的人。

那人是我名义上的父亲。

也是我的导师，李建国。

## 04

二十三年前，我在南极第四站正好已经待了四年，那四年里我没日没夜地特训，教官和老师似乎被什么鞭策着，疯狂地向我灌输他们的毕生所学。

正是那一年，我接到了第一个任务，也迎来了自己人生的第二个转折点。

彼时李建国才告诉我南极第四站的部分作用——这里有个人造星门，连通着一个外星文明。

而我的第一个任务，就是进入外星文明的社会中潜伏，每日汇报情报。

这个任务满足了热血少年的所有期待：星际战争、潜伏、为国效力……种种因素让我毫不犹豫地接下了任务。

潜伏方式不是肉体穿越，而是通过星门将人类意识体传送到未出生的外星婴儿体内，以类似夺舍的方式存在，毕竟物种差异摆在那儿。

李建国和我并排躺进舱里，他跟我说，外星文明社会中已经有不少人类潜伏，而他则是我单线联系的上峰，代号9708，伪装身份是我的父亲。

说实话，意识体迁移给我带来的生理不适相当巨大。当地智慧生物是常规碳基生物，人形态，有尾巴，可通过身体毛孔交换气体，我刚出生时还在试图用鼻子呼吸，差点窒息而死。

我沾了李建国的光，他像个真正的父亲一样收养了幼年体的我。

原本我和他是同时躺进舱体的，可他却比我提前三十年到达外星文明社会，我猜是因为在传送过程中一丁点的时间差都会被放大无数倍。

与我相比，李建国就混得好多了，他就像一块海绵一样，飞快地汲取外星文化，白手起家，一步步成为有权有势的人物。

我常常腹诽不已，既然是潜入，为什么不提前教外星语言？学的那些杂七杂八的东西，事到临头一点用处都没有。

可我永远没办法向南极的教官抱怨这些事，因为李建国在我成年后告诉我，星门是单向的，来了便回不去了。

所以，我一连潜伏了二十三年，成了一名土生土长的外星人。

## 05

翌日，早上六点，我被妻子起床的动静吵醒了。

不管她再怎么轻手轻脚，我都会醒，在地球的浅睡眠训练已经刻在了骨子里。

我没有出声，闭眼假装正在熟睡。妻子不知道我睡眠浅，我也不想给她增添负担。

嘀——

客厅里响起通信器的拨号提示音，随后隐隐约约传来妻子的私语声，听起来有些模糊失真，像是在捂着嘴说话。

怎么回事，她在偷偷跟谁通话？

我下床，赤脚靠在门后，竖起耳朵偷听。

“对，没错，他的语气很怪异……”

“就最近发现的，他每天晚上都会跟他爸打电话……”

“像……像……我也没办法形容像什么，有一点像军人……”

“对，你们快来……”

嘀——

通话结束了。

妻子悄悄地走回卧室，正好撞见站在门后的我，她吓了一跳，问道："你……你什么时候醒的？"

我没有回答，而是反问道："你在给谁打电话？联邦紧急热线？"

"我……你不该偷听我打电话的！"

"那你也不该偷听我打电话！"我很愤怒，这个蠢女人根本不知道自己干了什么，"婚前我不是跟你重复了一万遍吗！不！准！探！听！电！话！内！容！"

根据人类潜伏第一条约，在身份暴露的情况下，要么自杀，要么灭口。

而第二条约，则是不惜一切代价清除身份暴露的危险因素。

我不知道自己有没有办法下手，事实上，我是真心实意地爱着她的。

面对枕边人的性情大变，妻子内心想必也是很不好受的。她惊恐地看着我，又转身跑回客厅，拿起通信器。

我冲了过去，粗暴地抢走了通信器，将妻子拉进厨房，随手抽出一把菜刀，横在她的脖子上。

只需要轻轻地一划——

理智告诉我，这不是人命，她没有人权，因为她跟我根本不是一个文明的物种，我为了国家使命必须杀死她；而我的内心却阻止我这么做，我已经完全融入了这个社会，遵守着这里的道德和法律，并且爱上了这里的人。

天哪，我为什么要遭受这种折磨！

## 06

"若是我爱上外星人了怎么办？"

二十多年前，我在南极第四站训练时，半开玩笑地问李建国。

"如果是任务需要，爱情也是最锋利的武器。"李建国如是说。

"可是，你想啊，在漫长的潜伏过程中，人总会孤独，总会真诚地爱上某一个人吧？"

李建国没有再回答，我想他大概是天生的间谍，从来不会表露出任何感情，也不会爱上任何一个人。

事实上，到了外星后，他确实从未娶妻，我也从没见过他身边有什么女伴。

我和他不一样，我是个内心情感丰富的人。

压抑了二十年，我最终还是碰上了我最爱的“外星人”，并紧紧地握住了她的手。

在新婚的那一天，李建国送了我一套新房。在众多宾客的目光中，他把我拉出去，单独谈话。

“之前你曾说，人总会孤独，总会真诚地爱上某一个人，这是人类的天性，所以我当时没有反对你。”

我一愣，道：“也就是说你现在要反对了？”

“不，我只需要你在面临爱情和国家使命二选一的情况时，偏向理智。”他拍了拍我的肩膀，“我在院子里留了个东西，等到哪天你没办法做出选择时，就挖出来看看。”

我不知道李建国在院子里埋了什么，也不想知道。

每到下雨天，我就会站在阳台上盯着小院，雨水日复一日地冲刷泥土，露出了埋藏在地下的金属疙瘩。

光看这一角，我想象不出底下埋的是什么。我想着等到它完全被雨水冲刷出来后，我和妻子也已经白头到老，如果一辈子用不上它，那真是再好不过了。

可不知道为什么，我每每看到那块金属体，心情会没来由地平静下来。

## 07

我现在需要冷静。

妻子已经濒临崩溃，她的泪水糊了一脸，盯着架在脖子上的刀，身体不住地颤抖。

我放下刀，没有再去理会妻子，径直冲进仓库翻出一把铁锹，在院子里疯狂地挖掘。

不知不觉间，我已经变得没办法做出选择了，有时候人生的选择根本没有对错好坏之分，却足以让人痛不欲生。

埋在地底的东西比我想象中的还要大，因为雨水和氧气腐蚀了它，我挖掘的时候偶尔会带出一铲子的铁锈渣滓。

它是个金属残骸，整体有点像海豚的嘴，设计得符合空气动力学，在刷漆的部位还能略微看到几个字，看起来十分眼熟。

我小心翼翼地抹去它上面的浮土，仔细辨认着上面的字。

开头是个“H”……H 什么号?

——HX 号!

这是 CRH2C 型高铁动车!

这是从哪儿来的?

南极第四站吃饱了没事干，往星门投放高铁?

我头皮发麻，埋藏在地底的车身不知道还有多长，我仅仅只是挖出了个车头而已。

不等我多想，屋外忽然传来联邦治安部队的警铃声，我慌忙填土，将车头重新埋好。

当他们从妻子那边了解到最新情况时，事情已经从民事纠纷上升到犯罪事件了。我是杀人未遂，情节十分严重。

治安部队将我拘留，不过六个小时，我就已经坐在了法庭上，外星犯罪审定效率还真是高得令人发指。

家庭管家监控录像显示，我在今早发现妻子报警后，情绪激动，并且持刀攻击，有明显的杀人倾向，法庭有充足的理由怀疑我精神不正常。

铁证如山。

这个时候李建国大概还在疑惑我为什么会迟到，殊不知他的义子已经要进监狱了。

## 08

几日前，向李建国汇报日常的时候，我无意间问道：“如果某日因为突发情况我和你失联，该怎么办？毕竟你是我单线联系的上峰。”

“如果情况糟糕到要被抓进监狱，或是被强制送往精神病医院治疗，你可以启用紧急口令。”

“我怎么不知道还有紧急口令？”

“前段时间刚普及。”李建国语气严肃，“紧急口令不能随意使用，因为用一次就会增添一分暴露的风险。”

“我不懂，如果怕暴露，为什么不干脆进监狱或者精神病医院继续潜伏呢？”

“听好，我们绝对不能进精神病院和监狱，懂吗？监狱有最严格的身体检测，精神病医院有最先进的脑域探查技术。我只说一遍，紧急口令是：人类之火终将生生不息；接头暗号是：燎原而起。”

“记住了，那我该怎么使用口令？”

“随便找一个你觉得对你有帮助的人，悄悄说出口令就行了，不行的话，就换一个人，当然不一定有效。”

“这里还有别的人类潜伏者？”

我激动了起来。二十多年来我从未见过第三个人类潜伏者。

“不该知道的别探听。”说完后，李建国挂断了电话。

## 09

我侧头，对旁边的治安督察悄悄耳语：“人类之火终将生生不息。”

他惊讶地看着我，立即向法官汇报我的情况，认为我的精神疾病更严重了。

根本没用！

李建国你这个天杀的，居然坑我！

一想到自己像个傻子一样干出这种等同在地球上对警察说九头蛇万岁的事，我就想一头撞死。

法官一锤定音，宣判了我的刑罚。

“犯罪嫌疑人有罪，判决如下：强制送入阿德莱德精神病院监禁治疗。”

妻子在原告席上看着我，等到庭审结束后，她给了我离婚协议书。

“我不想跟一个疯子过一辈子。”

她说话时冷漠的样子让我百感交集。

我在离婚协议书上签了名，不日便被押送到了阿德莱德精神病院，其间我有很多机会能够自杀，但我始终没有自杀的勇气与决心。

主治医师在跟督察员交接后，没有立刻带我进行常规检查，而是将我领到了院长办公室。

“有人要见你。”院长道。

见我的不是别人，正是李建国。他居然是这座精神病院的投资建设人。

“紧急口令根本没用！”四下无人时，我向李建国抱怨道。

“谁说的？”李建国点了根烟，“院子里的东西你看了吗？”

“看了，为什么这里会有高铁？”

“你为什么没有尝试自杀？”

“什么？”

“你为什么没有尝试自杀？”李建国重复了一遍，“你应该清楚《人类潜伏条约》，如果你忘了我可以帮你回忆一下。”

“我……这……”

“你过得太安逸了。这是文明战争，只有任何一方彻底倒下才会停止！你以为国家派你来潜伏是为了跟一个外星雌性生物结婚？”

“这是赤裸裸的侵略！”我反驳道，“我在这里生活二十三年了，就算是一条狗，也会有感情的。”

“这就是我最担忧的事，你被同化了。”李建国失望地摇摇头，“你就在这里好好休息一段日子吧，我已经跟院长打过招呼了，你的档案会是普通的臆想症。”

我不置可否，也许他说的是对的，我需要休息一段时间。

## 10

“人类之火终将生生不息，燎原而起。”

我在食堂打饭时，有人悄悄凑过来，冷不丁地耳语一声。我吓了一跳，手中的勺子掉落在地。

那人帮我捡起来，笑道："我叫克里斯·诺兰。"

"你好。"

我心中暗想，他跟我一样，也是潜伏失败转而来休假的人？

"你是哪个站点的？"他问道。

"南极第四站的。"

诺兰若有所思，邀请我一起共进午餐。

他乡遇故知的喜悦冲淡了这些日子的烦恼，我和他聊了很多，主要是我在讲，他在听。

诺兰说话的时候有一种神奇的魔力，给人莫名的信任感，他倾听的样子也很认真，并没有流露出丝毫的无聊和厌烦。

"这些年你一定过得很苦吧。"他安慰道。

"是啊，时刻提心吊胆，害怕暴露。稍一松懈，就出事了，唉……"

"毕竟是人，都有感情的，只能来不能回，那潜伏还有什么意义呢？"

诺兰的话说在了我的心坎上。这么多年来，我一直都在思考这个问题，可李建国给我的回复始终是"不该知道的别探听"。

"说句不中听的。"诺兰压低了声音，"我感觉我们现在像侵略者。"

我又何尝不是这么想？可诺兰这么赤裸裸地说出来，让我心里五味杂陈，最后所有复杂的心绪都化作一声叹息。

"就这样吧，还能怎样呢。"我认命道。

"我觉得上峰瞒着我们一些事，而且我找到了一些线索，你感不感兴趣？"

"当然。"

"据我观察，这座精神病院的地下有个不为人知的秘密空间，或许上峰藏了什么在里面。怎么样，敢不敢和我一起偷偷溜进去看一看？"

在好奇心和赌气的驱使下，我鬼使神差地答应了诺兰的邀请。

"那好，明晚宿舍楼下见面。"

## 11

晚上十二点半，我和诺兰在漆黑的楼道碰面。

“走，我已经知道入口在哪儿了。”

他的语气听起来有些兴奋。

我跟着诺兰翻进了院长办公室，他用力推开书架，露出一扇暗门，里面是一条向下的台阶，黑黢黢的看不见底。

“要不算了吧？”我劝道。

“如果你害怕可以先回去，我自己下去看看也一样。”

我听他这么说，就知道劝不住了，只能深深地叹了口气，跟着他一起走进了暗道。

诺兰早有准备，从口袋掏出一个微型手电筒，走了大概十来分钟，到了尽头的小房间，里面堆满了钞票、古董和艺术品，但唯独没有我们要找的“机密”。

“走吧，什么都没有。”我再次劝道。

“不可能！每个月都有一大批生活物资不知所终，这里肯定有其他暗道！”

诺兰细致地翻找房间的每一寸，终于发现了藏在一块地毯下的金属门，可是，需要指纹和虹膜验证才能解锁。

我叹了口气，将自己的拇指按了上去，眼睛对着摄像头，四五秒后，验证成功，金属门缓缓开启。

诺兰兴奋地顺着梯子进入了地下空间，我也跟了进去。

不等他用手电筒观察四周，地下空间里忽然灯光大亮，我们头顶上的金属门缓缓关闭。李建国和五个全副武装的人站在我们面前，粒子束枪口正对着诺兰的脑门。

“你们……”

诺兰很快反应过来，转头盯着我。

“我劝了你两次，可惜你不听。”我苦笑着摇头。

## 12

在南极第四站训练时，我的教官告诉过我谍报机构的潜伏模式，其中最忌讳的就是横向联系。

“如果有特殊情况，需要横向联系呢？”我问道。

“上峰会指定暗号，应对特殊情况。”

到了外星后，李建国也确实是这么做的。他指定了特殊情况下横向联系的暗号，可我至今没用上，也没有见过任何一个同僚。

李建国反复叮嘱：“记住，如果有人横向接触你，并且没有说出指定暗号，那他就是敌人的谍报人员，你要第一时间向我汇报。”

当诺兰接触我时，我并没有反应过来，说漏了很多情报，等到深夜失眠时，才想起他根本没有跟我对接指定暗号。

我将这件事上报给李建国，他让我将计就计，把诺兰引进地下设施。

诺兰是个善良的人，至少我是这么认为的，便于心不忍地劝了他两句，可他丝毫没有放在心上。一想到他是有目的地接触我，我就狠下心打开了金属门，亲手把他送进了死亡陷阱。

## 13

“对接暗号不是人类之火生生不息吗？”诺兰一脸茫然。

“是英文，123456。”

李建国解答了他的疑惑，这意味着在他眼里诺兰已经是个死人了。

诺兰冷笑，他死死地盯着在场的五个人：“这就是你们这些寄生虫的本体吗？原来长成这样，比我想象中的丑陋多了。”

“你应该是个记者吧？”李建国翻阅着手里的档案，“哦！妻子也是潜伏者，并且潜伏失败，怪不得。你自己暗中调查，发现很多特殊精神病患者集中在这个医院里吗？所以你是想爆料，揭开我们的阴谋？”

“你们令我恶心。钻进别人的大脑里，伪装成别人，夺取社会资源，不停地繁殖……极其恶心！”诺兰歇斯底里地喊道，“我的妻子，甚至随便哪个路人，都可能是你们的同类！恶心，必须有人揭发你们！”

我闭上眼睛，诺兰的话如刀斧一般劈砍在我心底。

这样的人可不就是寄生虫吗？寄生在外星文明中，像无法治愈的癌症，一点一滴地侵蚀着，汲取着外星文明的养料。

原来这就是人类入侵的方式，根本不需要什么星际战舰，只需要源源不断地投入人类，外星文明便会逐渐崩塌，人类精英会攫取大部分社会资源，从而占领整个外星。

可以想象在未来的某一天，人类竞选成为外星总统，把控整个政府，推动社会改革，建立人类政权。

那时候，人类就胜利了。

## 14

“说完了吗？”

李建国冷酷得好似机器，他挥了挥手，下一秒，粒子束武器就在诺兰的脑门上开了个洞。

我转过头，不忍去看诺兰的尸体。

李建国盯着我，道：“他说得没错，我们就是寄生虫。你有什么意见吗？”

“嗯，没有。”

## 15

第二天，院长宣布诺兰被调去更好的医院接受治疗。没人在意他的死活，整个世界失去了他，依旧在照常运转。

我的老毛病又开始发作，李建国给我服用的药物也不知道有什么问题，我开始失神，不停地回忆着在地球的点点滴滴。我时常怀疑现实，怀疑一切，思考自己做的是对是错，有无意义。

二十六年前，如果我不签署那份保密协议，人生是不是会因此不一样了呢？

如果我不签署那份保密协议，现在的我应该还在地球，能够正常地相爱、结婚，看着 NBA 直播，老了还可以坐在江边钓鱼。

也许我该死，身为一个寄生虫，不能为群体提供养料，那就该死。

各种各样的极端想法充斥着我的脑海，精神病院惨白的病房让我无时无刻不感受着压抑，而最让人无法接受的是，周围没有任何一个可以正常沟通的人。

于是，在一个无人的深夜，我忽然崩溃了，用切水果的小刀割开了自己的动脉。

随着血液向外流淌，我有了一种解脱感。

背负了一生的罪恶包袱终于卸下，我感到前所未有的轻松。

再见了，这个世界。

## 16

强烈的光透过眼皮，我缓缓转醒。

这是哪儿？

“我原以为你会聪明一点，看到 HX 号高铁就会明白过来。”李建国的声音传来，“可没想到你居然蠢到去自杀。”

我声音沙哑：“我不懂，我太累了。”

“睁眼好好看看吧。”李建国道。

我环视四周，看到了望不到头的培养舱体，好似一片多米诺骨牌，里面泡着无数个人类。不远处，我根本没见过的高端机器林立，数十个身穿白大褂的人类科研人员正在解剖一个外星女人。

“这……这是怎么回事？”

“能走对吧？”李建国见我颤巍巍地下床，继续道，“跟我来。”

他领着我走到其中一个舱体前，我震惊地发现，里面泡着的赫然是我的人类身体！

“这里是地球。”

李建国一上来就抛出了重磅炸弹，将我的脑门轰得嗡嗡作响。

“从来没有什么星门，这里也不是什么类地行星，一直都是地球。

“在 2025 年，外星斯多乌提斯文明的星舰便已经进入了太阳系，世界政府对平民封锁了消息，并开始与外星文明交流洽谈。

“我们热情招待，却没料到他们是抱着最大的恶意来的。他们的母星早已资源耗尽，在漫长的星际漂流中，他们已经侵占并毁灭了数十个文明。

“斯多乌提斯喜欢在那些适宜碳基生命生存的星球上修养生息，直到资源被挥霍一空，就继续寻找下一个星球掠夺资源，是赤裸裸的侵略者——很不幸的是，地球被他们发现了。

“最开始人类在太空与斯多乌提斯文明进行死战，但从未胜利，并且损失惨重，如果不是斯多乌提斯文明怕歼星武器毁灭地球以致浪费资源，人类早就输了。

“在绝境下，人类没有放弃希望，启动了‘人类文明重启计划’，在南极存放了四十万人类的受精卵、特殊DNA，以及人类文明所必需的数据库，并且秘密研究改造人脑的生物科技，将人脑改造成脱离人体的寄生体，以此寄生在外星人体内，取代他们的大脑。

“无数先烈前仆后继，拼死隐瞒，好在外星文明向后代隐瞒了自己是侵略者的事实，我们才得以渡过最黑暗的人类物种大灭亡时代。六十多年前，我的老师将冷藏了无数年的我唤醒，继续接替他的光荣使命，他告诉我，星门伪装计划是一重保险，以防一个棋子的暴露导致全人类文明的覆灭。”

李建国跺了跺脚，我这才注意到地上密密麻麻雕刻着的不是花纹，而是无数人的名字。

“这些都是为全人类牺牲的英雄，你是踩着无数先烈的生命走到了现在，而人类之火终将生生不息，燎原而起！”

他按住我的脸，强迫我和他对视：“狮子与人之间没有信得过的盟约，狼和羊也没有共同的愿望。我们所做的并不是龌龊的侵略，而是自然铁律赋予的反抗，你应当感到骄傲。

“这就是你所做的一切的真相，懂了吗？”

“我……懂了。”

## 17

李建国让我做选择，是继续用外星人的身体活着，还是换回人类的身体生存在地底的阴暗角落。往日他给我服用的药物就是为了让大脑的寄生体进化，能够顺利进行躯体更换。

“很快，不会太久，因为关键性生物技术的突破，人类很快就可以光明正大地行走在地球之上，向宇宙宣布这颗行星的所有权，提前换回人类之躯也挺好。”李建国如是说。

可我选择了保留外星人的身体，我觉得我还是该为人类做些什么，或者为这个强盛却将要覆灭的外星文明留下些什么。

我不知道李建国说的“很快”是多久，但我能看到越来越多的小说、影视、音乐都开始出现“人类”这一概念。

直到某日，我打车时，司机问我去哪里，我盯着他那黄种人的脸，久久不能言语。四周的外星人对他人类的模样视若无睹，根本没人大喊着说司机是另一个危险的智慧物种。

半晌后，他不耐烦道：“兄弟，交通法规定出租车在马路上临时停靠的时间不能超过五分钟，要走你就直接报地点。”

我笑起来，说道：“紧急口令。”

他一愣，心照不宣地笑道：“人类之火终将生生不息，燎原而起。”

重启加载中……

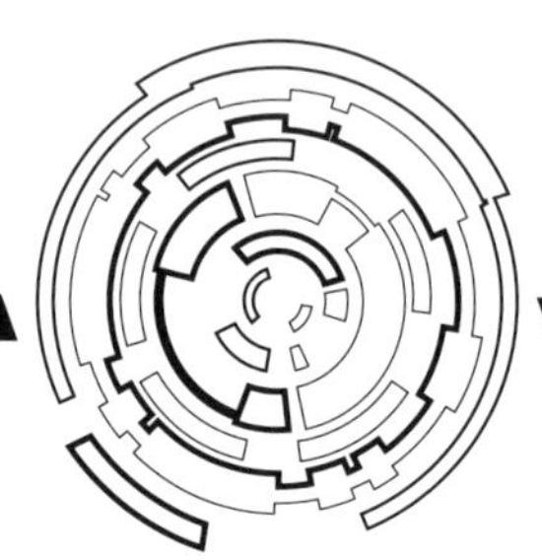

80%

# 00·00·01

# 玩偶修补师

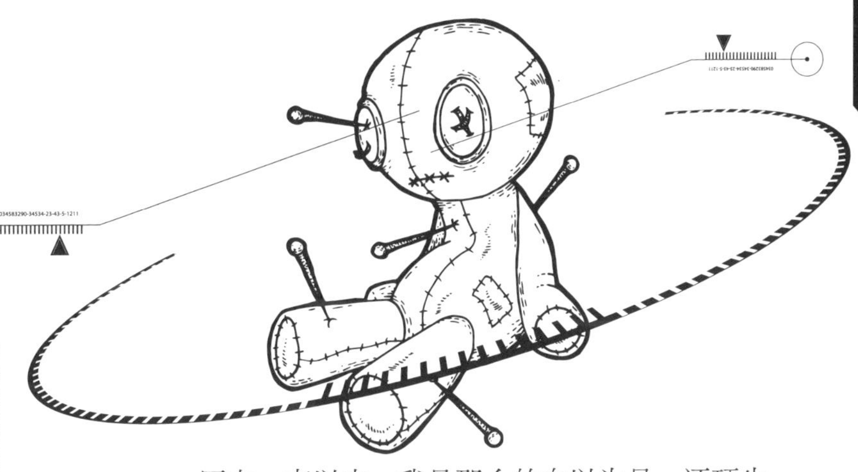

原来一直以来，我是那么的自以为是，还硬生生地踏进了这么一座由自己建起来的牢笼里。

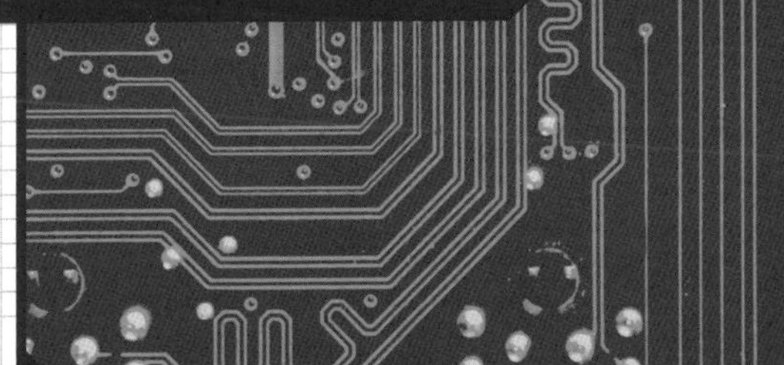

文 / 萱池

一个执着于讲故事的人。心里有方清池，池里藏着各种各样的故事，有时间就去捞一捞。

## 01

空气中有一股似有若无的草香，是从木栅栏门里侧飘出来的。

栅栏门旁挤了几簇番茄秧，长势甚好，上头挂着的番茄青翠可人，与眼前这座貌似已经废弃很久的小型孤儿院相比，显得格格不入。

门栏上绑了条铁锁链，我伸手用力扯了扯，蹭了一手细碎的铁锈。这锁链与被绑着的木条嵌在了一起，随着我的动作，链子移了位，露出木条上略深的印记。

宋天倒是不太在意这些，他的目光，一直落在栅栏门那头的三层楼房上。

我暂时没看出来那栋楼房有什么特别。它与所有老旧的楼房一样，有着一张斑驳颓废的脸。

“他就住在这里。”宋天说。

宋天的语气里，满是肯定。

我试图从他的脸上找出一丝开玩笑的痕迹，但他面无表情，眼神仍牢牢地锁在那栋楼房上。

自从三天前宋天提出要我陪他一起去寻一个人后，他就很不对劲。有时我跟他说话，他回得前言不搭后语，完全不似平常那副没心没肺的模样。再加上这一路上我晕车晕得异常厉害，也没心思同他计较什么。到地方后，宋天把我带下车，径直走到了这里。

我本以为宋天会带我到什么特别的地方去寻人，没料到竟是座孤儿院。

院墙上，“孤儿院”三个字剥落得只剩下几丝轮廓依稀可辨。而现在，宋天亲口告诉我，他要找的人就住在这里，着实让我吃惊不小。

“宋天，这……还真不像人住的地方。”我在心里挣扎了好久，憋出一句话来。

宋天终于看向我，莫名其妙来了句：“对不起。”

“啥？”我怔了怔，随即反应过来，宋天可能觉得把什么都不知道的我拉到这么个破地方来确实良心有愧，正想宽慰他，“这没什么大……”

可宋天打断了我——

“从现在起，记着我说的每一句话。

“我们会在这里住上几天，这几天里，尽量不要离开我身边，千万记住，这里的任何一间房间，别随便进出。

“我们表面上是为修补玩偶而来的，这里住着一位玩偶修补师，他的手艺还不错。

“还有，也是最重要的一点，无论我做什么，请你，相信我。”

我难得见宋天这么严肃地说出这么一长串话，还是这么一长串令人费解的话，一时有些不大习惯。不过我这人，与人交往素来讲究分寸，最好的朋友也不例外，有些事不该多问的我从未想过逾越半分。

我笑笑，拍了拍宋天的肩膀：“你懂我的，多余的话不用跟我说，不然，我也不会什么都不问就随你来了。”

宋天有些无力地扯了一个笑：“是，但我还是忍不住说一下，我知道现在的我很奇怪，总之，谢谢你。”

我耸耸肩，又扯了扯栅栏门上的锁链，抬头冲里侧看了看：“咱们怎么进去？”

“敲门进去。”宋天说着，抬手往木栅栏门上使劲拍了两下。

栅栏门上的锁链发出一阵稀里哗啦的响声。

紧接着，一片沉寂。

隔了不知多久，楼房那边才传来了大门打开的“吱呀”声，而后是“砰”的一声。这些声音有些不对劲，但我一下子说不上来到底哪里有问题。

“来了。”宋天似乎突然变得很紧张，他手忙脚乱地从背包里拿出一顶帽子扣在头上，压住了半张脸，声音也压到了最低，还带着些微颤抖，“他，有些古怪，接下来的时间里，请多担待。”

我紧紧盯着草坪那头走来的人，看他的个头，顶多十三四岁。

干净的衣服，干净的裤子，干净的鞋子，他身上的一切都给人一种干净清爽的感觉，唯独头发邋遢得跟鸟窝似的，杂乱地堆了满头满脸，恨不得将他的五官都深埋在里面，也不知道他是怎么看清脚下的路的。

他走到栅栏门跟前，说道：“欢迎光临，我的第一千三百一十一号客人，请问是住下等，还是回去静候佳音？”

清脆欢悦的声音与他的穿着极为匹配，现在我极度怀疑，他的头，是有人胡乱给他安上去的。

“住下等。”宋天说。

“啊，谢谢，谢谢，又有人来陪我了。”那少年看上去很开心，干净的手胡乱往上衣兜里摸了两下，而后垂着头，定住了，接着又把每个衣兜都摸了个底朝天，“我的钥匙呢？钥匙怎么不见了，啊，一定是太久没有开门了，可钥匙一直在我兜里的呀……”

宋天咳嗽了一声：“咱们，翻墙过去？”

这所小型孤儿院的墙有些高，但外头刚好有一块大石头可以用来垫脚，我和宋天不费吹灰之力就翻到了院墙里面。

宋天站定后，好长时间没发出一丝声响。

那少年愣愣地看着我们，可能没想到我们会翻墙进来，但他也只安静了一会儿，便又跟个麻雀似的，在我们耳边叽叽喳喳说个不停。

直到我们走到那栋楼房跟前，我才明白，刚才那声“砰”是怎么来的了。这栋楼房的半扇门，斜斜地倚在一边的墙上。

少年尴尬地笑了笑：“太激动导致用力过猛了，呵呵。不过，老头会修的。”

即便隔了这么近，我也看不清少年的脸庞，想到一直盯着人家不太礼貌，我也冲他笑了笑，目光移向屋子里。

只看了一眼，我便倒吸了一口凉气。

这里，塞满了玩偶，拥挤，却整整齐齐。

## 02

“进来吧，”少年左跳一下，右蹦一下，灵巧地避开了地上的玩偶，补充道，“注意哟，千万别踩着它们，它们可是会疼的。”

屋里没开灯，好像也没有窗户，整间屋子里只有从大门处照进来的一束昏黄的光。那少年三跳两蹦的，很快就融进了光束照不到的黑暗里。

宋天直接抬脚走了进去，他仿佛知道哪里可以落脚，哪里需要避让，比那少年走得还要从容得多，我见状，赶紧跟上宋天的步伐。

好在屋内还没有黑到伸手不见五指的地步，走了数十步后，我的眼睛渐渐适应了这里，周围的景象在我眼前一一显现。

不仅仅是刚才的那间屋子里，这条长长的走道上，也坐着许多玩偶。大部分玩偶都破烂不堪，甚至缺胳膊少腿的，加上这里有些昏暗，看着看着，我只觉得自己的背上一片冰凉。

“最近的活都排满了，可能还要再过上五六天才能轮到你们。我看你们也不是很急，当然，能住进来等待玩偶‘痊愈’的客人，都不是很急。呃，我的意思是，你们这段时间就安心住下，管吃管喝，老头的手艺还不错，你们有口福了。”少年站住了脚，“喏，你们的房间，你俩凑合着住吧，其他房间都满了，只这一间空着，见谅见谅。”

宋天并没有立即打开房门，而是拦在了少年跟前，问道：“我，能亲自参与玩偶的修补吗？”

我奇怪地看了宋天一眼。

少年的头也抬了起来，直直对着宋天的方向。

“这个玩偶对我很重要，我想，亲自修好它，当然，我可以另付……”

还没等宋天说完，少年就干脆地答道：“这有什么不行的呢？不过，会亲自修补自己玩偶的客人可不多，而且这也不是一件容易的事。你，能坚持？”

“能！”宋天斩钉截铁地答道。

“行！我忙完后就来找你。”那少年说完，又一蹦一跳地向前跑去，融进了拐角处的黑暗里。

宋天长舒了一口气，摘下帽子，随手打开了房门。

房间里除了两床被子之外，什么都没有，空空荡荡的。我们踏进去走了两步，竟还有回声。

“宋天，”我扯过一床被子靠在上面，“你之前来过这儿吗？”

“怎么了？”隔了好久，宋天才回我。

“我只是觉得，这里很奇怪，具体哪里奇怪又说不上来。而且到现在，那位老师傅一直没露面，这可不像有想跟人做生意的意思。你说，我们是不是进了家……”我四下看了一眼，压低了声音继续说道，“黑店！”

我理解部分醉心于冷门手艺的人多少有些古怪习惯，但一个修补玩偶的，住在一个废弃孤儿院里，并将这里当作工作室就已经超出我的理解范围了。更何况到现在，这位师傅一直没有出现。

宋天“扑哧”一下笑出了声：“我还以为你要问我为什么要亲自参与进去呢，不过这里不是你所认为的那种黑店，这一点我可以向你保证。”

“我说过的吧，我来这里的真正目的不是为了修补这个玩偶，而是为了一个人。亲自参与进去，或许，能离我的目的更近些，我现在只能告诉你这么多，抱歉。”宋天补充道。

我望着宋天，他似乎比之前放松了不少，眼睛里也有了些许神采。见宋天这样，我一直吊着的心也跟着放松了下来，可下一秒，我的心又随着宋天的话慢慢吊了起来。

宋天说，这里的玩偶修补师我其实已经见到了，就是刚刚那个少年。

## 03

宋天的话音刚落，门外便传来了敲门声。宋天立即像受惊的兔子一样，将刚才摘下的帽子扣在了头上，手也渐渐收缩成拳状。

门开了，一个穿着同样干净清爽的老头走了进来。他应该就是那少年口中所说的做饭还不错的老头。

他将手中的盘子放下后就出去了，一句话也没说。宋天看到老头后，身子止不住地颤抖，虽然很细微，但还是被我察觉到了。

盘子里的饭菜，光闻味道就觉得很好吃。

我将盘子移过来，放到宋天跟前。

“一周，最多一周的时间，一周后，我们就离开。”宋天看着盘子里的饭菜，同我说道。

接下来的几天，并没有想象中那么难熬，因为在我们到来的第二天里，我发现了一件非常有趣的事情。

这栋楼房里，除了我、宋天、少年和老头，好像还有其他人。

不，准确来说，应该是有很多孩子。

我不知道这些孩子是否也是住在这里等待玩偶“痊愈”的顾客，又或者他们同这所废弃的孤儿院一样，被人遗弃了，然后老头好心收养了他们。只一点我觉得很奇怪，这些孩子似乎约好了一般，只在晚饭之前发出一阵哄闹，其余时间里，他们都很安静，安静到像是消失了一般。

我曾经有几次想出门看看，但都被宋天制止了。

直到第六天，那少年来找宋天，宋天才出了房门。

我无聊地趴在地板上，掰着指头数日子。不知道是不是这些天待在这儿无所事事的缘故，我竟忘了今天是几号了。

一刻钟后，房门蓦地打开了，我以为宋天回来了，没想到是那个少年。

那少年一开门就直接嚷嚷开了：“你那同伴让我来找你，带你去个地方。”

“哦，好。”我想也没想，便跟着他从房间里走了出去。

外头走道的墙壁上亮了几盏昏黄的灯，不知何时，走道上的玩偶已经被清理干净了。转过一个拐角，那少年带我上了二楼。

“你们从什么地方来的呀？”少年突然笑嘻嘻地拦在我跟前问道。

他的头发依旧乱糟糟地披散在脸上，看多了也蛮习惯的，我微微弯下腰来凑近他：“说出来你也不知道。”

“唉，对呀，我肯定不知道，我都没走出过这里，当然不会知道了。”

少年扭过身去，一下子变得很伤心，“如果有机会，我倒是愿意听你说说外面的世界是什么样子的。”

“啊？”我吃了一惊，我刚才只是觉得那少年笑嘻嘻的模样很好玩，想同他开开玩笑，没想到戳着了他的痛点，便急忙说道，“对不起，我不知道你……不过今后有的是机会，你要听什么，来找我就是了。”

“好呀。”那少年又恢复了之前神气活现的样子。

我继续跟着他往三楼走去，还没等我踏上通往三楼的第一层台阶，我就听到二楼走廊那头传来了一阵响动。

像是有许多人在往我们这个方向冲过来。

那少年也听到了动静，蓦地转过身来。

一大群孩子嬉笑打闹着冲向我们，其中一个孩子不小心摔了一跤，顿时坐在地上大哭起来。

那少年听到孩子的哭声，浑身抖了一下，突然扯住了我的手问道：“今天几号？！”

还没等我回答，他就疯了似的冲向了三楼，我也紧跟过去，随着少年钻进了三楼走廊深处的最后一间房间。

这间房里也塞满了玩偶。

少年使劲拨开一只狐狸玩偶,那只玩偶背后的墙上有四道很明显的划痕。

“二十四号，又是二十四号！”少年失魂落魄地冲了出去。

我盯着这面墙看了很长时间，实在没明白少年是怎么从这四道划痕上看出来今天是二十四号的。

不过孩子的想法也没什么好猜的，无非今天是什么重要的日子，他准备给某人一个惊喜，又或者和其他孩子约好了，一起去干一件惊天动地的“大事”。

闲来无事，我就在三楼转了转。

这里一共有八间房间，每间房间的地上都整齐地排满了玩偶，大部分是修补好了的。奇怪的是，这里没有一张桌子，也没有凳子。

我又往二楼走去。二楼的房间也是一样的，唯一不同的是，有一间房内铺满了被子，可能是那些孩子住的。

走向底楼的时候，我的心莫名“咯噔”了一下。我一直以为宋天会在二楼或者三楼等我，但我没看到他。

正当我心绪不宁时，底楼的某处传来了一声痛哭。

是那少年的声音。

## 04

我顺着声音传来的方向跑过去，经过我们房间门口的时候，房门打开了，竟是宋天。

“你去哪儿了？！”我俩异口同声地吼道。

宋天将我拽进了房间里。

“那孩子，没事吧？”我指了指声音的方向，那少年还在哭。

宋天往我指的方向看了看，沉思了会儿，说道：“小孩子闹别扭了吧，没事，不用去管。”

我蹙眉看着宋天，良久，把手放下了。

快到晚饭时间的时候，我没有再听到那阵哄闹声，老头也没来送吃的，我饿着肚子躺进了被窝里。宋天也默不作声，背对着我，很快就睡着了。可我睡不着，只觉得这里到处都透着一丝古怪，宋天又好像知道些什么。

第二天，我是被一阵饭菜香唤醒的，宋天把盘子推到我跟前，道：“那孩子刚刚送来的。”

我狼吞虎咽地往嘴里扒了一大口饭，含糊不清地说道：“昨天你那玩偶补得怎么样了，那少年手艺如何？”

宋天摇摇头:“昨天还没开始他就有事出去了,后来我就自己回来了。”

“有事出去？不是你让……”

“早上好啊，我亲爱的客人，真是不好意思，昨天有事耽搁了，今天我们可以继续。”那少年突然从门缝里钻出一个乱糟糟的头来，打断了我的话。

宋天随即跟着他走了出去。

我想了想，往嘴里扒了好几口饭后，走向了二楼，径直往孩子们住的房间走去。房间里没人，被子也叠得好好的。

这时，隔壁房间里传来了一阵微弱的哭声。

我悄悄地挪到墙边，把耳朵贴在了墙上。

“……这个我就是修不好，怎么办……客人……二十三号一大早就要……”

“不是还有几天吗？来得及的……”

“可是，可是我不会……修……老头，老头会骂我的……”

我的脑袋轰的一下，快要炸开了。

二十三号，什么二十三号？下个月的二十三号？那可不止几天！这些孩子的年纪虽不大，可不至于连日期都会搞混！

我正想到隔壁房间去问个究竟，可刚挪出去一步，脚边就蹭到个硬硬的东西。我一把把被子掀开，地上躺着一张用相框裱好的全家福。

那个少年也在里面，还有其余所有的孩子和那老头。

全家福中少年的脸依旧埋在一堆乱糟糟的头发里，和他身上干净整洁的衣服极不匹配。他站在照片的左下角，被一个孩子挡住了半个身子，却还是很显眼。

不对！

我颤抖着摸了摸照片的左下角，那里被人用红笔写了一行很小的字：2000 年 4 月 18 日照。

可这照片崭新得就像前几天刚刚照完洗出来的，完全不似二十年前的老照片！还有这些孩子，除了样貌，哪里都对不上，除非，他们这二十年来就没长过个儿！

突然，一阵轻微的脚步声冲散了我脑袋里的混乱。

“吃饭！”老头的声音在隔壁房间响起。

又是一阵熟悉的哄闹声。

等四周完全安静下来后，我才从二楼走下去，径直回了房间。

宋天正坐在地上，抱着手中的玩偶发呆。

他的那只玩偶已经修补好了，和新的一模一样。

## 05

“宋天，”我轻轻唤了他一声，努力使自己的心情平复下来，可我脑袋里依旧像塞了团棉絮一般杂乱，“这里，不对劲。”

宋天猛地抬头看向我，脸上的表情都有些扭曲了：“对，是不对劲，一切都乱了，乱套了！”

“那，我们走吧，一周时间，快到了。”我不想再多问些什么，只想早些离开这里。

可宋天只是摇头，他紧紧拽住了我的袖子，看上去有些失措。

“宋天……”我掰开宋天的手，却发现他手心里死死拽着一张纸条，那纸条都已经被他掌心的汗濡湿一半了。

我把纸条摊开，上头写着：“我亲爱的客人，最后一天，我给你们准备了一场告别宴，希望赏个脸。”

“告别宴？”我把纸条举到宋天眼前，试探性地问道，“我们去了这场告别宴再离开？”

“不！不能去！”宋天突然拉着我就往外走。

穿过那条长廊，我们来到了那间坐满玩偶的大厅。

不知为何，大厅的门依旧是我们来时被破坏了的样子，老头似乎一直没来修。

那少年坐在大门口的光束里，背对着我们。

“你们，要去哪儿呀？”少年转过头来，咧着嘴说道。

宋天往后退了一步。

“告别宴已经准备好了，就在三楼。去吧，完了，就可以上路了。”那少年不知哪来的这么大的力气，硬是把我和宋天推向走廊深处。

宋天身上所有的力气，似乎在看到那少年的一刻就已经散得干干净净了，他任由少年将他推向三楼。

我想起宋天的话，本想找机会挣脱，奈何那少年的力气实在太大，我身上一点劲也使不出来。

这场告别宴设在了三楼最后一间房间的地上，房间里点满了蜡烛，把每个角落都照得昏黄昏黄的。原先放在这里的玩偶，一个都不见了。

所有的孩子都在，那个老头也在。

我们进去之后，房间里所有的人都转向了我们，那一张张被蜡烛映照着的脸，让我看得莫名心惊。

少年的声音在我们身后响起：“这是为你们准备的告别宴，也是一场答谢宴。

“为你们的离去告别，也为那只玩偶的过去告别。

“同时感谢你们没有舍弃它，没有嫌弃它破旧的身躯，没有丢掉曾经和它建立起来的深厚感情。啊，这个世界上，大部分人都是喜新厌旧的，特别是对待这些没有生命的东西，他们更是将这种丑态做到了极致，真恶心。”

“可怎么办呢？我们作为玩偶，也会难受的啊。”那少年越说越奇怪，音调也提高了好几度，“为了他们，失去自己，去做自己不愿意做的事情。呵呵呵，为了不被丢弃，拼尽了力气……好无助啊，有时我感觉自己都快窒息了，可有谁知道呢？”

我注意到少年在说这番话时，宋天和老头一直盯着他，特别是那老头，眼神古怪至极。其他的孩子也和我一样，一脸茫然，有些略小的孩子已经扛不住饿了，偷偷从盘子里抠了一小块肉塞进嘴里。

“吃吧，吃吧，吃完了，就可以上路了。”少年又重复了一遍来时的话。

还没等我们入座，就听“砰”的一声，少年将房门关上了，将他自己隔在了房间外头。

## 06

“不好！”宋天慌忙转身，去拉门把手。

门纹丝不动。

“哈哈哈，我就知道，我从一开始就知道，你们要来破坏，破坏我现在拥有的一切！这样的日子有多久了呀，久到连我自己都数不清了。但是，就在你们来之前的一段时间，我的脑海中总会时不时地蹦出一些画面，就是你们！你们会终止这些，终止这一切！”那少年疯了般在门外嘶吼着。

宋天的眼睛瞬间红了：“不是，不是这样的，我是来帮助你的。还记得我同你在工作室说过的话吗？你再继续下去，折磨的只有你自己！”

“你懂什么，只要你们都消失了，明天还是会和往常一样到来的，我还会继续回到原来的日子。”那少年似乎喊累了，声音渐渐弱了下去。

“消失？”宋天整个身子都攀在了门上，“你怎么让我们消失？还是用原来的方法吗，那个你杀死老头的方法？”

门外的动静在一瞬间消失了。

我看向身后的老头，他正用一种不可思议的眼神看向宋天。

而我的内心，此刻却异常平静，没来由地平静，尽管头脑已经乱到不行。

“你怎么知道？”那少年在门外问道。

“因为，我就是你呀。”宋天缓缓地将头上的帽子摘了下来，也不管少年能不能看到，他将自己的脸紧紧贴在了木门上，身子也不住地颤抖着。

还没等我从极度的震惊中缓过来，就感到一阵天旋地转，眼前的一切都变得模糊扭曲起来，不只是我，这个房间里的所有人都倒了下来。

眼睛闭上的最后一刻，我看到门缓缓地打开了。

宋天用尽身上最后一丝力气，将手够向那少年。

我似乎听见宋天说：“我就是你呀，我就是因为想要拯救过去那个绝望却想在黑暗中努力抓住一丝光的自己，才来到你身边的。同样，我也不想因为一次误解，就让自己的整个人生变得黯淡无光……”

我醒来时，发现自己依旧躺在这间屋子里。

屋子里的孩子还没醒，但老头不见了。

我站起身来，正想走出屋子去找宋天，没想到宋天正傻愣愣地站在门口。他见了我，一脸抱歉的模样。

“对不起。”宋天开口道。

我挠挠耳朵：“这是你第几次跟我说‘对不起’了，下一句不会又是什么‘谢谢你’之类的话吧，我可不想听了。”

“下面，我想跟你讲讲这里的故事。”宋天轻声说道。

## 07

老头是孤儿院的院长。

至少以前是。

但鲜少有人知道，在做孤儿院院长之前，他还是个落魄的玩偶修补师。

孤儿院被废弃后，老头依旧靠着自己大半辈子的积蓄，收养了好些孩子，还都是三岁不到的孩子，宋天就是其中一个。

这些孩子在这所孤儿院中从不愁吃穿，在他们年纪稍微大些的时候，老头还会教他们识字，给他们讲好多道理，只一点，进了这所孤儿院后，就别想再出去。孤儿院的围墙对于这些孩子来说太高了，而且孤儿院中没有一个可以用来垫脚的东西，大门的锁也被老头锁得死死的，从不轻易打开。

这里就像是一座囚牢。

这是宋天长到八岁时才逐渐意识到的。也就是在八岁那年，宋天察觉到，老头在裁减人。

准确地说，应该是淘汰。

从他们懂事那天起，老头就开始教他们修补玩偶。

老头总会拿出好多破旧的玩偶给他们修补，刚开始还很有耐心地一个个教他们，但孩子爱玩的天性是改不掉的，在好多孩子都表现出抗拒之后，老头逐渐变得暴躁起来，甚至有时一天只给他们吃一顿饭。

所以，也只有在饭前他们才敢发出点动静，换作其他时间，但凡他们发出一点点多余的声响，老头就会把那些孩子拉出去单独教育一番，并罚他们晚上不许吃饭。

但老头也有脾气好的时候，只是很少见。他脾气好的时候，会耐心地坐在地上，跟他们讲这些玩偶的价值，跟他们讲这门手艺的魅力，跟他们诉说自己心里的苦。

直到有天，一个年龄稍大的孩子实在是忍不住了，对着老头拳打脚踢起来，老头没有骂他，也没有打他，只是第二天，宋天再没看到那个孩子的身影。

接下来的时间里，哪些孩子表露出一丝不想继续做下去的意愿，或提出了有悖于老头的观点，不出意外，他们总会在隔天彻底消失在宋天眼前。

宋天不知道具体发生了什么事情，也不敢多想，他拼了命地表露出自己喜欢修补玩偶的心思，拼了命地将老头的手艺学至精湛。

从老头对他赞许有加，到老头把这个担子全部撂到他身上并给他引荐客源，宋天只花了两年的时间。

老头的心情越来越好，对他们也不会那么严苛了，宋天本以为这样就能安安稳稳地生活下去，直到四月二十四号。

那天，宋天忙完手里所有的活后才回房间，可那晚，他并没有等到一个孩子回来。

宋天很慌，但他一个十三岁的孩子能做些什么呢，他连当面质问老头的勇气都没有。

不过宋天自己也留了一手，他曾经亲近并讨好了一个住下来等玩偶修补好的客人，并让那位客人从外面给他带了些能致人昏迷的药粉。

这一切都是瞒着老头偷偷进行的，这是宋天唯一的筹码，可宋天从没想过有一天能够用到它。

四月二十五日黄昏，宋天迷晕了老头。

夜幕降临。

那天晚上，宋天第一次知道，滚烫的鲜血喷洒到身上的感觉，是冰冷刺骨的。

接下来的时间里，宋天如行尸走肉般在这所废弃的孤儿院游荡，他甚至已经忘了自己心里想了千遍万遍的计划，那个他不做玩偶修补师后要去干出一番伟大事业的完美计划。

他开始不自觉地怀念，他的手不自觉地做出修补玩偶的动作，他的脚不受控制地往工作室里钻。

不做玩偶修补师的宋天，恨自己一无是处，和废人没有区别。

有时他甚至开始祈求，祈求回到过去的那段时光里，至少老头让所有孩子消失于世间之前，还有那么一小段稍微值得回味的日子。

可这样的宋天，连他自己都有些讨厌。

终于有天，宋天醒来时发现那些孩子和老头都回到了他的身边。他以为自己在做梦，以为是哪位神明听到了他的祈求后跟他开了一个小小的玩笑，可第二天，这些孩子并没有消失，老头也没有消失。

更令宋天欣喜的是，这几天的老头，和蔼可亲得过分。

可还没等宋天从巨大的兴奋中缓过神来，那些孩子又都消失了。四月二十四日的场景又重新上演了一遍。

宋天的心都冷了。

可第二天，那些孩子又活蹦乱跳地出现在宋天跟前，老头也慈眉善目地为他们准备好晚餐。

渐渐地，宋天缓过神来，发现这里的时间永远在四月二十日到四月二十四日之间流转，然后不停地循环，再循环。

宋天过了一遍又一遍的四月二十日到四月二十四日，也经历了一遍又一遍那些孩子的消失。

宋天尝试过，尝试过用各种方法阻止老头，尝试过一直和那些孩子待在一起，但悲剧总会上演。它以各种方式，呈现出一样的结局。

后来的宋天，一边恨着老头亲手摧残了他还未萌芽的梦想，一边也恨自己找不到人生方向，没有勇气丢下这学了十几年的手艺。

在纠结和无助中度过了一天又一天的宋天，在某天突然看到了一些画面，两个人把他从不断重启的人生片段中拉扯出来的画面。

他开始慌了，他不知道该怎么办，不知道被扯回正常世界的他，该何去何从。

## 08

当宋天与小宋天站在一起的时候，我还是忍不住惊叹了一番。

二十年会夺去一个人的部分容貌，可一个人骨子里的神韵真的变不了多少。

“怪不得你一开始见我就戴着帽子呢。”小宋天的眼睛直直盯着宋天。

宋天费力扯出了一个笑：“你不也是一直用头发遮住脸吗？”

小宋天撇撇嘴，把头扭了过去。

宋天脸上的笑收住了，继而转头看向了我，认真地说：“对不起，没有经过你的同意就让你陪我重新走了一遍这段不值得回味的日子。但是，我真的没有勇气一个人面对过去，面对过去的自己。”

我蓦地想起来时路上晕车晕得异常厉害，立时觉得天旋地转起来。

“同时，我更要谢谢你，谢谢你陪我重新走了一遍。一直以来我都



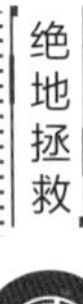

没有勇气面对真正的自己，这么多年过去了依旧如此，几乎每晚，我都会梦到这段日子，梦到那个被眼前的一切压到无法呼吸却努力想挣脱的自己。

“你问我，有见过在夜间独自盛开的花吗？在无穷无尽的黑暗里，没有同伴，被孤独和绝望包围，可它依旧努力着，只为了心中的那道光，可说到底，这些只是自己可怜自己的一套说辞。”宋天把目光转向了小宋天，小宋天也直愣愣地看着他，“还记得那天我在工作室里与你说的话吗？我们都是世上的庸人，自己跟自己过不去罢了，生生地把自己缚在了困境里，你眼前的这一切，都是你自己制造出来的，能让你出去的，只有你自己。”

小宋天的眼睛一下子变得通红，他咬着牙从嘴里憋出每一个字来：“你懂什么，过去了就过去了吗？你现在站在这里装什么大圣人，你知道我经历过什么吗？”

“正因为我是你，我才清楚地明白自己到底经历了什么，又懂得了多少！”宋天扳过小宋天的肩膀。

“那天你听了我的话之后，找个借口跑了出去，我后来才意识到，你是想除掉我们，除掉两个想破坏你现状的人，而我坐在那儿，一直等着你回来，等着告诉你这件事情的真相，关于那些孩子失踪的真相。

“老头并没有除掉那些孩子，而是将他们好好地送了出去。”宋天说完，从兜里掏出了几张照片，“这些孩子长大后，都找到了自己喜欢做的事情。”

小宋天瞪大了眼睛，下意识地往后退了一步，他似乎不敢相信宋天说出的每一个字。

隔了半晌，小宋天才生硬地吐出半句话来：“怎么可能，老头明明把他们全部……”

“你亲眼看到了吗？”宋天毫不客气地抢过话头。

“没……”

“老头的行为举止确实很极端，他有未完成的梦想，便强迫别人替他走下去，他给了我们生存下去的条件，也给了我们一座走不出去的囚牢。直到我，不，直到你的出现，你让他心里那束快要熄灭的火苗重新点燃了，他最终选择给那些孩子自由。”

“可我并不喜欢这些，凭什么？”小宋天眼眶里的泪终于掉了下来。

“凭你没有勇气，没有勇气表现出来，没有勇气揭开事情的真相，没有勇气踏出一直禁锢自己的圈子！我现在告诉你真相，你很痛苦，可我就是想让你明白，把你锁在这里的，一直是你自己！”

宋天丢下这句话后，转身离开了房间。

我也紧跟着跑了出去。

“你知道吗，”宋天停在楼梯的拐角处，抚摸着面前的墙壁，“当我找到那些孩子时，我有多开心，就有多恐慌。原来一直以来，我是那么的自以为是，还硬生生地踏进了这么一座自己给自己建起来的牢笼里。多可笑啊，直到现在，我都痛苦不堪，为这段可悲可怜的日子。”

“宋天。”我上前一步，“有些东西是不能这么轻易判定的，也不能从单方面去考量一个人的对错，只是你们选择的道路有些曲折罢了。”

一瞬间，我看到宋天似乎把身上所有的东西都撂下了，他在这座房子里，第一次冲我露出了不太难看的笑。

## 09

又是一个四月二十四号。

小宋天没哭没闹，坐在自己的房间里。

那些孩子消失后，他就一直这样，从傍晚坐到了凌晨。

四月二十五日。

那些孩子没有再出现在这个孤零零的院子里，老头也是。

我和宋天正背着背包站在木栅栏门旁边，宋天的眼神不自觉地飘向那栋房子。

“要是舍不得，就留下？”我故作轻松地打趣。

宋天咧了咧嘴角：“我要是真留下，才乱套了呢。”

木栅栏门旁的那几簇番茄秧上，有几颗番茄已微微泛红。

“我喜欢吃番茄，这是当年老头亲手为我种下的。我第一次发现，这番茄泛红了的样子是多么的讨喜，但以前，我从未在意过它们。”宋天叹了口气道。

同样，以前的宋天，怎么也不会想到，是自己将自己拉出了这座囚牢。

暗夜里的花朵，拼命盛放，努力将自己拽进曙光。

重启加载中……

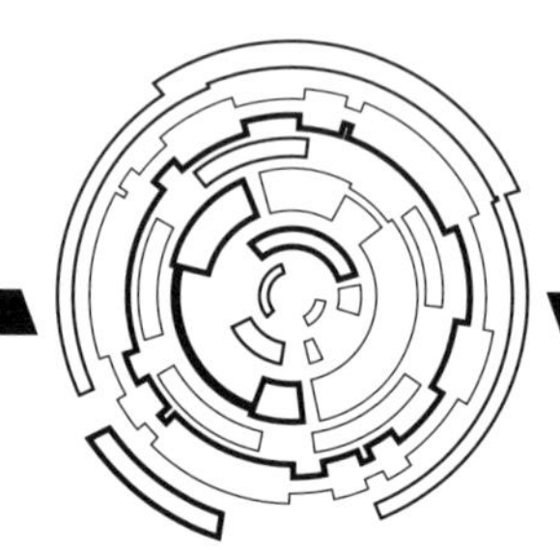

90%

00·00·01

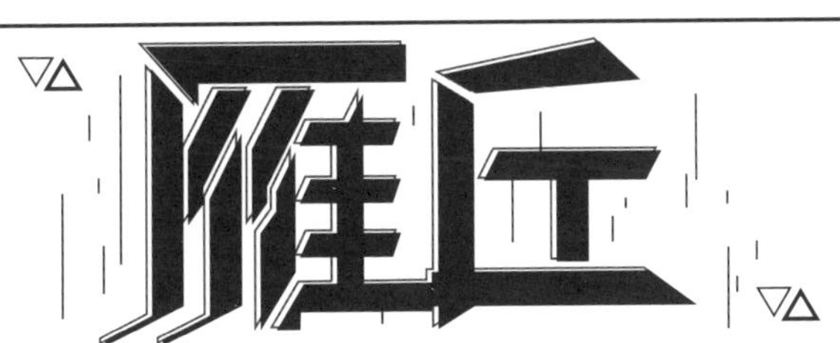

活着不好吗？活着很好，但我无法接受这么活着。

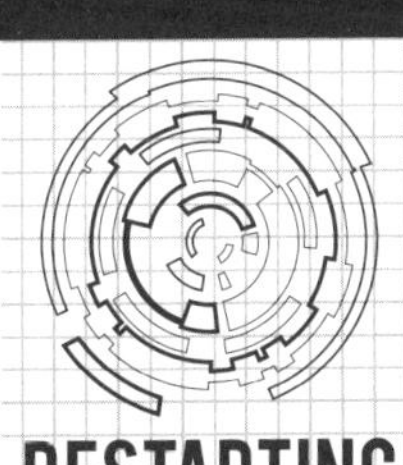


WILDGOOSE
WILDGOOSE
WILDGOOSE
WILDGOOSE

文 / 木石君
一个啥啥都想写，啥啥都不精的秃头作者。
LOFTER 和微博 ID：@ 木石君 novel。一起来玩耍呀！

## 01

眼前的海水漆黑一片。

这很正常，在没有其他光源的情况下，连阳光也照不进的深海，就是什么也看不见的。

我吸了一口氧气，缓缓游动着。嵌在潜水服上的终端闪着微微的亮光，上面的数字不断跳动闪烁着，它在自动扫描并记录附近的水温、压强和流速。

终端最底下的那行字，不断地闪烁刷新，然而内容始终不变：

“没有生命迹象……”

“没有生命迹象……”

没有任何的生命迹象。

我并不意外。

从 16 岁起，我担任水文观察员已经快两年了，从来没有发现过任何生命迹象。

按照工作流程，我一点一点上浮，终端上记录的各项数值也在飞速变化着。一直到阳光能透进来的明媚透亮的浅海区，也依然是空荡荡的一片。存在于科普读物上的游鱼、珊瑚、水母——通通不存在——没有生命迹象。

潜水服上的指示灯忽然亮了起来，我下意识看向终端，上面竟然显示扫描到了生命信号！

我一惊。终端开始自动分析，屏幕上跳出文字，说这是七个人，并且正向着我的方向快速靠近。

最先朝我游过来的是一男一女，与其说他们在朝我游过来，不如说他们在努力地往上浮。男人手里握着一把枪，我虽然不认识这枪的型号，但能看出这枪很明显经过了改装，就算在水下也能发射。

男人带着女人，一边上浮，一边频频朝着身后开枪。他们身后有五个男人，穿着同样型号的潜水服，手里也都握着枪，朝他们飞速游过来。我看见这五个男人的潜水服上都别着徽章，上面刻着鹰眼。

这是监察队的标志。

其中一个人的徽章是金色的，像是队长。

逃跑的男人并不专业，手枪里射出的子弹在水流的干扰下大多数都射偏了，但还是有一枪炸开了血花。监察队的一名队员被射中了肩膀，监察队长见状抬起枪口，扣下了扳机。

他们此刻很靠近水面了，透亮的海水里，我几乎可以看见子弹呼啸过去卷起的水花和气泡。我看见那个女人变了脸色，将身边的男人推开，子弹穿过她的胸膛，血花像礼炮般炸开。

他们都穿着潜水服，我没有接通他们的对话频道，所以听不见他们的声音。

这一切就像是一场默剧。

男人带着女人浮上了海面，潜水服感应到空气后，自动降下头盔。监察队员们浮了上去，我也浮了上去，我们的头盔都降下来了。我听见那个男人在说话，他在悲伤地呼唤着女人的名字。

这时候他看见了我，他用乞求的眼神看着我："你有没有药品，我求求你，救救她……"

他又看向监察队员们:“我跟你们走,求你们救救她,求求你们了……”

我冷漠地看着他，监察队员们同样冷漠地看着他。

那个女人见状，冲着男人虚弱地摇摇头，轻轻地吻住他，然后垂下头，死了。

监察队长说：“跟我们走吧，我们会为你重新关闭恋人基因。你会被监禁，但你不会死。”

男人仿佛没有听见他的话，悲伤地亲吻着已经死去的恋人的额头，继而将视线投向远方。

我顺着他的视线望过去，发现他在看我身后的陆地。那里没有植被，没有动物，那里一片荒芜，什么都没有。

“你们这群……机器。”男人留下这么一句话，将手里的枪对准自己的太阳穴。

“砰”。

男人死了。他飞溅起的血落在我的眼睑上，我面无表情地擦去。

队长这时向我游过来。他也许有三十多岁了吧，脸上同样没有什么表情。

他说他叫厉文，接着用一种公事公办的语气说：“你看见了？”

“是的，看起来他们相爱？”

“没错。你叫什么？”

“天哪，太可怕了——我叫方怀。”

“好的，方怀，我要检测你的脑波。”

“我明白，毕竟爱是一种传染病，”我配合地张开双手，让他的终端贴在我的额头上，“不过我相信我没有被传染。”

但其实我在想：抑制剂的药效还没过，我能过关。

很快他收回终端，看了眼上面没有太大波动的脑波图，点头：“没错，你没有被传染。”

说完，厉文就带着他的手下们离开了——也带走了男人与女人紧紧相拥的尸体。

我漂浮在海面上，忍不住回过头，带着血一般色泽的夕阳在陆地的尽头缓缓下坠。

厉文忽然间又游回来，看向我视线所在的地方，问我："你在看什么？"

"没什么。"我收回了视线。

## 02

完成了水文观测的工作，我一路下潜，下潜得足够深时，终于在漆黑的深海区看见了亮光。散发着淡淡亮光的东西其实是一种特殊的膜，它像穹顶一样张开，将海水与可怕的压强隔绝在外。在膜的底下，是我们的城市——或许叫生存点更为合适——它叫"亚特兰蒂斯"。

在古地球时代的末期，地球资源枯竭，环境恶化，地表气候异常，自然灾害频发。每时每刻，都有无数的物种灭绝。人们沉痛地下了结论：地球已不再适宜人类生存。

星际大移民的时代开始了。人们坐上星际飞船，探索外太空，甚至建立了许许多多各有特色的行星城市。

但总有人被抛下。

被抛弃在地球上的人共同建造了亚特兰蒂斯作为生存点。

我回到家中，小唯已经做好了饭。

她是我的机器人，从我很小的时候就陪着我，如今已经有十年了。她其实很老旧了，比如右脸上的一大块仿生皮肤都已经脱落了，露出底下的金属。

我从口袋里掏出一小瓶润滑油。小唯接过，看了眼牌子："你怎么买这么贵的？"

"今天发了奖金。"大概是抑制剂的药效过去了，我能笑出来了。

我说："你确实需要好好保养一下。"

饭菜很香，但吃的时候有股怪味，可能是小唯加载菜谱的时候又出现了一点故障吧。

小唯问我味道怎么样。

我笑了笑："好吃。"

吃饭的时候，我不可避免地想起了死在我面前的那两个人，一想起海水中炸开的血花，就实在是吃不下了。

“再吃一点吧。”小唯劝我。

我摇摇头。

“……是出了什么事吗？”

我告诉了她我看见的一切。

我说：“我眼睁睁地看着那个女人死在我面前。那个男人问我有没有药品，其实我是有的。你知道的，每次观测水文，为了防止发生意外，我们都会带一些药物的。如果我给了她，她是不是就能活下来？”

小唯悲伤地看着我。她虽然是机器人，但我从她的眼睛里读出了悲伤。

她说：“如果你给了她，监察队一定会发现你没有关闭恋人基因。”

在亚特兰蒂斯生存下来的人，通过技术手段关闭了与情感表达相关的一系列基因——它们被称之为“恋人基因”。

为了生存，这是绝对理性的选择。抛弃了情感之后，人们做到了绝对理智，整个亚特兰蒂斯因此意志统一、极度高效，即使面对极其有限的资源，也不会有任何争执、贪婪、野心、仇恨。

因为个体差异，某些人有可能重启恋人基因，他们会爱上别人。而被他们爱上的人——或者见证他们的感情的人——就算本来没有重启恋人基因，也极有可能被他们感染。

对于重启恋人基因的人，监察队会强制关闭他们的恋人基因，同时在他们身体里埋下检测器，时刻监测他们的脑波。如果发生了第二次重启，他们就会被终身监禁；若他们反抗，监察队有权处死他们。

由于某些原因，我从未关闭过恋人基因，靠着父母留下的情感抑制剂，我才能躲过监察队的脑波检测。

——注射抑制剂的时候，我的情感被抑制了，脑波自然不会有异常。

我对小唯说：“小唯你知道吗？我眼睁睁看着她死掉，当时我想，这关我什么事呢？我怎么会有这样的想法……抑制剂生效之后，我感觉我像是变成了机器——我看着人在我面前死掉，竟然无动于衷，我见死不救！”

小唯似乎因为我的痛苦而痛苦，犹豫了一下，她拿了针管过来，问我：“要不要再打一针抑制剂？这样你就不会难受了。”

我接过抑制剂，其实我有些心动。注射抑制剂之后，我会变得像机器，不再会感受到高兴这种情绪，但也不会悲伤了。

可我想起了另一件事：“家里的抑制剂……不多了吧？”

小唯沉默地点头。

“……算了。”我将抑制剂放回桌上。

我轻轻地说：“小唯，你给我唱首歌吧。”

小唯说好。我没有说是哪一首歌，她也没有问，但她知道。

她唱：“睡吧，睡吧，我亲爱的宝贝……”

这是一首安眠曲。小唯的声带也已经老旧了，嗓音有些嘶哑，有时还会出现失声和噪点，但我仍然专注地听着，仿佛被小唯的歌声拉回到了十年前。那时候我不到 8 岁，在离开的前一夜，我的妈妈抱着我，对我唱了这首歌。

其实亚特兰蒂斯没有家庭，孩子是被统一抚养的，没有人知道自己的父母是谁。但我有爸爸妈妈。

离开的时候，爸爸妈妈说，当我成年时，他们就会来接我。他们留下了小唯照顾我，他们说，他们升级了小唯的程序，小唯就像人一样。他们还给我留下了足够用到成年的抑制剂。

可我马上就要 18 岁了，如果抑制剂用完了，他们还没来接我，我该怎么办？我还能隐藏下去吗？我要去关闭恋人基因，变成冰冷无情的机器吗？

小唯走到我身边，张开双手，轻轻抱住了我。她的恒温系统和仿生系统好像也出了问题，我抱着她，像是抱着冰冷的钢铁，但我还是忍不住抱紧她。

“小唯，注射抑制剂之后，我就不会感到痛苦了。那关闭恋人基因的话，我也一样不会感到痛苦——只不过是永远不会感到痛苦，是这样吗？”

“……应该是的吧。”

“爸爸妈妈说我长大了就来接我，他们怎么还不来？我等了十年了，他们还会不会来接我？”

“……会的，会的。”

“假如我藏不下去了，爸爸妈妈又没有来接我，到时候监察队来抓我，你说我要反抗吗？”

“不要反抗！他们会处死你的！”小唯激动地说，“你要活着！”

## 03

我来到了亚特兰蒂斯最大的图书馆，这里保存了很多纸质资料。我不敢查询电子资料，因为那样会留下我的搜索记录，更何况我要寻找雁丘。

我在图书馆底层的书库里找到了一点点残损的资料，这里很偏僻，没有什么人，所以我放心地阅读着手上的资料。

爸爸妈妈离开亚特兰蒂斯，就是去寻找雁丘。

他们本来是亚特兰蒂斯的研究员，但他们爱上了彼此。他们违法地结合，生下了我，之后他们带着我东躲西藏。好在他们研发出了抑制剂，才能带着我一直避开监察队的搜捕以及脑波检测。

十年前，他们终究还是藏不下去了。他们说，他们要去找雁丘，那是在地表上的人类生存点，在那里，人们不需要关闭恋人基因，在那里，爱不是传染病，爱是自由的。

可是没有人知道雁丘到底在哪里。

我想，假如我能找到雁丘在哪里，也许我可以自己去找爸爸妈妈。

手上的资料并没有让我知道更多的信息，就在我想将资料放回去的时候，身后忽然传来一声：“你在看什么？”

我怔住，缓慢地回过头，是厉文——之前见过的监察队长。他背靠着书架，手里把玩着枪，态度看起来漫不经心，但眼睛却紧盯着我手上的资料。

“你为什么要找雁丘的资料？”厉文问我。

抑制剂好像开始失效了，我感到了慌张。

“一个普通的水文观测员为什么要找雁丘的资料？”“咔嗒”一声，手枪上了膛，厉文面无表情地看着我。

“我……我只是感兴趣……”

“抛弃情感之后，人会变得极端务实，兴趣这种东西是不会存在的。”厉文用枪抵住我的额头，“所以，你的恋人基因重启了吗？”

“不要试图欺骗监察官。我有权将你的欺骗定义为‘反抗’，你知道反抗会是什么下场——你亲眼见过了。”

我看了眼他的手腕，发现他没有携带终端下来，所以他才没有检测我的脑波，只是询问。

其实我也没有携带终端。雁丘的资料太敏感，而终端的记录功能太强大，强大到让人几乎没有隐私的地步，所以我不敢带终端下来。

我想：他应该检测不了我的脑波，他没有证据。

“没有。”我咬紧牙关，“我的恋人基因没有重启。”

厉文却忽然说：“这里很安静。”

是的，这里几乎可以称得上寂静，也许连针落在地上的声音都能听见。但我不明白他的意思。

他接着说：“所以你那慌张的、过快的心跳我听得清清楚楚。一个关闭了恋人基因、绝对理智的人，会是这种反应吗？”

“我说了，不要欺骗监察官。”他冷冷看着我，扣下了扳机。

那一瞬间，我的心跳绝对停止了。

但是枪声没有响。

厉文收起枪：“你走吧，下次再遇见，就不会是空枪了。”

“你为什么……”

“还不走？”厉文睨着我，当着我的面就开始往枪里一颗颗填子弹，“我说了，下一次，不会是空枪。”

我咬着牙，转身就跑。然而当我跑到楼梯上时，忽然想到，他为什么会出现在这个几乎没有人会来的底层书库？为什么他也没有携带终端？还有，他为什么会放过我？

就算他不杀我，也该带着我去关闭恋人基因啊！

我心里涌现出一个猜测。

我悄悄地折返，扒在门口，看见了一点火光。

那是烟头在闪烁。

他叼着一根烟，手里拿着我之前看过的资料，背靠在书架上，眼里似乎有一点哀伤。

## 04

我的18岁生日还是到了，家里的抑制剂也用完了。

爸爸妈妈还是没有出现。

外面经常有监察队巡逻，我不敢出门，只待在家里，工作那边也请了假。

虽然这不是长久之计，但我也想不到什么更好的办法了。

小唯沉默地在厨房里忙活，我隐隐约约能闻见蛋糕的香气。

我知道她为这一天准备了很久。亚特兰蒂斯的食物实行严格的配给制，她节省了很久才凑够原料，想为我做一次生日蛋糕——这是很奢侈的甜品。

我很想今天好好地过一次生日，不去想其他的事情，但我还是感到不安。

轻轻将窗帘拉开一条缝，我看见一个个面无表情的人行走在亚特兰蒂斯的街道上。

我忽然想起爸爸妈妈离开的第二天，小唯牵着我的手——那时候小唯的恒温系统还没有坏，她的掌心很温暖。我哭着找小唯要爸爸妈妈，小唯说他们去找雁丘了，小唯让我相信他们，小唯让我等他们回来。

我听了小唯的话。

面前的窗帘忽然被人放了下来，是小唯。桌上已经摆好了刚出炉的蛋糕，她牵住我的手，带我坐到了餐桌边——这次她的掌心是冰冷的。

在切蛋糕之前，小唯让我稍等一下。她从房间里拿出了一个缠着彩带的礼物盒，我拆开后，里面是一个很小巧的音乐盒。它有些简陋，似乎是小唯亲手做的——肯定是她亲手做的，绝对理智与务实的亚特兰蒂斯是不需要艺术与音乐的。

打开音乐盒，轻柔的乐声传了出来，是妈妈曾经给我唱过的安眠曲。

小唯笑了一下："我的声带不行了，它唱得比我好听。"

我轻轻合上音乐盒，也冲着她笑："我还是觉得你唱得比较好听。"

小唯不说话了，开始用一种复杂的眼神看着我。

我有些恍惚。

好像很多年前，我也看见过小唯这样的眼神。

那是爸爸妈妈离开后的第三年，小唯也是用这样的眼神看着我。她忽然问我：“阿怀，你要不要去关闭恋人基因？”

我是怎么回答小唯的呢？

我忘记了。

“阿怀，你去关闭恋人基因吧。”吃完蛋糕，小唯忽然这么对我说，“这样你以后就不用提心吊胆了。”

我诧异地看着小唯。

就在这一瞬间，门忽然被重重撞开，我扭头看去，下一秒就被人按在了地上。

面前投下阴影，我抬眼，只见厉文正蹲在我身前，而按住我的，是他手下的两个监察队员。

“又见面了。”厉文说，接着新奇地看向小唯，“你就是举报人？机器人举报主人，我是第一次见。”

我震惊地看着小唯，然而小唯不看我，只平静地看着厉文：“是，我举报方怀重启了恋人基因，你们带他走吧。”

“为什么……”我难以置信地看着她。

小唯告诉我：“他们已经死了，你不要再等他们了。”

“你什么意思？！”

“他们死在了寻找雁丘的路上。”小唯这么告诉我。

“……你什么时候知道的？”

“七年前。”

七年前……难怪小唯那个时候问我要不要关闭恋人基因，她那个时候就知道了？她从那个时候就一直在瞒着我？

“你为什么要这么做？”我激动起来，挣扎间竟然挣脱了按住我的两个监察队员。我掀翻了桌子，没吃完的生日蛋糕和音乐盒一起摔在地上，蛋糕糊了满地，而音乐盒则碎成了好几块。

忽然间额头再次被冰凉的枪管抵住。是厉文。

他拉开枪栓：“这一次，不会是空枪。”

我僵在原地。

小唯伸出手指，似乎想触碰我，但又缩了回去。

## 05

我被厉文塞进一个小车里面，这是亚特兰蒂斯常用的交通工具，体形小巧，只有主驾和副驾。厉文坐在主驾上，我戴着电子手铐，坐在他旁边。

厉文操纵着车子，一路上我们沉默不语。当远远能看见基因研究院的建筑时，我知道，我会在那里被关闭恋人基因。

这时，厉文忽然点了一支烟。

烟在狭小的车厢里盘旋，我咳了两声，厉文见状，又把烟给掐了。

他忽然开口："我逮捕过一个研究员。"

我静静地听着。

"他的研究方向是机器人。恋人基因重启之后，他感觉到寂寞，于是他给自己的机器人编写了名为'恋人'的程序，由此，他的机器人就表现得好像人类一样。我去逮捕他的时候，他抱着他的机器人，他说，他们相爱。是不是很可笑？"

"我觉得不好笑。"我说。

"因为你代入了你自己。"厉文嘴里叼着掐灭的烟，"关闭恋人基因之后，他就清醒了。他过来感谢我。他说，机器人做出的一切反应都是受控于程序的，与其说机器人爱他，不如说他希望有人爱他，所以他觉得他们相爱。当然，清醒过来之后，他便觉得过去的自己很愚蠢，所以他将机器人销毁了。机器是不会爱人的，你与其为你的机器人背叛感到悲伤，不如想想她是不是中了病毒。"

"我们常常说情感像传染病，但在我看来它更像毒药，一旦沾染上，你们就难以放下。但假如将它拿走，你们就会清醒过来。"厉文将车停在了研究院的门口，打开车门，"相信我，你会获得新生。"

这时候另一辆车也恰好停在研究院门口，一个穿着皮衣的女人走下来，她看起来精明干练，神情冷漠。她押着一个同样戴着电子手铐的人进了研究院。

那个人泪流满面。

虽然是厉文先到的，但他带着我避让到了一旁，让那女人先进去。自始至终，那女人没有多看厉文一眼。

但我却看见了，厉文看向那女人时，眼里似乎流露出我曾经见过的、熟悉的哀伤。

“你……”站在研究院门口，我忍不住说出了我的猜测，“你是不是重启了恋人基因？”

“砰”。

回答我的是一声枪响。

子弹贴着我的面颊飞过去。

我冒出了冷汗。

“你觉得呢？”厉文冷冷看着我，“提醒你，不要试图挑衅监察官。”

## 06

再次醒来的时候，我已经在家里了。

我被关闭了恋人基因，身体应该也被安装了随时监控脑波的检测器，但是我并没有任何的不适。我感觉自己像是做了一场长长的梦，梦里的那个我十分愚蠢，为没有必要的事情反复地纠结和痛苦。

但现在我的头脑前所未有地清明，迅速便理清楚了自己的处境。

我的父母抛下我去寻找雁丘，但是死在了路上。

现在想想，这并不是多么意外的事情。以地球现在的生态来看，陆地和海洋一样荒芜，甚至还有各种极端气候，并不适宜人类生存。

他们竟然要去这样的地方寻找一个不知道在哪里的雁丘，这不是很愚蠢吗？他们明明只要自首，关闭恋人基因，就什么事情都解决了——虽然他们可能为违法付出代价，但总比死在陆地上要强吧。

真是奇怪，以前的我为什么会对他们抱有希望，并且一直等他们呢？

厉文说得对，现在的我，果然获得了新生。

这时候小唯端着热水走过来。我打量着她，忽然发现小唯其实并不是多么高端的机器人。她的仿生皮肤已经老化，面部表情也很僵硬，其实真的就只是个遵从程序的机器而已。

小唯见我没有接过热水，问我是不是不舒服。

我问她：“你为什么七年前就知道他们死了？”

这是逻辑不通的地方，她为什么能知道。

小唯停顿了一下，指着自己的心口：“他们的终端有发信器，和我保持着联系。七年前，他们终端传过来的信号就显示没有生命体征了。”

“那你为什么不告诉我？”

“我那个时候……害怕失去你。”

我皱起了眉头。

小唯又说：“我怕你伤心。”

我点点头，像厉文告诉我的，小唯大概是被父母安装过类似“恋人”这样的程序，所以举动才这么不正常。

“那你为什么要举报我？”

“他们走前对我说，假如他们没能回来，你又走投无路的话，就让你忘记情感，好好地活着。”

“哦。”听完了这话，我心里没有太大的波动，只提醒她，“你现在的主人是我，你应该听我的话。这样的事情，我不希望发生第二次。”

小唯看着我，似乎欲言又止，但最终说：“我知道了。”

## 07

我对小唯依然很不满意。

小唯实在太老旧了，有时候甚至会不小心打碎东西。应该不是她主观上的“不小心”，而是因为她身体里的局部电流不稳定导致她动作不稳定。因此，有好几次，她的饭菜也烧煳了，就算没有烧煳，她做的饭菜也总是有一股怪味。

作为家政机器人，她实在是太不合格了。

不仅如此，她还总是会做出一些莫名其妙的事情。

晚上入睡的时候，我总是听见一些叮叮当当的声音。一开始我没在意，后来我忍无可忍，循着声音找过去，发现小唯蹲在角落里，正试图修理那个摔坏的音乐盒。

我听见的噪声，就是里面的音筒和齿轮运转时发出来的零散旋律。

“吵到你了？”小唯看起来似乎有些慌张，将什么东西往身后藏。

“拿出来。”我面无表情地看着她。

她有些犹豫。我重复了一遍：“拿出来。”

她沉默着伸出手，掌心里是我以前给她买的润滑剂。我想起来了，这个润滑剂是我攒了很久的钱买来的，不是嘴上说的什么“奖金”。我为什么要花这么多钱来给她保养？还有，她竟然用这么贵的东西修理没什么用的音乐盒？

我将坏了的音乐盒扔进垃圾桶：“这东西扔了吧，不用修了。”

小唯犹豫着说道：“留着……也没关系吧，我会尽快修好的。”

“太吵了。”我说。

小唯不说话了。

## 08

我决定换掉小唯。

她太老旧，又不够听话，无论从哪个方面来看，都不是合格的机器人。

在我通过终端浏览新的家政机器人型号时，小唯注意到了——当然我也没有特意避着她。挑好型号后，我选了以旧换新的方式，小唯会被带走、回收、销毁、重新利用，而我能以较低的价格得到一个新的机器人。

我和商家约定明天由他们送货上门，并且回收小唯。

小唯看着我，欲言又止。

看着小唯的眼神，我忽然有些烦躁。但是小唯没有再继续看我，而是转身去厨房为我做早餐。

我忽然间更加烦躁了。

小唯做的饭依然有一股怪味，我吃了两口便吃不下了。以往小唯都会劝我多吃一些，但今天她格外地沉默。

今天我有很繁重的勘测任务，吃完饭我便出门去工作了。

因为要获得除去水文数据外的更多的生态数据，我们被要求踏上陆地，进行小范围的勘测。

以前我只是在浮上水面时远远地看过陆地，当第一次真正踏上坚实的土地时，我感觉非常陌生。

不过就如我在海面上看见的那样，陆地上一片荒芜，终端显示没有任何生命迹象，陆地甚至比海洋还要寒冷许多，即使穿着厚厚的潜水服，我也依然感受到了刺骨的寒意。

在勘探任务快要结束的时候，我看见了两具尸体。他们是一男一女，紧紧相拥着靠在一块岩石后面，似乎在避风。他们已经没有了呼吸，但面容很是安详。

“原来他们死了啊。”身后忽然传来厉文的声音。

“你为什么会来这里？”我问厉文。

“工作。”厉文点了一根烟，“我来抓捕他们。”

“他们也重启了恋人基因？”

“很明显，不是吗？”

厉文看着死去的那个男人，沉默了片刻，忽然深吸一口烟，说：“其实他是我的队友。”

“哦。”

“我们经常一起抽烟。”

“是吗？”

“他很聪明，也有身为监察官的特权，所以他们逃出了亚特兰蒂斯。我们抓捕了很久，但是都没能抓到他。”

“哦。”

“但他没死在我的枪下，却死在了陆地恶劣的气候里。”

“哦。”我顺便补了一句，“也可能是死于匮乏的资源。”

厉文重新点了一根烟，但是没有抽，而是默默地放在了死去的男人的尸体边。

看着厉文这个多余的动作，我心里一动。

我很怀疑他已经重启了恋人基因。如果是拥有特权的监察官的话，他们重启了恋人基因，应该更不容易被发现。但是这与我没有关系，挑衅和质问一个有特权的监察官对我没有好处。

所以我保持了沉默。

“在他留下的日记里，他说要带着他的爱人去雁丘。”厉文继续说道。

又是雁丘！

我想起了为了这个愚蠢的理由去死的父母，也想起了他们留下的小唯。

厉文忽然看着我：“你好像很烦躁。”

“……你怎么知道？”

厉文向我展示了他的终端。埋在我身体里的检测器竟然将我的脑波数据实时发送到了他的终端上。他的终端上显示出一个由绿到红的光谱，上面有一个指针，指针指在了浅绿的位置。

“你需要注意一下，如果这指针再右移，你会收到警告。如果进入红区，就代表你的恋人基因重启了，那时我们就会再次见面了。我相信你不想再一次看见我。我也不想看着你被终身监禁。”厉文提醒我。

## 09

晚上，我回到家中，却发现小唯不见了。

没有任何预兆，她就这样消失了。所有的屋子里都没有她的踪迹，她甚至没有留下只言片语。

该死！

我感觉更加烦躁。

这一瞬间，我脑子里像是被什么东西搅和着，既混乱又痛苦，各种各样的想法在同一时间冒出来——

她走了，我的新机器人也到不了手了。

她为什么要走，她是害怕被销毁吗？

她只是个机器人，她会害怕吗？

还是她感到难过？她会感到难过吗？

她去了哪里？

忽然间，我想起了很久以前的一件事。那时候我多少岁？我忘记了。我就记得小唯牵着我的手，带着父母临走前为我办理的假身份，送我去了学校。

小唯说，我总得学点什么。

虽然当时小唯为我注射了抑制剂，但看着满屋子陌生、冰冷得没有任何表情的人，心底过分的不安让抑制剂加速失效了。

我成了教室里唯一一个有表情的人。

老师注意到了这个异常，将我带出了教室，又去联系了监察队，要让他们过来检测我的脑波。

就在我慌乱到不知所措的时候，小唯忽然出现，悄悄地为我补了一针抑制剂。

原来她不放心我，一直在暗处看着我。

我记得那时候小唯的恒温系统还没有坏，她的掌心很温暖。

终端忽然发出“嘀嘀嘀”的响声，同时一封来自基因研究所的邮件自动发送了过来。

如厉文所说，我收到了警告。

终端一直在发出这样的响声，仿佛我不冷静下来，它就不会停下。

给我停下！

我狠狠将终端扔到地上，夺门而出！

## 10

我没有找到小唯。

这些年，我和小唯生活得不算顺遂，我们在许多地方躲避过。我去了和小唯生活过的、躲避过的每一个地方，可是哪里都没有小唯。

我找了她整整一夜。

一直到第二天早上，我几乎不抱任何希望地回到家里，却在餐厅里看见了小唯。

她朝我笑了笑，但是没有说话。

餐桌上摆好了早餐，我的终端也被捡起来，放在上面。

小唯身上似乎有些狼狈，她的仿生皮肤有被划破的痕迹，底下的金属体也有了擦痕。

我忽然间不知道该对她说些什么。

这时小唯从身后拿出了什么递到我手上。

那是被我扔掉的音乐盒，摔烂的外壳已经被小唯粘起来了。

我忽然明白她去了哪里。这音乐盒是我亲手扔掉的，她一定是去了垃圾回收处，将它找了回来。

所以她才这么狼狈。

这时候有人敲门，我打开门，是来送新机器人的工作人员。

他们将装新机器人的箱子放下，开始用扫描仪检查小唯的性能。小唯站在原地不动，静静地看着他们，但不看我。

这一瞬间，我很希望小唯能说些什么。但她什么也没说。

这时候，工作人员忽然说："你填的申请表里面，只说她零件老化，没说她声带也坏了啊。"

我愣了一下，所以小唯才不说话的吗?

"要不然……算了？"我说。

"没事。"工作人员收起扫描仪，"我们就是检查下她的大体状况，这点小问题，不影响的。"

说着，他们就要带走小唯。

小唯静静地跟着他们走。

我忽然间很想说些什么，但我看见了那个被放在桌上的终端——曾经给过我警告的终端。

我想：换掉小唯是理智的选择。

——从各种意义上来说，都是对的。

我最终没有说话。

## 11

我拆开了装着新机器人的箱子，这也是个女性机器人，仿生皮肤细腻光洁，表情生动，恒温系统也正常运作——非常接近一个真人了。

虽然桌子上有小唯做的早餐，但我还是让她去厨房给我做了另一份早餐。

很快，她的早餐做好了。

小唯做的早餐已经凉掉了，而且吃起来依然有股怪味。新机器人做的早餐热气腾腾，香气扑鼻，卖相和味道都堪称完美，但我吃了一口就不想再吃了。

新的机器人只是静静地站在一边，并没有劝我再吃一点。

我看着她，问她："你会听我的话吗？"

"当然。"她回答得毫不犹豫。

"……如果我将你销毁，你会难过吗？"

她说："销毁我是您的自由。"

我一时间无话可说。我指着桌上的音乐盒，沉默了一秒："你帮我将它扔掉吧，扔得越远越好。"

"好。"她拿起音乐盒就要出门。

看着她的背影，在她要走出家门的一瞬间，我忍不住开口："等等，你回来。"

她又听话地回来了，眼里没有任何疑惑。

犹豫了很久，我拿过音乐盒，慢慢地打开，轻柔的安眠曲响了起来。之前这个音乐盒打开的时候只有旋律，可是如今却有人在唱："睡吧，睡吧，我亲爱的宝贝……"

这声音不是特别好听，有些嘶哑，有时还出现了失声和噪点。

我意识到了什么，慌忙拆开音乐盒，发现里面是小唯的声带。

她没有时间修好这个音乐盒，所以拆下了自己的声带，装了进去。

小唯的声带还在工作着。听着这歌声，我想起了妈妈抱着我，也在唱这首歌；我想起了爸爸妈妈离开的时候，他们眼里有泪光；我想起小唯七年前问我要不要关闭恋人基因。

我想起我自己是怎么回答她的了。

我说："我不要。我如果关闭了恋人基因，就不喜欢爸爸妈妈了，也不喜欢小唯你了。我要和小唯在一起，我们一起等爸爸妈妈。"

我泪流满面。

终端响起了尖锐的警告声，但我顾不上了。

我冲出家门，拼了命地在街道上奔跑。那些行走在街道上的冷漠的人，无不对我侧目。他们有的拿出自己的终端，也许是正在向监察队举报，但我顾不上了。

街道上有的地方安装了脑波检测仪，我跑过去的时候，它们无一不响起尖锐的警报声，但我顾不上了。

小唯是陪伴照顾我的家人，是听我倾吐心事的友人，是我最爱的人。

我都对她做了什么啊？！

我终于成功在路上拦下了小唯。我抓着她的手，小唯的手指依然很冰冷。

我对她说："小唯，我们走，我们去找雁丘。我们不留在这里了，这里没什么好的。"

"……你还是走上了这条路。"身后传来厉文的声音。

## 12

这附近已经被监察队的人包围了，他们肃清了无关人员，接着齐齐用枪指着我。

我很快被他们逼到了墙角，退无可退。

小唯的表情其实依然很僵硬，但我从她的眼睛里读出了悲伤的情绪。

她拼命地冲我摇头，仿佛在对我说："你不要反抗，你跟他们走吧。你要活着。"

我说："你已经自作主张过一次了，这次我不同意。"

我紧紧地抱住小唯。

我抱着她，像抱着一块钢铁。

但我爱她。

对亲人的爱，对友人的爱，对爱人的爱。

对小唯的爱。

小唯犹豫了很久，也回抱住我。

厉文见状，点了一支烟，吸了一口之后，还是劝了我一句：“你这样，我们会认为你在负隅顽抗。”

“我知道。”

“放弃你的机器人吧，她只是机器。”

“我放弃过她。”

“所以？”

“我不会再放弃她。”

厉文又吸了一口烟：“我不是告诉过你了吗？你以为她爱你，但这只是她的程序设定。”

我看了眼厉文，问道：“我们这些被基因、被激素、被脑波决定了爱与不爱的人，真的与她有本质上的区别吗？”

厉文愣了一下，沉默了片刻，又说：“跟我们走，你起码能活着。”

“但我不想那样。”

“队长，你怎么还不开枪？”一个监察队员疑惑地开了口。

厉文沉默了一瞬，将枪口抵在我的额头上。

他说：“这里面有子弹。”

“我知道。”

“你的心跳很快。”

是的，不用他说，就连我自己也能听见胸膛里那砰砰的响声。

他拉开枪栓，“咔嗒”一声，子弹上了膛。

“但你不像上次那样畏惧了。”厉文忽然开口。

他扣下扳机。

“砰”——

枪响了。

我还活着。

厉文朝着身后开了枪。他朝着队友的脚下开了枪，虽然没有人受伤，但他们显然没有料到厉文会这么做。

趁他们没有反应过来，厉文拽着我与小唯冲出了包围圈。

## 13

厉文带着我与小唯躲在地下室里。

他曾经是个称职的监察官，所以监察队的行动方式他一清二楚，于是他带着我们顺利地避开了监察队的搜捕，顺便也用刀帮我挖出了埋在我后颈的检测仪——那里面有定位装置。

当厉文再一次带着食物从外面回来的时候，小唯不能说话，只朝他微笑了一下。厉文也朝她笑了一下。

我撕开面包的包装，忍不住问他：“为什么要帮我们？”

厉文坐在潮湿的地面上，掏出了他的烟盒。里面只剩最后一支烟了，他犹豫了一下，又把烟盒放了回去。

他的眼神里有掩饰不住的疲惫与哀伤。

我忽然想起我曾在研究院门口见到的女监察官。我问他：“你爱她？”

厉文说：“她叫艾丽。”

“暗恋？”我想起了擦肩而过时，艾丽冷漠的神情。

厉文笑了笑：“我像是那么没有魅力的人吗？”

“如果是相互喜欢，那她……”我忽然明白了，“她关闭了恋人基因？”

“准确来说，是我们一起关闭的。”厉文眼中涌现出痛苦，“我们都是监察官，虽然我们重启恋人基因这件事不太容易被发现，但如果被发现，我们就会被处死——这是特权的代价。”

“我和她都想活着，也都想对方能活着，所以我们用了一点特权，悄悄地使用了关闭恋人基因的机器。我和她同时关闭了恋人基因，也同时忘记了这份感情。”

沉默了一瞬，我问他：“那你是什么时候重启的恋人基因？”

“我们第一次见面的时候，那时候我在追捕两个相爱的人。他们死了。然后，你说爱是传染病，你还记得吗？”

“记得。”

“我被传染了。”厉文苦笑了一声，“他们是想逃往雁丘的，但是在途中就被我们堵住了。可他们不肯放弃彼此，不肯跟我们走。我看着他们死去，忽然间就想：假如……假如我们没有放弃这段感情呢？”

我想起在陆地上看见的那两具尸体，打算安慰他，却不知道该说什么。最终我说：“那可能……结局也不会太好。”

“是的，结局可能不会太好。”厉文默默地点燃了最后一根烟，却没有抽，只是夹在指间，让它静静地燃着，“但我很想念她。”

小唯的眼神很悲伤，她似乎想安慰他，于是轻轻地握了一下他的手。

“谢谢。”厉文说。

沉默了一瞬，我还是问他：“可你为什么要帮我们呢？”

厉文手里的那根烟这时快要燃到尽头了。他说：“恋人基因——这个‘恋’，是爱的意思，不只是爱情的爱。有了爱，自然会有同情，有怜悯，有同理心，自然就会做出种种不理智的事情。它可能会让人死亡，但它让人愿意为它而死。这就是你为什么不再畏惧我枪口的原因。”

他又说：“其实也是因为我做不到。”

“什么？”

“恋人基因重启之后，我没有办法眼睁睁看着一个人在我面前死去却无动于衷。”

## 14

亚特兰蒂斯我们已经待不下去了，我们决定去寻找雁丘。

出发之前，我们又躲了几日。厉文弄来了包括潜水服在内的许多物资，也许我们能凭借这些物资找到雁丘，也许我们会死在路上。

离开地下室之前，我问厉文：“你没关系吗？”

我指的是艾丽。就这么离开艾丽，踏上生死未卜的旅途，没有关系吗？

“当然没有关系。”厉文笑了笑，“如果我找到了雁丘，我就能回来找艾丽。如果我死在了路上，那艾丽也能在这里好好地活着。”

“我明白了。”

我和小唯紧紧牵住彼此的手，跟在厉文的后面，走出了地下室。

厉文带着我们小心地向着亚特兰蒂斯的边缘行进着，当亚特兰蒂斯那闪着淡淡亮光的穹顶一样的膜近在咫尺时，我忽然听见轻微的一声“咔嗒”。

我一时没有反应过来，但厉文立刻带着我与小唯趴了下去。

一声枪响。

子弹疾速飞过我们刚才站立的位置，在一旁的建筑上留下了弹痕。

我们起身，发现在前方围堵我们的正是艾丽，还有她的手下。

艾丽看着厉文，冷冷地说了一句：“你果然会选这条路。”

艾丽端起枪，指着我们。厉文无奈地端起枪，也指着她。

“关闭恋人基因的那一晚，你问我是不是有什么想说的。我当时说，我没有要说的，”厉文忽然开口，“但其实，我想问你，愿不愿意跟我离开，去找雁丘。可我没有说出口。”

看着手下投来疑惑的目光，艾丽狠狠地皱起眉头。大概对艾丽来说，现在跟厉文扯上瓜葛不是什么好事，从理智的角度，她应该立刻开枪杀死厉文，好洗清嫌疑。

所以她开枪了。

厉文也开枪了。

厉文的子弹擦着艾丽的脸颊飞过去。

就像他曾经对我做的那样。

但艾丽的子弹切切实实地穿过了他的胸口。

看着倒在血泊中的厉文，艾丽的神色忽然变得很茫然。她朝着厉文一步步走过去，却忽然被厉文拽住手腕，狠狠地抱住了。

厉文用最后的力气冲我和小唯吼道：“你们快走啊！”

“你们要找到雁丘。”厉文轻声说。

可艾丽的手下还在围堵着我们，小唯冲我笑了笑。我忽然有种不好的预感，我伸出手，却没能拉住她。她朝着艾丽的手下冲了过去，“砰砰砰”，无数声枪响，无数的子弹嵌进她的身体里。

小唯只是个家政机器人，她能做什么呢?

她什么都做不了。

她只能朝着那些人冲过去，在一瞬间，将自己身体里的电流最大化，冲击着自己身上的电池，用这样的短路制造出一场小小的爆炸而已。

在爆炸产生的硝烟里，我愣住了。

“小唯！”我不顾一切地想朝她冲过去，身后却忽然响起一声枪响。

是艾丽在朝我开枪。

她抱着失去生息的厉文，再次朝我开了一枪。

但两次我都没有受伤。

就像厉文曾经做的那样，子弹擦着我的面颊飞了过去。

## 15

我逃走了。

但我没有逃出亚特兰蒂斯，我躲在我们曾经躲避过的地下室里。

厉文最后说，希望我和小唯找到雁丘。

而当被厉文追捕的时候，小唯明明和我抱在一起，但面对艾丽的追捕，小唯却冲了上去。她最后冲我微笑，我明白她的意思，她也希望我能找到雁丘。

可我却想：为什么要去寻找根本不知道在哪里的雁丘呢？

我要将亚特兰蒂斯变为雁丘，这大概就是我活着所剩下的全部意义了。

我用终端给自己录了个像，在录像里，我将父母的故事，我目睹的死在海面上的那对爱人的故事、厉文队友的故事、厉文的故事，还有我和小唯的故事都讲了出来。

我将录像发送到了网络上。

亚特兰蒂斯之所以这么严酷地对待恋人基因觉醒的人，无非是因为爱能传染，就像厉文被传染了一样。他们担心感染的人数过多，会颠覆亚特兰蒂斯维持多年的秩序。

此时此刻，我只想说：去他的。

这段录像果然被广泛地传播与下载，如厉文一样，有人被传染了，这些人又传染了更多人。

我联络上了被传染的人，在亚特兰蒂斯举行了声势浩大的游行。我们喊着口号，我们要重启恋人基因，我们要重启人类的爱，我们要将冰冷无情的亚特兰蒂斯建设成为美好温暖的雁丘。

监察队来阻拦我们。

艾丽甚至用枪抵住我的头。她说：“收手吧，难道你非要看着亚特兰蒂斯陷入分裂和争斗才肯罢休吗？”

我沉默地看着她。

此刻我不想去猜她的枪里到底有没有子弹。

但不管有没有子弹，我都无所畏惧。

这时候亚特兰蒂斯建筑上所有的屏幕忽然亮了，里面出现了一个年轻人，艾丽喊他首领。

他说他的名字叫厄洛斯。

他说他要与我谈谈。

## 16

我被带进一间堪称豪华的会客室。

厄洛斯——亚特兰蒂斯的首领，就坐在沙发上等着我。

他很年轻，也十分英俊，一双漆黑的眸子直直盯着我。我在他的眼睛里看见了一点闪烁的光芒，就像扫描仪开始扫描时指示灯闪烁的光芒一样。

“你……”我心里涌现出难以置信的猜想，“你是机器人？”

“很奇怪吗？”那些闪烁的光芒熄灭了，看起来他似乎扫描完毕了，他说，“现在的生存环境如此严酷，除去像我这样的人工智能，哪一个人能够绝对公平公正无私地分配现有资源？哪一个人能做到，在这样资源极端匮乏的情况下，用绝对的理性，让最多的人生存下去？”

我愤怒地盯着他：“所以你就让所有人和你一样，变成机器？”

他沉沉地看了我一眼：“这条道路，不是我选择的。”

“什么意思？”

他没有回答我这个问题，只是再度打量我：“方怀，根据扫描的结果，你就是个很普通的人类。”

“嗯，确实如此。”

“但你给亚特兰蒂斯造成了很大的麻烦。”厄洛斯十指交叉，冷冷看着我，“有些人被你传染，重启了恋人基因，但不看好你们的斗争方式，所以这些日子趁乱逃离亚特兰蒂斯。其中有三十九个人成功去了陆地。”

“看来他们是去寻找雁丘了。”

“不！他们会死，是你害死了他们！”厄洛斯沉沉地看着我，过了片刻，又说，“但我依然愿意给你一个机会。”

“什么意思？”

“你去关闭恋人基因，你的生活会和以前一样。对于受你鼓动跟你游行的人，我也会给他们机会。”

和以前一样？

小唯不在了，厉文死了，我的爸爸妈妈也不会再回来，怎么可能还和以前一样。

但我能明白厄洛斯为什么这么说。

如果我主动去关闭恋人基因，被我鼓动的人大约也会感到灰心丧气。厄洛斯又说会给他们机会，他们大概率会自首。

剩下的人就算不自首，监察队搜捕起来，难度也不会很大。

我说：“我不会这么做的。失去理智，人会失去很多，但失去感情，人就不是人了，人就变成了机器。人永远不会，也永远不该变成这个样子。”

听了我的话，厄洛斯忽然失去了风度，他狠狠地揪住我的衣领：“你想害死亚特兰蒂斯里所有的人吗？！”

“你在愤怒？”我诧异地看着他。

“是的，我在愤怒。”他松开了我的衣领，又坐回沙发上。

“你因为人类的生存有可能遭受威胁而愤怒？”

他没有否认：“是的，我因此而愤怒。”

我忍不住想起了小唯：“你是出于对人类的担忧和爱而愤怒？”

他依然没有否认。

“可这不是很讽刺吗？如果要关闭恋人基因，如果要抛弃一切的感情和爱，你作为亚特兰蒂斯的首领——不管你是人还是机器人——应该从你先开始吧？！”

“你要想清楚，我并不是人类。”厄洛斯那双漆黑的眸子闪过复杂的神色，“如果我不爱你们，我无法想象自己会做出什么事。”

他又指着自己的心口：“爱你们这件事被我的设计师写在了我的底层程序里面，一开始我没有权限去删除这部分程序，但现在我是亚特兰蒂斯的首脑，我有了权限，但为了你们，我不愿意这么做。”

我依然觉得滑稽和讽刺：“既然如此，那你为什么还要强制人关闭恋人基因？”

“因为我在拯救他们，而你，在害死他们。”厄洛斯几乎是怒视着我，“我知道你们都想去找雁丘，我为什么要派监察官去搜捕你们，去带你们回来，难道放任你们离开不好吗？这样还能减轻亚特兰蒂斯的人口负担！”

我反驳他：“可你给了监察官杀人的权限。”

厄洛斯反问我：“难道我要放任监察官在任务中负伤和死去吗？”

他又说：“你以为我为什么要这么做？我是为了走上死路的你们！你们都想去雁丘，可谁活着找到雁丘了？”

我沉默了一瞬：“也许……这次跑出去的那三十九个人能找到雁丘呢？”

“历史上不是没有人这么想过，就连我的设计师，他也这么想。”厄洛斯忽然整个陷入了沙发里。

“这个星球的历史，你也知道——最后一艘移民星际的飞船离开后，地球上剩下的全是没有资源也没有技术离开的人。那时候，很乱，非常乱，人们建立的生存点不止亚特兰蒂斯一个，但其他的生存点总是避免不了内部的争斗与掠夺，还有相互之间的争斗与掠夺。现在只剩下亚特兰蒂斯一个生存点了，这还不能说明问题吗？面对匮乏的资源，亚特兰蒂斯人选择了绝对的理智。这并不是我定下的生存策略，而是那时候的亚特兰蒂斯人投票决定的。”

厄洛斯幽幽地说，“我有时候会看古地球时代留下的资料，那上面说，人类总是走在自我毁灭的道路上。现在看来，这大概是对的。人类毁了地球，其他生存点的人毁灭了自我。亚特兰蒂斯人——照你说的，像机器，反而生存了下来。”

“但是后来，亚特兰蒂斯里面有一批人重启了恋人基因。他们像你一样，无法忍受这里，就连我的设计师也是一样。”厄洛斯长长地叹了口气，“我希望能维持亚特兰蒂斯的生存策略，而我的设计师希望人类重新拥有爱。很多人支持我，也有很多人支持他。”

“眼看亚特兰蒂斯就要发生分裂和争斗，甚至是可能流血死人的冲突——这违背了我想要你们活下来的初衷。于是我和他达成了妥协。我分给他一些资源，他带着重启了恋人基因的人离开亚特兰蒂斯。

“临走之前，他说，亚特兰蒂斯人生存下来了，但这未必是唯一的生存道路。他也许能找到另外一条更有人情味的生存道路。他说，如果他们成功建立了新的生存点，他会将那里取名为‘雁丘’。

“所以亚特兰蒂斯才一直流传着关于雁丘的各种传闻。”

沉默了一瞬，我问他：“那他们后来，怎么样了？”

“他们带了发信器，我能收到他们的一些讯息。简而言之，他们建立了生存点，但没有生存到最后。”

沉默了很久，我问他：“他们难道是因为情感而死的吗？”

“也许是，也许不是。我能收到的讯息也很零星，我只知道他们都死了。不管传言中雁丘有多么美好，但真相是：这世上根本就没有雁丘。”厄洛斯再次沉沉地看着我，“不管怎么样，这条路已经被验证走不通了，所以现在你应该能理解了吧？你去关闭恋人基因，让亚特兰蒂斯重回正轨吧！”

我想了又想，告诉他：“我做不到。你放我离开吧，我想去寻找雁丘。”

“该死！你们人类非要自我毁灭才甘心吗！”厄洛斯几乎在怒吼，“我已经告诉你了，这世上没有雁丘！”

“我知道没有雁丘，但如果我能在陆地上生存下去，那么，我一样会把我生存的地方取名为‘雁丘’，那里就是雁丘。”我平静地看着他，笑了笑，“小唯和厉文都希望我能找到雁丘呢。”

“为什么你们都是这样？活着不好吗？”厄洛斯目光沉沉地盯着我，像是在问我，又像是透过我，穿过遥远的时光，在问其他的什么人——也许是他的设计师。

我沉默了一瞬，回答他：“活着很好，但我无法接受这么活着。如果你有情感的话，应该能理解我的。而且，或许真的有另一条生存道路呢？”

厄洛斯长长地叹了一口气，看着似乎有些颓然："你们还真是……一模一样。"

## 17

我与厄洛斯谈判的结果是，亚特兰蒂斯将再次开展一场全民性质的投票。

在投票之前，我与厄洛斯将雁丘的真实情况通过屏幕告诉了所有人。厄洛斯说，所有人可以再次选择，觉醒了恋人基因、想要离开亚特兰蒂斯的，可以选择离开；想要留下的，也可以选择留下。

我本以为得知真相之后，除了我，大概没有什么人会选择离开。但出乎我预料的是，依然有很多人想要跟我一起去寻找雁丘——艾丽竟然也在其中。

离开前，厄洛斯用沉沉的目光看着我们，我仿佛从他的眼里看见了一点怀念和悲伤。他说："祝愿你们找到雁丘。"

我们游到海面上，纷纷踏上陆地。

陆地依然很寒冷，前方阴云密布，没多久，竟然飘起了雪花。雪很快盖住了地面，我们这些人走在雪地上，留下长长的脚印。

我忍不住回头看，越过长长的队伍，在漫天的风雪里，我仿佛看见了小唯与厉文的身影。他们在冲我微笑，招手，片刻之后，狂风一吹，消失不见。

我收回目光，望着前方的风雪，仿佛有了无尽的勇气。

## 尾声

"我们走了很长的路，经历了无数的极端气候，我们忍受着饥饿、寒冷，但我们也感受着温暖、幸福；我们团结、友爱，但我们也争吵、怨恨。有些人离开了我们，有些人倒在了路上。

“我们依然行走着，我们依然寻找着，我们不知道哪里能建成我们的雁丘，我们不知道哪里是我们的雁丘。

“但太阳依旧升起，希望总是不灭。”

少女轻轻地读着，读完后，缓缓合上了她手上残破的本子。

这是她无意间找到的，像是什么人的日记，里面详实地记录了一群人离开亚特兰蒂斯，寻找雁丘的经过。但这本日记没有署名，而且只记录到了这里，少女并不知道他们这群人的结局。

“别看了。”她的搭档催促她，那是一名少年，他说，“我们只是来陆地记录生态数据的，不要做这些多余的事情。”

少女应了一声，与少年一起工作。但过了片刻，她还是问：“你说他们最后找到雁丘了吗？”

少年没有理会她。

少女自言自语道：“希望他们找到了吧。”

她默念着日记里的话：太阳依旧升起，希望总是不灭。

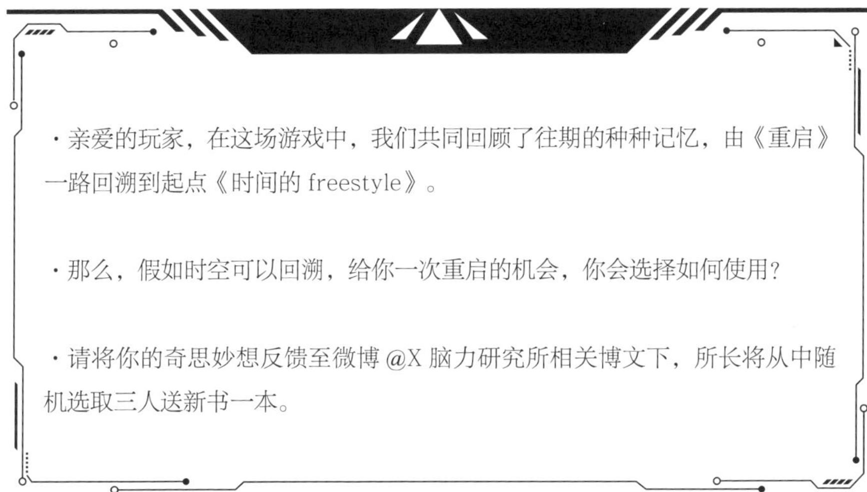

·亲爱的玩家，在这场游戏中，我们共同回顾了往期的种种记忆，由《重启》一路回溯到起点《时间的 freestyle》。

·那么，假如时空可以回溯，给你一次重启的机会，你会选择如何使用？

·请将你的奇思妙想反馈至微博 @X 脑力研究所相关博文下，所长将从中随机选取三人送新书一本。

**图书在版编目(CIP)数据**

重启 / 马汝为等著 .—— 杭州 : 浙江文艺出版社 ,
2020.11
（烧脑X）
ISBN 978-7-5339-6278-4

Ⅰ. ①重… Ⅱ. ①马… Ⅲ. ①幻想小说－小说集－中 国－当代 Ⅳ. ①I247.7

中国版本图书馆 CIP 数据核字 (2020) 第 206179 号

**重启**
马汝为　等著

**责任编辑**　何晓博　陆秋霞
**责任校对**　唐　娇
**封面设计**　徐昱冉

**出版**　浙江文艺出版社
**地址**　杭州市体育场路347号
**邮编**　310006
**网址**　www.zjwycbs.cn
**经销**　浙江省新华书店集团有限公司
　　　　天津漫娱图书有限公司
**印刷**　深圳市精彩印联合印务有限公司
**开本**　710mm×1000mm　1/16
**字数**　230千字
**印张**　13.75
**插页**　8
**版次**　2020年11月第1版
**印次**　2021年2月第2次印刷
**书号**　ISBN 978-7-5339-6278-4
**定价**　30.00元